KB253311

내 인생의 블루오션

내 인생의 블루오션

해피&북스

내 인생의 블루오션

2012년 12월 7일 초판 1쇄

■ **함께지음**　이창호 · 양평호
■ **펴낸이**　채주희
■ **펴낸 곳**　해피앤북스
■ **주소**　서울특별시 마포구 신수동 448-6
■ **출판등록**　제10-1562호(1985. 10. 29)
■ **전화**　02-323-4060, 02-322-4477
■ **팩스**　02-323-6416

ISBN 978-89-5515-469　13810

정가 12,000원

내 인생의 블루오션

해피&북스

목 차

1장.
인맥(人脈)이란!

2장.
명품인맥 관리와 시간관리

3장.
명품인맥 관리의 법칙

4장.
"자체발광" 스스로 빛나는 인맥관리의 기술

7장.
친밀감을 주는 명품인맥 관리의 기술

8장.
신뢰감을 주는 명품인맥 관리의 기술

9장.
조직 내 관계를 확장하라

1장. 인맥(人脈)이란

인생의 블루오션, 좋은 인맥을 넘어 명품인맥으로!

블루오션(Blue Ocean)이라는 말이 세간에 화제이다. 너나 할 것 없이 블루오션에 열광하고 있다. "개인과 조직의 성공을 위해 블루오션을 창출하자."며 구호를 외치고 있다. 블루오션 전략은 상호부담을 가중시키고 피 흘리며 싸우는 치열한 경쟁이 없는 새로운 시장을 창출해야 한다는 경영전략으로, 2005년 〈블루오션 전략〉이 책으로 출간되고, 사회적 이슈가 되면서 유행처럼 번진 말이다.

블루오션이란 "엄청난 수익을 창출하는 새로운 시장"으로 경쟁자가 없는 독점적 우위를 확보하고 있는 상태를 말한다. 그러나 이러한 블루오션의 개념이 조직과 기업의 수익창출에만 국한되고, 시장논리에만 적용되는 것은 아니다. 우리 인생에도 적용할 수 있다. 특히 인생의 블루오션, 명품인맥에 관심을 가지고 그들과 좋은 관계를 발전시켜 나갈 때 멋진 인생을 누릴 수 있다.

하지만 남들과 똑같은 구태의연한 방법으로는 절대 블루오션을 창출할 수 없다. 내 인생의 블루오션, 명품인맥을 만들 수 없다는 이야기다. 이익을 바라거나 상대방을 이용할 목적으로 다가서는 것은 금물이다. 명품인맥은 하루아침에 만들어 지지 않는다는 자세로 일련의 원칙들을 습득하고, 일생을 통해 지속적으로 하나씩 실천에 옮기는 자세가 필요하다. 그래야만 명품인맥을 형성하여 내 인생의 블루오션을 창출할 수 있다.

그렇다면 어떻게 내 인생의 블루오션을 창출할 수 있을까?

첫째, 남들과는 다른 방법, 차별화된 방법으로 다가서야 한다. 그렇게 했을 때만이 진정한 경쟁적 우위를 확보할 수 있으며, 명품인맥을 형성할 수 있다. "똑같은 일을 과거와 비슷한 방법으로 계속하면서 나아질 것을 기대하는 것만큼 어리석은 일은 없다."는 알버트 아인슈타인(Albert Einstein)의 말을 되새겨 볼 필요가 있다.

둘째, 명품인맥을 형성하는 가장 큰 핵심은 스스로 명품인맥이 되는 것이다. 스스로 명품인맥이 되었을 때 비로소 진정한 명품인맥이 탄생한다. 어차피 인맥은 기브앤테이크(Give & Take - 주고받기)의 관계이다. 혹자는 이렇게 말한다. 기브앤 포갯(Give & Forget - 주고 잊어버리기)하라고 말이다. 가장 이상적인 관계이다. 하지만 현실세계에서는 불가능한 일이다. 성안군자가 아닌 다음에야 기브앤포갯의 관계는 어렵다. 본전생각이 나기 때문이다. 끊임없이 주기만 하고 받기만 하는 관계는 오래 가지 못한다. 남에게 뭔가 줄 수 있는 사람이 되기 위해서는 내가 먼저 괜찮은 사람이 되는 것. 그것이 남과 차별화된 명품인맥의 조건임을 인식하자.

셋째, 남이 먼저 찾아오는 "자체발광"의 명품인맥이 되어야 한다. 명품이미지, 명품브랜드가치를 창조해 나가야 한다. 이를 위해서는 자신을 뒤돌아보고 점검하고 끊임없는 자기개발이 필요하다. 자신의 분에서 최고의 전문가가 되는 것이 곧 명품브랜드가치를 창조하는 것이다.

넷째, 인간관계에도 일정한 법칙이 있고, 관계를 원활하게 하는 기술이 있다. 그것은 바로 소통의 법칙이요, 소통의 기술이다. 소통은 사람과의 관계를 촉진시키는 요인이다. 사람은 누군가와 끊임없이 소통을 시도한다. 사람이 피가 통하지 않으면 병에 걸리듯이, 사람의 관계에도 서로 통하지 않으면 심각한 문제를 야기한다. 어떻게 하면 이 문제를 해결할 수 있을까? 사람과 통할 수 있는 소통의 법칙과 소통의 기술을 배우고 익혀서 적용해 볼 것을 권하고 싶다. 이 소통의 법칙과 기술을 습득하는 것이야 말로 진정한 관계 형성으로 이르는 지름길이다. 상대방에게 호감 받는 관계의 기술, 기대감을 형성하는 관계의 기술, 친밀감을 주는 관계의 기술, 신뢰감을 주는 관계의 기술을 어떻게 습득할 것인지에 대해 고민하고, 숙고해 볼 필요가 있다.

이와 같은 네 가지 측면에 중점을 두고 〈내 인생의 블루오션, 명품인맥 관리의 기술〉에 대해 살펴보고자 한다. 명품인맥은 블루오션과 같은 시장이다. 당신은 명품인맥을 올바르게 관리함으로써 당신 인생에 도움이 되는 블루오션(Blue Ocean)을 창출해야 한다. 〈내 인생의 블루오션, 명품인맥 관리의 기술〉을 읽고 있다면, 당신은 이미 내 인생의 블루오션을 창출하고 있는 것과 같다 할 수 있다. 이 한권의 책이 당신 인생에 도움이 되기를 희망해본다.

인맥(人脈) –
사람은 사회적 동물이다

"사람다운 사람은 도시국가의 일원으로 생활하는 사람이고, 그들은 태어나는 순간부터 사회적 존재다." 고대 그리스 철학자 아리스토텔레스의 말이다. 유대인 철학자인 마틴 부버(Martin Buber)는 "모든 참다운 삶은 만남이다."라고 언급하고 있다.

사람은 사회적 동물이라는 것을 강조하고 있으며 무엇보다도 관계의 중요성에 대해 이야기하고 있다.

사회란 개인이 모여 공동생활을 하는 사람들의 조직화된 집단이나 세계를 말한다. 사람은 서로 다른 사람들이 공동생활을 하며 조직화된 집단을 이루며 살아간다. 그 안에는 좋아하는 사람도 있고, 싫어하는 사람도 있다. 중요한 사람도 있고, 그렇지 않는 사람도 있게 마련이다. 긴밀한 인연을 맺고 있는 사람들이 있는 반면에, 별다른 인연 없이 주변에 존재하는 사람들도 있다. 이러한 과정을 통해 만남과 헤어짐을 반복한다. 싸우기도 하고 화해하기도 한다. 이렇듯 사람은 사회적 동물이기에 사회라는 집단을 벗어나 아무도 없는 곳에서 혼자만의 세상을 만들어 가지 않는 이상, 싫어하던 좋아하던 간에 다양한 사람들과 관계를 맺고, 그리고 그들과 얼굴을 맞대며 살아갈 수밖에 없다.

　이러한 관계속에서 맺어지는 것이 인맥이다. 인맥이란 다양한 사람들과의 관계를 통해 사람과 사람을 이어주는 끈이 형성되는데, 그 끈을 연결하여 구축되는 유대관계를 말한다. 인생은 끈이다. 사람을 이어주는 끈으로 맺어진 관계가 인맥이다. 사람간의 관계는 끈에 따라 탄생하고 맺어진다. 끈은 길이요, 소중한 소통이요, 연결망이다. 좋은 소통의 끈을 가진 사람만이 좋은 인맥을 넘어 명품인맥을 만들 수 있다.

　이제 인맥에 대한 생각의 구조조정을 실천해보자. 서로 관계를 맺으며 살아가는 사회적 동물이기에 시기하고 반목하는 관계, 질투하고 비난하는 관계가 아닌 서로 돕고 협력할 수 있는 관계를 만드는 것이 바람직한 관계이다. 시기하는 관계, 반목하는 관계, 서로 못 잡아먹어서 안달하는 관계는 불완전한 관계요, 불행의 길이다. 서로 마음으로 다가가는 존재, 마음과 마음이 통하는 이심전심(以心傳心)의 관계를 만들어라. 타인과 공존하며 살아가는 협력의 관계, 부족한 점이 있다면 보완해 줄 수 있는 관계는 완전한 관계요, 행복한 삶이다.

　아무리 눈을 씻고 찾아봐도 혼자 할 수 있는 일은 극히 드물다. 인맥은 나의 가장 든든한 동반자이다. 인맥은 동행이다. 인맥은 아름다운 삶이요, 행복한 인생이다. 사람들과 함께 하는 삶은 아름답다. 사람들과의 관계 속에서 행복을 찾아라.

인맥의 필요성 –
인맥은 언제 필요할까?

"누가 한 번만 도와주면 해결할 수 있는데."

살다보면 이런 생각 한 두번쯤은 해 보았을 것이다. 당신은 언제 인맥이 가장 필요하다고 느끼는가?

영업을 하거나 사업을 할 때인가, 선거 때인가, 누군가로부터 모자란 경제력을 뒷받침받고자 할 때인가, 외로울 때 기댈 수 있는 사람을 만들기 위해서인가, 위기에 처해 있을 때 구해줄 사람을 만들기 위해인가, 연애 또는 결혼을 위해 다리역할을 해 줄 사람을 만들기 위해서인가. 아니면 마음이 맞는 사람을 만나고 싶어서 인가, 나를 이끌어 줄 인생의 멘토(Mentor)를 만나고 싶어서인가, 나와는 다른 시각으로 다른 세상을 보여줄 수 있는 사람을 만나고 싶어서인가.

2005년 9월 8일 "NATE, 지식 IN"에서 〈인맥의 필요성, 언제 가장 많이 느끼시나요?〉라고 설문에, 9,278명이 참여했다.

당신은 언제 인맥이 가장 필요한가? 잠시 10초 동안 눈을 감고 언제 인맥이 가장 필요한지 생각해 보는 것도 괜찮을 듯싶다. 눈을 감고 마음속으로 열까지 세어 보자. 다 세었는가? 이제 눈을 뜨고, 자신의 생각과 다른 사람들의 생각이 같은지 확인해 보자.

1위 : 어려울 때(4,114명-44.3%)
2위 : 유용한 정보를 얻고자 할 때(2,305명-24.8%)

3위 : 경조사가 있을 때(1,041명-11.2%)

4위 : 취직, 이직할 때(844명-9.1%)

5위 : 새로운 사업을 시작할 때(365명-3.9%)

6위 : 영업할 때(303명-3.3%)

7위 : 별로 느끼지 않는다(108명-1.2%)

8위 : 소개팅 등 소개 받을 때(103명-1.1%)

9위 : 공통점이 있는 이야기 거리가 필요할 때(70명-0.8%)

10위 : 경찰서에 잡혀 갔을 때(12명)

11위 : 같이 놀 사람이 필요할 때(7명)

12위 : 기타(6명)

그런데 인맥이라는 단어를 "사람"이라는 단어로 바꾸면 어떻게 반응할까? 언제 가장 필요하다고 대답할까?

"에이, 그것도 질문이라고 하세요. 언제 필요하긴요. 사람 없이 어떻게 살아요. 매순간 필요하죠."

그렇다. 우리는 매 순간 사람을 필요로 한다. 밥 한 끼를 먹고, 커피 한 잔을 마시더라도 말이다. 가끔은 혼자 있고 싶어질 때가 있을 것이다. 그런데 그것도 어쩌다 한두 번이다. 항상 혼자 하는 삶은 외롭고 쓸쓸하다.

이렇듯 당신에게 매 순간 필요한 존재가 사람이다. 그만큼 소중한 존재라는 의미다. 아무리 고되고 힘든 길이라 할지라도, 소중한 사람들과 함께라면 신나고 즐겁지 않겠는가. 행복하게 걸어 갈 수 있지 않을까. 사람들과 함께하며 행복을 찾겠다는 마인드가 필요하다. 그 자세가 명품인맥을 형성하는 가장 좋은 방법이다. 이 순간 사람이 필요하다는 것을 느끼고 있다면 세상을 향해 당당히 나아가라. 그리고 사람들과 함께하라. 서로 도움을 줄 수 있는 관계로 발전시켜 나가라. 당신이 구축하고 있는 인맥은 당신의 인생이다. 당신의 인생을 멋진 인생으로 디자인하라.

좋은 인맥을 넘어 명품인맥을 구축하라

코피티션(Coopetition)

코피티션이 무엇일까? 새로 탄생한 신조어이다. 코피티션은 협동(Cooperation)과 경쟁(Competition)의 합성어로 동종업종 간의 상호협력과 경쟁을 통해 이익을 추구하는 것을 뜻한다. 서로 출혈을 감수하면서까지 피 터지는 싸움을 할 것이 아니라 경쟁은 하되 협력할 것이 있으면 협력하자는 것이다. 이것이 상호이익과 상호공존으로 이어지기 때문이다.

21세기는 무한경쟁시대로 상대방보다 앞서 달려 나가거나 무너트려야 생존을 보장받을 수 있는 시대이다. 서로 먹고 먹히는 총성 없는 전쟁터 아닌가. 그러나 무한경쟁의 개념이 점차 바뀌어 가고 있다. 서로 경쟁은 하되 상대방이 무너지는 것을 원치 않는다. 시장 자체가 위축될 가능성이 있기 때문이다. 이제 물고 물리는, 너 죽고 나 살자는 식의 경쟁(Competition)의 시대는 가고, 코피티션(Coopetition)의 시대, 단지 경쟁만 하는 관계가 아닌 협력과 경쟁을 동시에 추구하는 코피티션(Coopetition)의 시대이다.

이와 마찬가지로 개인에게도 코피티션(Coopetition)이 필요하다. 나만 잘되면 그만이라는 생각, "너 죽고 나 살자."는 식의 관계는 올바르지 못하다.

경쟁할 것이 있으면 경쟁하고 협력할 것이 있으면 협력하여 상호이익을 추구하는 관계가 바람직 하다.

한사람만의 능력으로 처리할 수 있는 일은 극히 일부분에 불과하다. 100에 10, 20도 채 안 된다. 나머지 80, 90은 타인과의 협력과 공존을 통해서 이룰 수 있다. 자기 잘난 맛에 사는 사람, 팀과 조직의 분위기를 헤치는 사람, 타인과 협력하지 못하고 조화를 이루지 못하는 사람은 결코 성공할 수 없을 뿐 아니라 어디를 가도 환영받지 못한다. 많은 기업들이 팀워크와 조직의 화합을 강조하는 것만으로도 이를 알 수 있다. 사람은 경쟁과 협력을 통해 한 단계 성장할 수 있기 때문이다.

경쟁과 협력을 통해 상호이익을 추구하는 승-승(윈-윈)의 관계가 무엇인지 고민할 필요가 있다. 좋은 인간관계는 성공의 85% 이상을 차지한다는 연구결과가 있듯이 결국 인간관계가 나쁘면 따르는 사람이 없는 법이다. 이제 개인의 성공이나 조직의 성과는 주변 사람들과 얼마나 융화를 잘하고 관계를 잘 맺는가 하는 네트워크지수(NQ)에 달려 있다. 아무리 실력이 뛰어나고 지적능력이 우수해도 인간관계가 나쁘면 말짱 도루묵이다.

그러므로 리더가 되고자 하는 사람은 절대적으로 인간관계에 탁월한 능력을 갖추어야 한다. 좋은 인맥을 갖춘 것만으로는 충분치 않다. 좋은 인맥은 자신의 인생에 별다른 도움이 안 되는 그저 일면식만 있는 인맥에 불과하다. 남들과는 다른 차별화된 인맥, 좋은 인맥을 넘어 명품인맥을 만들어야 한다.

그렇다면 명품인맥이란 어떤 인맥을 말하는 것일까? 명품인맥은 돈이 많고, 명성과 지위가 높으며, 학식이 뛰어난 사람, 저명인사를 많이 아는 것을 의미하지 않는다. 누군가를 많이 아는 것은 단순히 표면적인 인맥에 지나지 않는다. 명품인맥은 서로 성장하고 발전하는데 도움이 되는 승-승(윈-윈) 할 수 있는 승-승(윈-윈)의 협력적인 인간관계, 상생의 인간관계를 말한다.

서로 부족한 점이 있다면 보완해 주고, 한 걸음 더 성장할 수 있도록 시기, 질투, 경쟁하는 관계가 아닌 협력해 나가는 관계, 서로 공존할 수 있는 관계이다. 협력적 인간관계를 맺으면 아무리 어려운 상황이 다가와도 헤쳐 나갈 수 있고 행복해 질 수 있다. 반면 협력적인 관계를 맺지 못하면 아무리 좋은 조건 속에서도 불행만 있을 뿐이다.

승-패(Win-Lose)의 인간관계

승자와 패자가 존재하는 인간관계이다. 자신이 이기면 상대방은 반드시 지는 관계로, 자기만 잘되면 그만이라는 자기중심적인 유형이다. 모 아니면 도라는 식의 관계는 있을 수 없고, 승자와 패자가 갈리는 순간 관계의 단절로 이어진다. 나의 성공을 위해 많은 사람이 희생해야 하고 불행하게 만들 수 있기 때문이다. 이러한 관계는 오래 가지 못한다.

패-승(Lose-Win)의 인간관계

패자와 승자로 나뉘는 인간관계이다. 패-승의 인간관계는 상대방 중심의 인간관계로, 모든 것을 상대방 기준에 맞추고 자신을 버리는 인간관계이다. 시키면 시키는 대로 군말 없이 수행하는 주종(主從)의 관계, 상하의 관계로 맺어진 인간관계이다. 패-승의 관계는 상호성장 및 발전에 전혀 도움이 되지 않기 때문에, 이러한 관계 또한 오래 가지 못한다.

패-패(Lose-Lose)의 인간관계

패자와 패자만 남는 인간관계이다. 패-패의 인간관계는 상대방에게 손해를 끼치기 위해 자신의 손해쯤은 기꺼이 감수하는 관계이다. "나도 죽고 너도 죽자."는 관계로 모두를 파멸로 이끈다. 우리 속담에 "못 먹는 감 찔러 본다."는 말이 있다. 상대방이 잘 되는 꼴은 죽으면 죽었지 볼 수 없다는 말이다. 이러한 관계 또한 오래가지 못한다.

승-승(Win-Win)의 인간관계

승-승(윈-윈)의 인간관계는 모든 사람에게 도움이 되는 인간관계이다. 누이 좋고 매부 좋은 관계, 도랑치고 가재 잡는 일석이조 관계이다. 이것은 나도 살고 너도 사는 관계, 나도 이기고 너도 이기는 관계, 나도 성장하고 너도 성장하는 관계이다.

모든 인간관계(승-패의 인간관계, 패-승의 인간관계, 패-패의 인간관계, 승-승의 인간관계)중에서 우리가 추구해야 할 가장 이상적인 인간관계는 승-승(윈-윈)의 인간관계이다. 단 한 번의 만남으로 끝나는 관계가 아니라 일생을 같이 할 동행자로, 상호믿음과 신뢰에 근거한 관계를 형성하고자 한다면 "나도 승리하고 너도 승리하는" 승-승(윈-윈)의 인간관계가 가장 좋은 것은 두 말할 필요가 없다. 서로 도움이 되고, 성장, 발전하는 사람이 되고자 한다면 "승-승"의 인간관계를 추구하라. 나도 살고, 너도 살고, 모두 함께 사는 관계를 만드는 것. 이것이 명품인맥이 추구하는 목표이다.

인맥관리는
가치를 창출하는 작업이다

A와 B.

두 사람으로부터 거의 동시에 만나자는 전화를 받았다면?

그리고 두 사람 중에 한 사람을 선택해야 한다면 당신은 누구를 선택하겠는가?

만약 당신이 A라는 사람을 선택한다면 A라는 사람이 당신에게 더 가치 있는 사람일 확률이 높다. 왜일까? 사람은 보다 높은 가치를 추구하는 존재이기 때문이다.

사람은 보다 높은 가치를 추구하고, 그 가치에 따라 생각하고, 판단하고, 행동하는 존재이다. 가치(價值)란 인생을 살아가면서, 그리고 어떤 일을 할 때 가장 중요하게 생각하는 기준이 되는 것이다. 무엇인가를 선택할 때 선택의 기준이 되고, 판단의 기준이 되며, 행동의 척도가 된다. 사람은 대부분 자신에게 가치 있는 일을 하려는 경향, 자신에게 절대적 필요가치를 제공하는 것이라면 무슨 수를 써서라도 그것을 얻기 위해 행동으로 옮기는 경향을 보인다.

인생에서 가장 가치 있는 것 중에 하나가 사람이다. 사람이 재산이라 하지 않은가. 그 사람을 끈으로 연결한 것이 인맥이다. 이런 맥락에서 볼 때, 인맥은 인생에서 가장 중요하고 가치 있는 자산이다. 그러므로 인맥을 만들어 가는 과정은 가치를 창출하는 작업이다. 가치는 누가 부여해 주는 것이 아니라 스스로 부여하고 선택하는 것이다. 스스로 선택하고 만들어 갈 때 더욱 의미가 있다. 지속적으로 인맥을 점검하고, 살피고, 발전시켜 나가라. 당신이 구축하고 형성한 인맥은 당신이 가치를 부여하고 선택한 결과물이다.

가치 있는 명품인맥을 만들고 의미를 부여해 보자. 그들과 함께 보람, 성취감, 만족감, 행복감을 만들어 가라. 그러기 위해서는 새로운 명품인맥을 찾아 도전할 수 있는 용기와 인내가 필요하다. 그리고 간절히 원하는 마음이 필요하다. 명품인맥은 간절히 소망하고 원하는 사람에게만 주어지는 소중한 선물이다. 모든 것은 나 자신으로부터 출발한다.

인맥관리는 행복관리이다

"저 사람, 내 인생에 도움이 될까?"
"도움이 된다면 어디 한 번 만들어 볼까?"

이런 얄팍한 목적으로 다가간다면 명품인맥은 형성되지 않는다. 잔머리 굴리다가는 오히려 큰 코 다친다. 인맥관리는 결국 자신의 행복을 위한 것이기 때문이다.

많은 사람들이 명품인맥을 구축하기를 원한다. 내 인생에 도움이 될 만한 누군가를 찾아 여기저기 떠돌아다닌다. 하지만 명품인맥을 구축하는 것은 정말 어렵고 힘든 일이다. 한두 번 공들인다고 해서 되는 일이 아니다. 현실적인 어려움과 제약도 존재한다. 금전적 문제를 무시할 수 없고, 시간적인 요소도 고려해야 한다. 가식적인 모습으로 다가가기 보다는 진정성 있는 자세, 상대방을 이해하고, 배려하며, 존중하는 태도가 요구된다. 말 한 마디, 행동 하나에도 주의를 기울여야 한다.

그럼에도 불구하고, 우리는 명품인맥을 구축하기 위해 필사의 노력을 다한다. 왜일까? 다음과 같은 이유이다.

첫째, 인맥관리는 자기관리이다. 인맥을 관리하는 것은 결국 자기 자신을 관리하는 것이다. 인맥은 당신과 평생을 같이 하는 동반자이자, 우정을 나눌 수 있는 친구이다. 단순히 자신의 필요에 의해서 시작된 관계가 아니라 인생의 여정을 함께 할 수 있는 동반자요, 그들과 함께 하는 동행이다. 그러기 위해서는 당신이 먼저 명품인맥으로 다가가야 한다. 자기 스스로 명품인맥이 되는 길은 끊임없이 자기관리를 실천하는 것만이 유일한 방법이다.

둘째, 인맥관리는 성공관리이다. 속된 말로 성공하려면 "빽이 있어야 한다."고 말한다. 여기서 말하는 빽은 인맥을 의미한다. 급변하는 사회일수록 성공을 장담할 수 없기에 명품인맥을 형성할 수 있는 능력은 성공의 필수조건이다. 진정으로 성공을 꿈꾸고 열망하는 사람이라면 먼저 훌륭한 명품인맥을 만들어라. 그들과 좋은 관계를 지속적으로 유지, 발전시키는 마인드가 필요하다.

셋째, 인맥관리는 시간관리이다. 인맥관리에 반드시 필요한 요소가 시간이다. 하루 24시간, 누구에게나 공평하게 주어지는 시간을 어떻게 효과적으로 활용하느냐에 따라 명품인맥이 다가 오기도 하고 멀리 도망가기도 한다. 이 모든 것은 시간을 효과적으로 관리해야 가능한 일이다. 하는 일 없이 시간 떼우며 보낼 것인지, 명품인맥을 구축하고 관리하는데 보낼 것인지는 당신의 선택이다.

넷째, 인맥관리는 행동관리이다. 행동하지 않으면 얻어지는 것이 없듯이, 행동으로 옮길 때 명품인맥이 구축된다. 명품인맥을 형성하고자 한다면 부지런히 손발을 움직이는 노력이 필요하다. 손과 발, 머리가 고생하면 좋은 명품인맥이 내 손에 들어온다. 결국 인맥관리는 행동관리이다.

다섯째, 인맥관리는 변화관리이자 위기관리이다. 21세기는 초스피드의 시대이다. 눈 깜짝할 사이에 모든 것이 바뀌는 세상에 살고 있는 것이다. 이제 우물 안 개구리처럼 자기만의 세계에 빠져 있는 사람은 성공하기 어렵다. 다양한 분야에, 다양한 사람을 만나 그들로부터 다양한 지식과 미래를 읽을 수 있는 혜안을 길러야 한다. 사람들과 좋은 관계를 유지하면 수시로 변화하는 환경에 빠르게 대응할 수 있을 뿐 아니라 위기를 효과적으로 극복할 수 있는 기회가 되기도 한다.

여섯째, 인맥관리는 정보관리이다. 우리는 지식정보화 시대, 정보의 홍수 속에 살고 있다. 필요한 정보를 수집, 활용할 수 있는 능력이 그 사람의 경쟁력을 좌우하는 원천이다. 넘쳐나는 정보를 어떻게 활용하느냐에 따라 성공과 실패가 결정된다 해도 과언이 아니다. 정보는 자신이 구축하고 관리했던 인맥을 통해서 나오는 법, 결국 인맥관리가 정보의 원천이다.

일곱째, 인맥관리는 성과관리이다. 사람은 명품인맥을 통해 성과를 창출할 수 있다. MS(마이크로소프트)사를 최초 창업한 사람은 빌 게이츠(Bill Gates)이지만 세계 최고의 회사로 성장시킨 사람은 최고경영자(CEO)인 스티브 발머(Steven Anthony Ballmer)이다. 능력이 뛰어난 사람과의 협동은 개인뿐 아니라 회사의 성과를 높일 수 있는 결정적 역할을 제공해 준다. 누구도 타인의 협력 없이는 성과를 만들어내지 못한다. 명품인맥은 성과를 만들어 내는 지름길이다.

여덟째, 인맥관리는 인생관리이다. 명품인맥은 나의 부족한 점을 채워주고 인생의 방향을 제시해주는 멘토(Mentor)요, 코치(Coach)요, 선생님(Teacher)이요, 조언자(Counselor)이다. 그들은 인생의 참된 스승으로 자신이 원하는 삶을 살 수 있도록 미래를 볼 수 있는 혜안과 지혜, 지식, 해결방법 등을 제시해 주고 적극적으로 도움을 준다.

아홉째, 인맥관리는 행복관리이다. 사람은 궁극적으로 행복을 추구하는 존재이다. 성공하고자 하는 것도, 인맥을 관리하는 것도 결국은 행복을 위해서이다. 삶이 힘들어 포기하고 싶어질 때, 실패의 구렁에 빠져 헤어 나오지 못할 때 나를 격려해 주고, 위로해 주며, 희망과 용기를 주는 사람도 결국 자신의 주변에 있는 인맥들이다. 사람은 무엇을 하는가보다 그 일을 누구와 하고 있는지가 행복감을 좌우하는 중요한 요인이다.

성공하는 사람 뒤에는
든든한 빽이 있다

플라톤 뒤에는 위대한 철학자이자 스승인 소크라테스가 있었다.
〈동의보감〉으로 유명한 허준 뒤에는 유의태라는 명의가 있었다.
헬렌켈러 뒤에는 설리번 선생님이라는 스승이 있었다.

성공하는 사람 뒤에는 항상 든든한 빽이 있다. 우리가 위인이라고 부르는
세계적인 인물들, 그들 뒤에는 항상 위대한 스승이 자리하고 있음을 우리는
알 수 있다. 그들은 스승과 제자라는 관계를 뛰어 넘어 서로 명품인맥이 되었
음을 알 수 있다.

조선후기의 거상 임상옥 뒤에는 인생의 멘토인 홍득주가 있었다.
대장금 뒤에는 명품스승 한상궁이 있었다.
바보 온달 뒤에는 평강공주가 있었다.

연예계에도 이러한 인맥라인이 존재한다.
최고의 MC 강호동 뒤에는 이경규라는 든든한 인맥이 있다.

예술계에도 마찬가지이다.
신이 내린 목소리 소프라노 조수미 뒤에는 세계적인 지휘자 카라얀이 있다.

체육계에도 마찬가지이다.

산소탱크 박지성 뒤에는 거스 히딩크 감독이 있다.

피겨여왕 김연아 뒤에는 엄마라는 후원자가 있다.

이와같이 성공하는 사람 뒤에는 언제나 든든한 버팀목이 존재한다. 지식을 전달해주는 것에 그치는 것이 아니라 인생의 멘토(Mentor)와 같은 존재, 칭찬과 격려를 아끼지 않고 적극 지지하며, 인정해 주는 든든한 후원자가 있기 마련이다. 장애물이 나타나면 적극적으로 제거해 주기도 하고 극복할 수 있는 지혜라는 선물을 덤으로 주는 존재이기도 하다.

오늘날 그가 있기까지는 본인의 노력이 절대적인 요인이었겠지만, 여러 사람의 도움이 있었기에 가능했다. 그 중에서도 빼 놓을 수 없는 한 사람. 탤런트 고(故) C씨의 든든한 후원이 있었기에 가능했다고 한다. 2000년, 예능계에서 약간의 인지도와 재능을 인정받는 정도에 불과했던 개그맨 유재석이 파격적으로 MBC의 예능 프로그램의 메인MC로 발탁된다. 그가 MBC의 MC가 될 수 있었던 것은 탤런트 고(故) C씨의 강력 추천한 덕분이었다. "개그맨 유재석"이라는 사람이 있는데, "정말 웃긴다. 재미있다."며 예능프로그램 프로듀서들에게 그를 "MC로 한 번 기용 해보라."고 강력 추천을 한 것이다. 이것이 기폭제가 되어 대한민국 최고의 MC로 발돋움하는 계기가 된다.

사람은 누군가의 도움 없이 자기 힘만으로 성공하기 어렵다. 누군가로부터 결정적 순간에 도움을 받고, 이를 계기로 누구나 인정하는 최고의 자리에 오를 수 있는 것이다. 가끔 텔레비전에 자수성가(自手成家)한 사람들의 성공스토리가 방송되기도 하는데, 그들의 이야기를 자세히 들어 보면 그들이 자수성가할 때 까지 도움을 준 은인들이 존재했다는 사실을 알 수 있다. 결정적인 순간에 그들의 도움으로 크게 성공한 것이다.

명품인맥은 우리의 든든한 빽이고 보증수표와도 같다. 동시에 기적을 만드는 사람들이다. 누구를 얼마나 많이 알고 있는지가 당신의 미래를 좌우한다. 깊이가 있으면서도 넓은 인맥의 씨앗을 뿌려라. 명품인맥을 만들어 가는 것은 스스로 행운을 만들어 가는 과정이다. 행운은 저절로 찾아오지 않는 법, 직접 찾아 만들어야 한다. 마음을 열고 다가가라. 진심을 다해 그와의 관계에 최선을 다하라. 좋은 행운은 인맥에서 시작한다.

인생은 결국 "사람을 남기는 장사"이다

상즉인(商卽人)

최인호 장편소설 〈상도〉에 나오는 말이다. 상즉인(商卽人). "장사는 곧 사람이다."는 말이다. 장사는 곧 "사람이요, 사람이 모든 것이요, 사람으로 통한다."는 말로 해석할 수 있다. 사람의 소중함을 한 마디로 표현하고 있는 함축된 말이다.

생즉인(生卽人)

인생도 마찬가지 아닐까. 인생은 결국 "사람을 남기는 장사"이다. 인생은 수많은 사람과의 인연을 통해 완성된다. 그 수많은 인연을 소중히 여길 줄 아는 사람이 성공하는 법이다. 필자는 이렇게 말하고 싶다. 사람이 곧 인생이다.

2001년 10월부터 2002년 4월까지 50부작 드라마, 상도(商道)가 방영되었다. 조선 후기 순조 임금의 시대를 배경으로 청년 임상옥이 진정한 상인으로 성장해 나가는 일대기를 그린 내용이다. 시청률에 대해서는 잘 모르겠으나, 다음 회는 어떻게 진행될까 궁금해 하기도하고, 기대하면서 빼 놓지 않고 즐겨 보았던 드라마였다. 지금도 기회가 되면 재방송을 보곤 한다. 재미와 감동이 있었고, 마음이 따뜻해지고 훈훈함이 느껴졌던 사람의 냄새가 전해지는 그런 스토리였다. 특히 사람의 중요성에 대한 교훈을 담고 있는 내용이어서 더 많은 감동을 안겨 주었다.

임상옥(林尙沃).

그가 누구인지 알고 있는가? 임상옥(林尙沃)은 조선후기 최고의 상인이었다. 물건을 팔아 이득을 취하기보다는 사람을 남기는 장사를 실천한 사람. 그 결과 조선 최고의 상인이 된 사람이다. 그는 사람의 중요성, 즉 인맥의 중요성을 실천한 사람이다.

드라마 속 주인공 임상옥은 의주만상에 들어와 유기전 사환을 하면서 주석을 매점을 하고, 밀거래를 자청하는 등 의주만상에 상당한 돈을 벌어다 준다. 그 능력을 유심히 지켜보고 있던 의주 만상의 도방(지금의 중소기업회장) 홍득주가 임상옥을 찾아와 직접 대면하면서 했던 대화 내용이다.

홍득주 : 자넨 장사가 뭐라고 생각하나?

(임상옥은 그 물음에 어찌할 바를 몰라 안절부절 한다)
(그런 임상옥을 바라보며 홍득주는 계속 이야기 한다)

홍득주 : 이 물건을 사고팔아서 돈 버는 게 장사야!
만상에 들어 온지 얼마 되지도 않아서 주석을 매점할 생각을 하고.
또 남들 다 피하는 밀거래를 자청해서 가겠다고 하고.
게다가 이 유기전 사환이 또 비단까지 공부를 해.
뭐가 그리 급해!

임상옥 : 빨리 장사를 배워서 돈을 벌고 싶습니다.
(그런 임상옥을 향해 홍득주가 말을 이어간다)

홍득주 : 그런다고 돈이 벌릴 줄 알아!
장사란 건 말이야.
돈을 버는 게 아니라 사람을 버는 거야.
이문을 남기는 게 아니라 사람을 남겨야 돼.
사람을 벌고 남기는 거. 그게 장사야.

홍득주 : 나는 말이지.
장사란 자고로 이문을 남기는 것도 중요하지만
사람을 남기는 거라는 신념으로 살아 왔네.

이후 임상옥은 홍득주를 인생의 참 스승으로 삼는다. 장사를 하고 사람들에게 일을 시키는 과정에서 그의 스승 홍득주가 했던 말을 가슴 깊이 새긴다. 돈을 벌기 보다는 사람 남기는 장사를 실천하고 귀천을 따지지 않는다. 모든 사람을 소중하고 귀한 존재로 대하며, 그들을 존중하고 인정한다. 항상 그들을 곁에 두고 함께 하고자 하는 노력을 기울인다. 그 결과 조선 최고의 갑부가 된다.

"기술이나 가격은 경쟁기업이 쉽게 모방할 수 있지만, 사람의 의욕과 창의성을 극대화시키는 인력개발 정책은 쉽게 모방할 수 없는 장기적인 경쟁우위의 원천이다." 스팬퍼드(Stanford)대학교 경영대학원의 경영학 박사인 제프리 페퍼(Jeffrey Pfeffer) 교수의 말이다.

결국 일은 사람이 하는 것이다. 일을 대하는 사람의 태도, 성향, 능력에 따라서 상이한 결과가 도출된다. 사람이 답이다. 인생을 통해 "사람 남기는 장사"를 얼마나 잘 했느냐에 따라 그 사람의 경쟁력이 좌우된다. 당신과 함께하는 명품인맥이 인생 최대의 경쟁력이요, 차별화를 이룰 수 있는 가장 강력한 요소이다. 인생은 결국 "사람을 남기는 장사"이다. 명품인맥과 함께 하는 인생은 아름답다.

"천리 길도 한 걸음부터."
어떤 위대한 업적도 처음에는 한 걸음부터 시작됐음을 의미하는 말이다.

"고진감래(苦盡甘來)"
고생 끝에 즐거움이 오는 것을 이르는 말이다.

천리를 가려면 한 걸음부터 시작해야 하고, 즐거움을 만끽하려면 고통스러운 시간을 견뎌내야 한다. 만리장성도 처음에는 한 장의 벽돌로 시작되지 않았는가. 한 장의 벽돌이 쌓이고 쌓여 10,000리에 이르는 엄청난 역사가 만들어졌듯이, 인맥관리도 이와 똑 같다. 오늘 만나는 한 사람, 한 사람이 모여 당신의 인생이 되고 역사가 된다.

2002년 한·일 월드컵을 50일 남기고 한국축구 국가 대표팀은 기자회견을 한다. 그 기자회견장에서 축구 국가 대표팀의 월드컵 사상 최초 "16강 전망"을 묻는 기자들의 질문에 히딩크 감독은 이렇게 말한다.

"지금 대한민국 축구 국가 대표팀의 월드컵 16강 가능성은 50%이다. 하지만 매일 1%씩 가능성을 높여가면 본선에서는 100%가 될 것이다. 우리는 세계를 깜짝 놀라게 할 것이다." 더도 말고 덜도 말고 하루에 1%씩만 조금씩 앞으로 나아가면 월드컵에서 16강 가능하다는 것을 우회적으로 이른 말이다. 로마는 하루아침에 이루어진 것이 아니듯이 모든 역사는 하루아침에 이루어 지지 않는다.

　명품인맥은 하루아침에 만들어지는 것이 아니다. 몸과 마음을 다하여 그들과의 만남에 몰입하고 헌신했을 때 가능하다. 1년, 2년, 5년, 10년 이상 걸린다 해도 내가 가진 모든 것을 바쳐 온 힘을 다할 때, 진실 되고 성실한 마음으로 공들이거나 혼신의 힘을 다할 때, 그들과 지속적인 만남을 통해 진정한 소통을 이룰 때 그때가 되어서야 비로소 진정한 명품인맥으로 이어지는 것이다. 한 층 한 층 공든 탑을 쌓아라. 이것이 명품인맥 관리의 비결이라면 비결이다.

처음부터 괜찮은 인맥은 없다

처음부터 괜찮은 인맥, 좋은 인맥은 없다. 인맥은 함께 만들어 가는 것이다. 함께 노력하고 함께 걸어가는 것이다. 처음에는 전혀 예상하지 못했지만 시간이 흐르면서 괜찮은 인맥, 좋은 인맥, 명품인맥으로 발전한다.

"규라인"

"유라인"

"강라인"

대한민국 예능계를 대표하는 개그맨 이경규, 유재석, 강호동의 인맥라인을 말한다. 그들 주변에는 많은 사람들이 모여들고, 그들이 모여 하나의 인맥 그룹을 형성하고 있음을 이르는 말이다. 이것은 그들이 행사할 수 있는 막강한 영향력 때문이다. 그들은 화려한 입담을 자랑한다. 누가 뭐라 해도 대한민국 최고의 MC들이다. 사람들을 웃기기도 하고 울리기도 한다. 즐거움을 주기도 하고 감동을 주기도 한다. 그야말로 시청자들을 들었다 놓았다 한다. 이 시간에도 오직 그들을 보기 위해 많은 사람들이 텔레비전 앞에 앉아있을지 모른다. 그 재주가 참으로 신기할 따름이다.

하지만 그들이 얻은 최고의 자리는 한 순간 쉽게 얻어진 것이 아니다. 오랜 시간 피나는 각고의 노력을 기울여 얻어진 자리이다. 오랜 무명 시절을 거

쳤고, 속된 말로 "한 번 떠 보겠다."고 죽자 살자 몸부림치던 시절도 있었다. "나는 왜 안 되지?", "왜 안 되지?" 되 뇌이고, 좌절하고, 포기할까 하는 생각도 했다. 눈물 젖은 빵 한 조각으로 배고픔을 달래던 시절도 있었다. 이렇듯 처음부터 스포트라이트를 받지는 못했지만 한 걸음 한 걸음 나아가 결국 최고의 자리에 올랐다.

그 중에서도 필자는 개그맨 유재석을 가장 좋아한다. 그의 성공스토리를 접할 때마다 완전 감동이다. 그래서 그의 열렬한 광팬이다. 매 순간 최선을 다하는 그의 모습을 보고 있노라면 전율을 느낀다. 자신이 맡은 프로를 위해 온 몸을 던지는 그는 프로 중에 프로이다. 열정을 다하는 그의 모습을 보며 나 자신을 반성하기도 한다. 모든 멤버들을 배려하고 책임을 다하는 그 모습이 참으로 좋다.

필자는 고등학교 1학년, 중학교 2학년의 두 딸이 있는데 〈무한도전〉의 열광적인 팬이다. 어떤 일이 있어도 빼놓지 않고 보는 프로그램이다. 그에 따라 필자도 간혹 시청하곤 한다. 2011년 1월로 기억한다. 〈무한도전〉팀은 팬들을 위한 팬미팅을 갖는다. 그 자리에서 한 팬이 국민MC 유재석에게 〈성공의 비결〉이 무엇이냐고 묻는다. 그는 이렇게 대답한다.

"하루하루 맡겨진 일을 하기에도 바빴고, 개인기가 있는 것도 아니고, 개그맨으로서 울렁증에, 여러 가지 콤플렉스가 굉장히 많이 있었기 때문에, 하루하루 한 눈 팔지 않고 열심히 살았다."고 말이다.

바로 이것이다. 10년 이라는 무명세월이 있었지만 하루하루 한 눈 팔지 않고 열심히 살았기에 개인기가 없음에도, 개그맨으로서 울렁증에, 여러 가지 콤플렉스가 있었음에도 불구하고 대한민국 최고의 국민MC가 된 것이다.

하루하루 당신이 만나는 모든 사람에게 한 눈 팔지 말고 최선을 다하는 자세가 필요하다. 첫 술에 배부를 수 없다. 만나는 한 사람 한 사람에게 최선을 다하라. 1초가 60번 모이면 1분이 되고, 1분이 60번 보이면 1시간이 되고, 1시간이 24번 모이면 하루가 되고, 1달이 12번 모이면 1년이 되듯이 한 사람 한 사람이 모이면 당신의 귀중한 명품인맥이 된다. 처음부터 괜찮은 인맥, 좋은 인맥은 없다.

티끌만한 인연이라도 소중히 하라

"우리 만남은 우연이 아니야. 그것은 우리의 바램이었어."

노래방에 가면 빠지지 않고 등장하는 단골메뉴, 국민들의 애창곡인 "만남"에 나오는 가사 일부분이다. 이 노래의 가사처럼, 오늘 우리가 만나는 인연은 결코 우연한 만남이 아니다. 우리가 그토록 바라고 바라서 단 한 번의 만남으로 이어진 소중한 인연, 수 천 번의 인연이 쌓여 맺어진 인연이다. 그만큼 소중한 존재들인 것이다. 지금 당신과 함께 하는 인연을 가치 있는 인연, 소중한 인연으로 생각하라.

그저 잠시 잠깐 스쳐가는 인연이라 할지라도, 아무 의미 없는 작은 만남이라도 소중하게 생각하는 마인드가 필요하다. 만남에 가벼운 만남, 중요한 만남은 없다. 높은 인연과 낮은 인연 같은 것도 없고, 누구는 더 중요하고 누구는 덜 중요한 관계도 없다. 누구는 더 가치 있고, 누구는 가치 없는 그러한 만남도 없다. 모두 똑같이 소중하고 가치 있는 인연들이다. 그러한 마인드를 가지고 모든 사람을 대할 때 진정한 명품인맥이 탄생한다.

어쩌면! 어쩌면! 어쩌면!

지금 당신 곁에 있는 사람들은 당신을 만나기 위해 수 천 년의 세월을 인내한 후, 고통의 세월을 지나 당신 곁으로 온 소중한 사람들이다. 그러니 결코 소홀히 대해서는 안 된다.

1년 후, 2년 후 혹은 10년 후, 그 언제가 될지는 모르지만 어느 장소에서 어떤 인연으로 다시 만나게 될지 모르는 것이 사람관계이다. 상황은 얼마든지 바뀔 수 있다. 오늘 아쉬운 소리하는 처지에 있다고 내일도 아쉬운 소리하라는 법은 없다. 오늘의 친구가 내일의 적이 되고, 오늘의 적이 내일의 친구가 되는 것이 세상 일이다. 이렇듯 알다가도 모를 일이 사람관계이기에 든든한 보장성보험 하나 들어놓는다는 생각으로 티끌만한 인연이라도 소중히 하라. 자신을 사랑하는 것보다 더한 사랑을 쏟아 붇고, 지속적인 관심과 배려, 존경심을 표하라. 한 사람을 대하는 것이 아니라 열 사람, 스무 사람, 백 사람을 대하듯 최선을 다하라.

당신은 혹 250명의 법칙을 알고 있는가? 250명의 법칙은 미국의 전설적인 자동차 판매왕, 조지라드(Joe Girard)가 발견한 법칙이다. 그는 자동차 세일즈의 신화적인 인물로, 12년 연속 자동차 판매왕을 기록해 기네스북에 올라있는 인물이다. 그는 우연히 친지의 결혼식장에, 또 다른 장례식장에, 그리고 주변 사람들을 축하해 주는 장소에 참석 하는데 그 곳에서 일정 수준으로 유지되는 한 가지 현상에 주목하기 시작한다. 그가 결혼식장에 참석하던, 장례식장에 가던, 통상 그 곳에 참석하는 사람들의 수가 250명 정도는 된다는 사실을 발견했다. 그 후로 그는 250명이라는 숫자에 주목을 하고, 그 어떤 사람이라도 한 사람에게는 적어도 250명 정도의 인간관계로 연결되어 있다고 생각하게 된다. 이것이 250명의 법칙이다.

그는 이를 자동차 세일즈에 접목시켰다. 한 사람을 대할 때마다 그 뒤에 마치 250명이 있는 것처럼 대하며 정성을 쏟았다. 한 사람의 신뢰를 얻으면 250명의 잠재고객을 얻고, 한 사람의 신뢰를 잃게 되면 250명의 고객을 잃는다고 생각했다. 그 결과 12년 동안 기네스북에 오를 정도로 경이적인 실적을 쌓을 수 있었다.

당신 곁에 있는 사람뒤에는 그 뒤에 적어도 250명 이상의 소중한 인연의 끈으로 맺어진 사람들이다. 결코 무시하거나 소홀히 대해서는 안 된다. 티끌 모아 태산이라 했다. 티끌만한 인연도 모이면 당신의 든든한 인맥이 된다. 명품인맥을 만들고 싶다면 지금 이 시간부터라도 티끌만한 인연이라도 소중히 하라. 소중하게 생각하는 티끌만한 작은 인연이 모여 소중한 명품인맥이 되는 법이다.

가까운 사람부터 관리하라

"진정한 성공이란 가까운 사람에게 존경받을 수 있어야 한다." GE 코리아 이채욱 회장의 말이다. 가까운 사람에게서 인정받고 존경을 받을 때 진정한 성공에 도달할 수 있음을 간파한 말이다.

공자 이르기를 "근자열 원자래(近者悅 遠者來)"라 했다. "가까이 있는 사람을 기쁘게 하면 멀리 있는 사람도 찾아온다."는 말이다. 주변 사람을 만족시키고 기쁘게 하면, 그리고 그들로부터 존경을 받으면 하나 둘 사람들이 모여들게 마련이다.

"안에서 새는 바가지 밖에서도 샌다."고 했다. 가까운 사람들하고의 관계가 좋아야 다른 사람들하고의 관계가 좋다는 말이다. 가까운 사람들로부터 인정받고, 존경 받아야 다른 사람들로부터 인정받고 존경받을 수 있는 법이다.

하지만 현실은 그렇지 못한 경우가 많다. 가까운 사람에게는 함부로 대하면서 다른 사람들에게는 세상에 둘도 없는 인격자인 것처럼 행동하는 사람이 의외로 많은 것이 현실이다. 이런 사람은 좋은 인맥, 명품인맥을 만들기 어렵다. 인맥은 낮은 곳으로 향하는 자세를 취할 때 형성된다. 수신제가(修身齊家) 치국평천하(治國平天下)라 했듯이, 나로부터, 지금부터, 작은 것부터, 사소한 것부터, 가까운 곳에서부터 시작해야 한다.

그렇다면 당신의 가장 가까운 인맥은 누구인가? 당신의 가장 가까운 인맥은 당신 자신이다. 먼저 자신을 괜찮은 사람, 매력적인 사람으로 만드는 것. 그것이 우선이다. 더불어 당신에게 가장 가까운 가족도 당신에게 없어서는 안 될 가장 소중한 인맥들이다. 부모, 형제, 자녀, 배우자를 당신 편으로 만드는 작업을 지속적으로 해야 한다. 친구, 직장에서 만난 사람들도 여기에 포함된다. 그들은 언제나 곁에 존재하는 있으나 마나한 사람들이 아니다. 으례 옆에 있는 사람이라고 생각하는 것은 큰 오산이다.

진정한 인맥관리는 다름 아닌 가까이에 있는 사람에게 사랑 받는 것, 인정받는 것, 관심 받는 것, 존경받는 것이다. 가까운 곳에 있는 사람에게서조차 존경받지 못하는 사람이 다른 사람들로부터 존경을 받는 다는 것은 있을 수 없다. 먼저 가장 가까이에 있는 사람들을 당신의 열렬한 팬으로 만들어야 한다. 당신의 말 한 마디에 죽으라면 죽는 시늉까지 하는 그런 인맥으로 인결시켜라.

그러기 위해서는 진심어린 관심과 이해, 경청과 배려, 칭찬과 미소가 실천되어야 한다. 서로 믿고 아끼며, 책임을 다하려는 노력을 기울여야 한다.

이제 명품인맥을 형성하고 싶다면 먼저 가까이 있는 인맥부터 내 편으로 만들어라. 가가이 있는 사람이 당신의 진정한 명품인맥이다.

 인생의 블루오션(Blue Ocean) - 명품인맥 관리의 기술

인맥관리에 성공하는 사람

성공한 사람들의 가장 큰 공통점 중의 하나는 많은 좋은 사람들과 명품 인맥을 형성하고, 그들과 끊임없이 소통하고 있다는 사실일 것이다. 좋은 인간관계가 비즈니스 세계에서 성공의 가장 중요한 요인 가운데 하나라는 것을 부인할 수 없는 사실이다. 자신의 업무 능력을 향상시켜 줄 뿐 아니라 장밋빛 미래를 설계하는데 길잡이 역할을 해 준다.

좋은 인간관계는 자신은 물론 주위에 있는 사람들까지 기쁘게 만들거나 행복감을 느끼게 해 주며, 다 함께 성공으로 나아갈 수 있는 촉매제의 구실을 한다. 그런 의미에서 인맥관리에 성공한 사람들의 공통점을 찾아보고, 이를 통해 보다 바람직한 인간관계 형성을 통하여 행복하고도 성공적인 삶을 설계해 보자. 〈좋은 인맥을 만드는 43가지 테크닉〉에서는 아래의 6가지를 실천할 것을 권하고 있다.

1. 작은 약속이라도 꼭 지켜라

약속은 상대와의 신뢰 관계를 유지하는 가장 기초가 된다. 신용은 약속을 지키는데서 시작한다. 다른 사람에게 믿음을 주는 것, 즉 신용은 모든 인간관계의 바탕이다. 작은 약속이라도 반드시 지켜라.

2. 정성을 기울이는 사람이 되라

　　정성은 온갖 힘을 다하려고 하는 진실 되고 성실한 마음이다. 사람은 조
그만 정성에 마음이 움직이고 감동한다. 사람을 감동시키는 일은 인맥관리를
꾸준히 하고 지속하는데 결정적 역할을 한다.

3. 유용하게 시간을 보내라

　　유한적인 시간을 쪼개어 의미 있게 활용해야 한다. 한정된 시간을 효과적
으로 활용하여 명품 인맥을 만나는 시간으로 활용해야 한다.

4. 모임을 주재하는 사람이 되라

　　인맥관리 측면에서 보면 모임에 그저 참석하는 사람에 비해 두 배 이상의
성과를 얻을 수 있다.

5. 윗사람과 즐겁게 어울려라

　　후배와는 잘 어울리는데 선배와는 잘 어울리지 못하는 사람이 있다. 윗사
람과의 인간적인 유대관계를 넓히는 것이 좋다. 윗사람과의 교제에 능한 사
람이 인맥관리에 성공한다.

6. 베풀기를 즐겨라

　　남에게 베풀면 그만큼 돌아온다는 것은 처세술의 상식이다. 베풀기를 즐
겨라. 하나를 베풀면 둘을 얻을 수 있고, 사람 또한 자연스럽게 끌어 모을 수
있다.

반면 인맥관리에 실패하는 사람 역시 거기에는 반드시 그만한 이유가 있게 마련이다. 〈좋은 인맥을 만드는 43가지 테크닉〉에서는 아래의 6가지를 가진 사람은 인맥간리에 실패한다고 얘기한다.

1. 작은 일을 무시해서는 안 된다

솔직히 사람들은 큰일에 대해서는 중요성을 인식하고 올바르게 처리한다. 하지만 사소한 작은 일은 무시하는 경향이 있다. 하지만 인간관계에서는 큰 일 보다는 오히려 작은 일에 더 큰 영향을 받을 때가 많다. 사소한 일이 인간관계에 어떤 영향을 미치는지 잘 생각해야 한다.

2. 상대가 마음의 문을 열기를 기다려서는 안 된다

사람들은 마음의 문을 아무에게나 먼저 열지 않는다. 상대의 마음의 문을 열기 위해서는 먼저 다가가야 한다. 기다려서는 되는 일은 하나도 없다. 성경에도 이런 구절이 있다. 구하라. 그러면 얻을 것이다. 인맥도 마찬가지다. 좋은 인맥을 넘어 명품인맥을 형성하려면 먼저 자신부터 마음의 문을 열고 다가가야 한다.

3. 상대의 말을 신중하게 들어라

상대방의 말을 신중하게 듣는 것은 상대방의 존중한다는 것을 의미한다.

자신이 존중받지 못하면서 관계를 계속 유지하려 하는 사람은 없다. 상대방과 좋은 인맥을 형성하고 싶다면 먼저 잘 들어라.

4. 상대의 약점을 잡지 말라

사람은 불완전한 존재이다. 따라서 누구나 약점을 가진다. 그 약점을 들추어 내지 말고 오히려 감싸 앉아라. 약점을 잡으면 당장은 이익일지 모르나 결국에는 관계를 망치는 지름길이다.

5. 아는 척하지 마라

사람은 척하는 사람을 실어한다. 특히 남 앞에서 아는 척 하는 것은 관계를 망친다. 잘난 척하는 사람, 재수 없는 사람이 되기 십상이다.

2장.
명품인맥 관리와 시간관리

명품인맥 형성에 가장 중요한 요소는 시간이다

"현대 사회에서 점점 늘어나고 있는 지식노동자들의 경우, 과업 성공 여부는 전적으로 시간을 어떻게 관리하느냐에 달려 있다. 가장 희소한 자원인 시간을 관리하지 못하는 사람은 다른 아무 것도 관리하지 못한다." 경영학의 아버지 피터 드러커(Peter Drucker) 박사의 말이다.

시간은 21세기 성공 조건 가운데 하나이다. 시간을 효과적으로 활용하는 사람만이 21세기를 리드할 수 있다. 하지만 시간은 유한자원이다. 저장할 수도 없고, 양도할 수 없으며, 변경할 수 없다. 한 번 지나가면 다시 사용할 수 없는 것이 시간이다. 따라서 자신에게 주어진 한정된 시간을 올바르게 관리하여 효과적으로 사용할 수 있는 능력이 필요하다.

특히 명품인맥을 형성하는데 있어 반드시 확보해야 하는 가장 중요한 요소가 시간이다. 인맥관리는 곧 시간관리를 의미한다. 명품인맥을 형성하지 못한 사람은 결국 시간사용의 문제인 경우가 태반이다. 사람을 만나는데 투자할 시간이 없다면 명품인맥이 형성될 리 만무하다.

"바쁘다, 바빠." "왜 이렇게 나만 바쁜 거야."

항상 불평불만을 입에 달고 사는 사람들, 푸념만 늘어놓고 자신의 신세를 한탄하는 사람들이 많다. 너무 바빠서 도저히 시간을 낼 수 없다는 사람, 사람 만날 시간조차 전혀 없다는 사람들도 많다. 그 말에 일정 부분은 동의한다.

아침에 일어나자마자 회사로 출근해야 하고, 회사에 출근해서 9시부터 6시까지 하루 온 종일 업무에 얽매여 있어야 하고, 그것도 모자라 야근에 잔업까지 해야 하니 말이다. 또 쌓인 스트레스라도 풀 겸 동료들과 술 한 잔 기울여야 할 때도 있을 것이고, 회식에, 동창회 모임에, 동호회 모임에, 친구들 모임에, 여기저기 불려 다니며 눈코 뜰 새 없이 바쁜 시간을 보내고 있을 것이다. 아이들 잠자는 모습만 바라보며 출·퇴근을 반복할 수 있다. 그 모습이 눈에 휜하다. 필자도 예전에 그랬으니 말이다. 어디 이뿐인가. 적어도 일주일에 하루쯤은 가족을 위해 시간을 할애해야 되는 것 아니냐는 아내의 볼멘소리에 못 이겨 놀이공원으로, 야외로, 산과 바다로 피곤한 몸을 이끌고 가족과 함께 시간을 보내고 있을지 모른다. 몸이 열 개라도 모자랄 것이다.

하지만 시간이 없다고, 바쁘다고 신세한탄만 하고 있을 수는 없다. 카네기멜론대학교의 연구결과에 따르면, 인맥이 성공의 85%를 차지한다고 한다. 또한 한국개발연구원(KDI)이 2011년 11월 14일 〈인적 네트워크의 노동시장 효과분석〉보고서를 통해 발표한 자료에 따르면, 회사의 취업방식이 기존의 공채를 통한 직접채용의 방식에서 탈피하여 〈소개나 추천방식〉으로 전환되었는데, 그 비중이 무려 전체의 61.5%를 차지한다고 한다. 결국 인맥의 크기가 성공의 크기를 좌우하는 것이다.

"Time is gold."

시간은 금이다. 시간은 소중하고 한 번 지나가면 다시는 돌아오지 않는다. 시간을 쪼개고 쪼개어 마치 24시간을 30시간처럼 느껴지도록 황금같이 사용하는 지혜가 필요하다. 누구는 24시간을 30시간처럼 활용하는데 왜 나는 15시간처럼 사용할까 심각하게 고민해 보고 점검해 보아야 한다.

성공하고 싶은가?
물론이다.

그렇다면 자리를 박차고 일어나 명품인맥을 찾아나서야 한다.

그러기 위해서는 시간을 효과적으로 관리할 필요가 있고, 그 시간을 효과적으로 활용하여 명품인맥을 구축하는데 사용해야 한다. 지금 이 시간부터라도 명품인맥을 구축하고 싶다면 시간관리의 달인이 되겠다는 자세가 필요하다.

명품인맥을 형성하기 위한 시간관리 노하우

인맥관리는 결국 시간과의 싸움, 당신에게 주어진 하루 24시간이라는 제한된 시간을 어떻게 효과적으로 활용하고 사용하느냐에 따라 명품인맥 형성의 성공과 실패가 좌우되며, 동일한 시간에 누구를 만나느냐에 따라 당신 인생이 달라진다. 제한된 시간을 효과적으로 관리하여 명품인맥을 구축하는데 사용하려면 어떻게 해야 할까? 다음과 같이 몇 가지 실천할 수 있는 방법을 제시하고자 한다.

1. 명확한 목표를 세워라

시간이라는 한정된 자원을 효과적으로 활용하여 명품인맥을 형성하기 위해서는 첫째, 명확한 목표를 설정하는 것이다. 시간을 효과적으로 사용할 수 있는 가장 좋은 방법은 명확한 목표를 설정하는데 있다. 목표란 미래에 성취하고자 하는 것이다. 미래에 성취하고자 하는 명확한 목표, 즉 미래에 간절히 열망하는 목표를 가지고 있는 사람은 반드시 행동으로 옮기기 마련이다. 더 좋은 방법이 뭐가 없을까 고민하고, 연구한다.

그 때 직면하는 문제가 바로 시간문제이다. 시간은 유한자원이기 때문이다. 어떻게 하면 한정된 시간을 효과적으로 사용하여 자신이 원하는 목표를 이룰 수 있을까 하는 이런 고민의 시작이 결국 문제해결의 시작점이자 해결점이다. 이런 과정을 거듭하다보면 자신에게 맞는 시간관리 방법을 터득하게 되고, 시간의 노예로부터 해방될 뿐 아니라 일과 인생의 여유 또한 찾게 된다. 따라서 명확한 목표를 설정하는 것은 일의 진행과정을 효과적으로 계획하고 인생에 대한 설계를 잘하기 위해 절대적으로 필요한 전제조건이다.

〈목표설정의 중요성〉

목표가 무엇인지 정확히 인식하고 명확한 목표를 설정하면 자신이 어디로 가야 하는지, 또 무엇을 해야 하는지, 어떻게 해야 하는지, 그리고 왜 하는지에 대한 해답이 명확해진다. 자신이 나아갈 방향을 올바르게 인식하게 되는 것이다. 개인의 열정을 끄집어낼 뿐 아니라 에너지를 집중 시키고 다양하고 분산된 행동을 한 방향으로 이끌어 주는 역할을 하는 것 또한 명확한 목표설정이 하는 역할이다. 더불어 목표가 있는 사람은 한두 번의 시도로 성공하는 것이 아니라 끊임없는 반복을 통해서 이루어진다는 것을 알고 있기에, 쉽사리 포기하지 않는 근성을 심어준다. 목표를 달성할 수 있는 효과적인 방법들을 지속적으로 찾아 나선다.

〈목표설정 방법〉

목표는 현명하고 스마트(SMART)하게 설정해야 한다. 그렇게 해야 중도에 쉽게 포기하지 않고 끝까지 한 목표를 향해 전진할 수 있다.

S : Specific - 목표는 구체적이고 명확해야 한다. 생생하게 살아 움직여야 할뿐만 아니라 구체적이다 못해 입체적으로 다가올 수 있는 그런 목표여야 한다. 희미한 목표는 희미한 결과를 가져오는 것이 아니라 아무런 결과도 가져다주지 못한다.

M : Measurable - 측정 가능해야 한다. 애매모호하거나 수치로 측정 불가능한 뜬구름 잡는 목표는 목표가 아니다.

A : Agreed on - 동의할 수 있어야 한다.

R : Realistic - 현실 가능한 목표를 설정해야 한다. 현실성이 떨어지는 목표를 설정하게 되면 도중에 포기할 가능성이 높다.

T : Timely - 기한을 정해야 한다. 기한을 정하면 집중도를 향상시킨다.

　한정된 시간을 효과적으로 사용하여 명품인맥을 형성하는데 활용하고자 한다면 무엇보다도 명확한 목표설정이 우선이다. 명확한 목표를 설정하면 시간을 효과적으로 사용할 뿐만 아니라 덤으로 여유시간이라는 보너스도 주어진다.

　인맥의 크기가 성공의 크기를 결정한다는 말을 기억하는가? 그렇다면 인맥에 대한 목표를 세워 보는 것은 어떠한가? 인맥의 크기가 인생의 질을 결정한다. 얼마나 많은 인맥을 만들 것인지, 어떻게 만들 것인지, 누구를 내 인맥으로 만들 것인지, 왜 그 사람을 내 인맥으로 만들고 싶은지, 그리고 언제까지 만들 것인지 등에 대한 명확한 목표를 정해보자.

2.구체적이고 현실적인 행동 실천계획을 세워라

　목표를 세웠으면 구체적이고 현실적인 행동 실천계획을 세워야 한다. 조직의 경우, 업무나 프로젝트를 진행할 때 가장 먼저 하는 것이 무엇일까? 타임테이블(Time-table) 작성이다. 업무나 프로젝트의 시작일로부터 종료일까지 세부적으로 무엇을 할 것인지, 제일 먼저 시간계획표를 짜는 것으로 시작하는 경우가 많다.

　여행 할 때도 마찬가지이다.
"여보, 모처럼만에 가족끼리 같이 하는 여행 가는 건데, 계획 좀 잘 짜 봐요."
필자가 아내에게 자주 듣던 말이다.

　1박 2일, 2박 3일, 3박 4일, 4박 5일이라는 짧은 휴가기간을 알차고 보람 있게 보내기 위해 어디를 갈 것인지, 무엇을 먹을 것인지, 어떻게 보낼 것인지를 생각 해보고 시간계획표를 짜라는 말이었다.

"너는 왜 이렇게 계획성이 없니?"

이런 말을 듣는 사람들도 있다. 아무런 시간계획이나 준비 없이 손에 잡히는 대로 일을 처리하는 사람들에게 우리가 했던 말이다.

계획이란 일에 대해 구체적인 절차나 방법, 규모 따위를 미리 구상하는 것을 말한다. 즉 구체적인 시간계획표를 짜는 것이다. 계획을 세운다는 것은 결국 시간계획을 의미한다. 무슨 일을 하거나 목표를 세울 때 이것에 대한 세부적인 시간계획을 세우는 것이 무엇보다 중요하다. 계획한 날짜, 주를 확정하여 시간계획표에 적어 넣고, 그 일정에 따라 실행에 옮겨라. 계획을 세우는데 아무리 많은 시간이 걸린다 해도 계획을 세우고자 하는 시간의 1% 밖에 되지 않는다. 시간계획을 세울 때는 규칙적으로, 체계적으로 세우고 일단 시작한 일은 일관성 있게 철저하게 마무리 하는 것이 좋다.

이렇게 구체적인 시간활용에 대한 세부적인 시간계획을 세우면 어느 시간에 자신이 무엇을 할 것인지 정확히 알게 되고 효과적으로 집중할 수 있게 된다. 그로인해 시간을 절약 할 수 있다. 자신이 무엇을 해야 할지 명확하게 이해하고, 수행하면서 만족감을 느끼고 더불어 시간조절을 통해 자유시간을 잘 활용할 수 있게 된다. 이렇게 얻어진 자유시간을 활용하여 명품인맥을 형성하는데 사용하는 시간은 황금 같은 시간이다.

3. 시간사용의 우선순위를 정하라

시간이라는 한정된 자원을 활용하여 명품인맥을 형성하는데 사용하기 위해서는 시간사용의 우선순위를 정해야 한다. 그다지 중요하지 않은 일로 시간을 낭비하는 사람들이 의외로 많다. 중요하지도 않으면서 긴급한 일에만 집중하는 사람들도 많다.

"자네는 바쁜 것 같기는 해."
"그런데 도통 결과물이 안 나온단 말이야."
"자네는 도대체 무슨 일을 하는지 모르겠네."

혹시 이런 말을 듣고 있는 것은 아닌지 생각해 볼 필요가 있다. 만약 이런 말을 듣고 있다면 당신은 업무의 우선순위를 잘못 사용하고 있는 것이다. 업무의 우선순위란 업무를 처리할 때 가장 중요하게 생각하는 순서이다. 업무의 우선순위를 정할 때 고려해야 하는 두 가지는 중요성과 긴급성이다. 업무에는 경중(輕重)이 있고, 중요한 것과 중요하지 않은 것이 있으며, 긴급한 것과 긴급하지 않은 것이 있게 마련이다. 우선순위를 잘 활용하는 사람은 자신에게 주어진 대부분의 시간을 긴급하지는 않지만 중요한 일에, 중요하면서도 긴급한 일에 할애 하지만, 그렇지 못한 사람은 중요하지도 않고 긴급하지도 않은 일을 처리하는데 모든 시간을 투자한다.

시간을 효과적으로 사용하느냐 하는 것은 전적으로 우선순위 문제이다. 무슨 일을 하든 우선순위에 따라 시간을 사용하는 지혜가 필요하다. 우선순위에 따라 일을 처리할 때 효과적으로 처리할 수 있을 뿐 아니라 시간도 절약할 수 있다. 업무의 우선순위, 즉 업무를 진행하면서 가장 중요하게 생각하는 것이 무엇인지 생각해 보라. 그런 다음 중요하면서 소중한 일, 가치 있는 일에 당신의 시간을 사용하고 투자하는 것은 어떨까?

처음에는 잘 안될 수 있다. 하지만 걱정하지 않아도 된다. 첫 술에 배부를 수 없는 일이다. 우선순위가 무엇인지 생각해 보고, 그 우선순위에 따라 명확한 목표를 설정하면 된다. 그리고 철저한 세부 시간계획을 세우면 되는 일이다. 너무 쉽게 말하는 것 아니냐고 반문할 수 있으나, 이러한 과정을 반복하다 보면 어느 순간 하나의 습관이 형성된다. 적어도 하루 한두 시간의 여유시간을 확보할 수 있을 것이다. 이렇게 해서 얻어지는 여유시간, 하루 24시간 중 단 1%, 약 15분만이라도 자신을 성장시키고 개발하는데 할애하라. 명품인맥을 형성하는데 투자하라. 투자한대로 되돌아온다. 이것이 당신의 인생을 바꾸어 놓을 것이다.

4. 파레토법칙을 사용하라

　　시간을 효과적으로 사용하기 위해서는 파레토법칙을 이용하는 것이 좋다. 파레토법칙은 어떤 그룹이나 일정량에서 얼마 안 되는 부분이 전체에서 차지하는 상대적인 비율보다 훨씬 더 큰 가치를 나타내는 것을 말한다. 이 법칙은 이태리의 유명한 경제학자이자 사회학자인 빌프레도 파레토(Vilfredo Pareto)가 주창한 것으로 그의 이름을 붙여 파레토법칙이라 하였다.

　　이 법칙은 20%에 불과한 소수의 사람들이 80% 혹은 80%이상의 재산이나 물건을 소유하고 있다는 사실에서 출발하였다. 그 후 이 법칙은 보다 많은 학자들에 의하여 널리 사용되었는데, 시간관리에도 적용되었다. 이 파레토법칙은 20%의 시간에 투자하는 몇 개의 중요한 업무가 80%의 성과를 가져온다는 원칙이다. 시간사용의 우선순위를 좀 더 구체화시킨 것이다.

"하루 24시간이 너무 짧아."
"48시간이었으면 좋겠어."

　　조직생활을 하다 보면 이런 말을 하는 사람들이 많다. 하루 24시간이 충분하다고 말하는 사람은 거의 없다. 한 보고서에 따르면, 100명의 조직관리자들에게 "현재의 시간이 충분한가?"라는 질문에, 단 1명의 관리자만이 현재 시간으로도 충분하다고 답했을 뿐 나머지 99명의 관리자는 부족하다고 대답했다고 한다. 그렇다면 "얼마 정도의 시간이 더 주어지면 일을 더 잘할 수 있다고 생각하느냐?"라는 질문에, "20% 정도의 시간이 더 주어지면 일을 더 잘 할 수 있을 것 같다."고 대답했다고 한다. 위의 결과를 보더라도 자신에게 주어진 시간이 충분하다고 생각하는 사람은 거의 없다는 것을 알 수 있다.

　　하지만 파레토법칙을 잘 이용한다면 24시간을 마치 48시간처럼 효율적으로 사용할 수 있다. 하루 10%에서 20%의 시간, 즉 2시간에서 4시간 정도의 여유시간을 충분히 확보할 수 있다. 이렇게 파레토법칙을 이용하여 시간을 관리해야 하는 이유는 간단하다. 하루가 24시간으로 한정돼 있다는데 있다. 필요할 때 언제라도 사용할 수 있는 것이 시간이라면 아무런 문제가 되지 않는다. 하지만 그렇지 못하다면 올바른 용도로 쓰임새 있게 사용해야 한다. 이왕이면 보다 가치 있고, 보다 소중하며, 보다 중요한 일에 사용하는 것이 생산성 향상에 도움이 된다.

파레토법칙을 활용하여 시간을 효과적으로 사용하기 위해서는 먼저 스스로에게 질문을 던져야 한다.

"나에게 가장 중요한 일은 무엇인가?"
"20%의 시간투자로 80%의 성과로 가져오는 일은 무엇일까?"
"지금 하고 있는 일에 사용하고 있는 시간이 도움이 되는 것일까?"
"아니면 아무 의미가 없을까?"

더불어 곰곰이 생각해야 한다. 어떻게 하면 시간을 좀 더 효과적으로 사용할 수 있을까에 대한 생각을 거듭하다 보면 한 가지 결론에 도달한다. 파레토법칙을 활용하여 중요한 일부터 우선적으로 처리해야 한다는 사실이다. 다른 말로 80:20원칙이라 한다. 80:20원칙을 적극적으로 활용하면 시간은 넉넉해질 뿐 아니라 좋은 성과로 이어진다.

쉬운 일, 흥미를 끄는 일부터 처리하는 사람들도 있다. 시간이 적게 드는 일에 먼저 관심을 기울인다. 일의 경중이나 중요성, 긴급성을 따지지도 않는다. 그저 마구잡이식으로 일을 처리한다. 파레토법칙을 이해하지 못하는 사람들이 흔히 범하는 오류들이다. 손에 잡히는 대로 하다보면 정작 처리했어야 하는 중요한 일을 해결하지 못해 곤란한 상황을 맞았고, 그 때마다 후회하곤 했다. 상사의 질타를 받은 적도 있었다.

“아, 어떡하지!”
“그 일을 먼저 했어야 했는데…….”

후회해봐야 소용없는 일이다. 방법은 단 하나. 중요하고 소중한 20%의 일에 80%의 시간을 투자하는 것이다. 그리고 그 일에 집중하는 것이다. 나머지 80%를 버리고 여유를 선택하라. 그러면 최상의 결과를 얻을 수 있다.

마지막으로, 당신에게 실질적인 성과를 안겨줄 수 있는 가장 중요한 20% 인맥은 누구인가? 그 중요한 20% 인맥에게 당신의 80% 시간을 투자하라. 이것이 파레토법칙이다.

5. 시간기록일지를 작성하라

시간을 효과적으로 사용하기 위해서는 시간기록일지를 작성하는 것이 좋다. 시간기록일지를 작성하면 시간 낭비요소를 파악하여 시간을 절약할 수 있다.

“시간을 어떻게 활용하고 있을까?”
“효과적으로 사용하고 있는 걸까?”
“주로 어디에 많이 사용하고 있을까?”
“혹시 줄줄 세어나가는 것은 아닐까?”

이런 생각을 해 본 적이 있는가?

시간을 어떻게 활용하고 있는지에 대한 시간활용 및 사용용도를 확인할 수 있는 가장 좋은 방법은 시간기록일지를 작성하는 것이다. 시간기록일지란 시간을 기록하는 하나의 장부 또는 서류이다. 시간기록일지를 작성하는 이유는 시간을 효과적으로 관리하기 위함이다. 시간의 이용실태를 파악하고 줄줄 세어나가는 시간낭비 및 소비요소를 제거하여 해결책을 찾기 위함이다. 시간기록일지를 작성하면 시간의 사용용도, 사용방법, 낭비 및 소비요소를 확인할 수 있다는 이점이 있다.

그렇다면 어떻게 시간기록일지를 작성하는 것이 좋을까? 〈자이베르트 시간관리〉의 방법을 참고하여 작성하면 좋을 듯하다.

시간기록일지를 작성할 때는 첫째, 사실대로 작성해야 한다. 취침 및 기상시간, 밥 먹는데 소요된 시간, 화장실에 들어간 시간, 출근시간, 집에서부터 버스 타는 장소까지 걸어가는데 걸린 시간, 사무실에서 커피 마시고 담배 피운 시간, 회의시간, 점심시간, 프로젝트를 진행하는데 걸린 시간, 기획서 작성하는데 걸린 시간 등 어떤 일을 했는지 세세하게 하루의 일과를 작성해야 한다. 적어도 21일간만 작성해 보라. 깜짝 놀랄 것이다. "의미 없는 일에 시간을 낭비하고 있었다는 사실에." "가치 없는 일에 많은 시간을 투자하고 있다는 사실에." "소중한 시간이 술술 세어나갔다는 사실에." 말이다.

둘째, 사실대로 기록했다면 유형별로 나누고 집계해야 한다. 커피, 담배, 회의, 업무, 술, 회식 등 유형별로 나누고, 총 사용시간을 집계해야 한다.

셋째, 시간을 사용한 요소, 방법, 결과를 토대로 시간 낭비원인을 분석해야 한다.

넷째, 해결책(대안)을 마련해야 한다. 이렇게 시간기록일지를 작성함으로써 시간 낭비요인을 차단하거나 제거할 수 있다.

6. 불필요한 인맥은 과감하게 정리하라.

시간을 효과적으로 사용하기 위해서는 불필요한 인맥은 과감하게 정리해야 한다.

"빛 좋은 개살구"

겉만 번지르르하고 그에 맞는 알찬 내용이나 실속이 없음을 이르는 말이다. 주변을 보면 마치 무용담을 늘어놓듯이 "나는 마당발이다."고 자랑하는 사람들을 발견하곤 한다. "나는 ○○○를 알고 있고, 또 ○○○를 알고 있으며, 또 다른 ○○○를 안다."고 자랑하고 다닌다. 혹자는 그 이야기를 들으면 "와, 너 정말 대단하다."고 생각한다. 하지만 그 이야기를 뒤집으면 "나는 사람들하고의 관계가 깊지 않다."는 것을 반증하는 것이다. 표면적으로는 "형님" "아우님"하면서 허물없는 관계처럼 보일 수 있지만, 실상은 그렇지 않다는 이야기다. 전혀 부러워 할 일이 아니다. 실속이 전혀 없는 "빛 좋은 개살구"에 불과한 경우가 태반이기 때문이다.

이런 마당발 유형의 사람들은 오지랖이 넓은 편이다. 하루 24시간이 모자랄 정도로 열일 다 제쳐두고 여기저기 찾아다닌다. 시간도 시간이지만 몸도 마음도 지칠 대로 지친다. 인맥의 깊이와 유대관계의 끈은 강하지 못하고 얇다. 이러한 인맥은 단지 알고 있는 피상적인 인맥으로, 진정한 인맥이 아니다. 진정으로 필요할 때 나에게 도움의 손길을 내밀어 줄 수 있는 명품인맥으로 발전하기 어렵다는 말이다.

사람과의 관계에서 생각지도 못했던 일들이 발생하는 현실을 감안할 때, 많은 사람을 알고 있는 것 자체는 분명 가치 있고 좋은 일이다. 하지만 단지 많은 사람을 알고 있다는 것 자체만으로 명품인맥을 형성하고 있다고 말하기는 어렵다. 관계의 깊이를 따져 보아야 하기 때문이다.

이제 인맥에 대한 생각의 전환이 필요한 시점이다. 당신이 구축하고 있는 인맥의 구조조정이 필요하다는 말이다. 지금부터는 모든 모임에 나갈 필요없다. 모든 사람을 만날 필요도 없고, 더더욱 모든 사람을 만족시킬 필요도 없다. 그 시간을 당신에게 소중한 사람들에게 투자하고 집중하면 보다 나은 결실을 맺을 수 있다. 즉 당신의 인생에 도움이 되는 명품인맥을 형성할 수 있다. 따라서 자신의 인생에 도움이 되지 않는 불필요한 인맥이라 생각된다면 과감하게 정리할 수 있는 결단력이 요구된다.

그렇다면 불필요한 인맥을 정리하기 위해 어떻게 하는 것이 좋을까? 만남의 우선순위를 정해보자. 시간에만 우선순위가 있는 것이 아니다. 모임에도 우선순위가 있고, 사람에게도 우선순위가 있다. 특히 인맥에 대한 우선순위를 정해보자. 그 우선순위에 따라 시간을 배분할 필요가 있다. 불필요한 인맥을 만나는데 너무 많은 시간을 소비하는 것처럼 어리석은 행동은 없다.

고민의 시간이 필요할 것이다. 인맥의 우선순위를 정하는 것에 대해 마음이 불편할 수 있다. 하지만 하루 24시간, 한정된 시간을 효과적으로 사용하기 위해서는 반드시 필요한 작업이다. 우선순위를 정할 때는 여러 가지 요소를 고려해야 한다. 신뢰(신용)할 수 있는 사람인지, 성격은 어떠한지, 원칙과 룰은 잘 지키는지, 의지력은 어떠한지, 능력은 있는지에 대해 신중히 생각하고, 이를 1(최상), 2(상), 3(중), 4(하) 또는 A(최상), B(상), C(중), D(하) 등급으로 구분해보자. 더불어 나는 상대방에게 어떻게 평가되는지에 대해 생각해보는 시간을 갖는 것도 필요하다.-변화하는 사람의 미래는 아름답다-중에서

불필요한 인맥을 만나는데 소비하는 시간을 줄여 당신에게 좀 더 필요한 사람, 긴밀한 관계로 발전시키고 싶은 사람이 있으면 그 사람에게 할애하라, 또는 자신의 내공을 키우는 것도 좋은 방법이다.

7. 아침시간을 잘 활용하라

시간을 효과적으로 사용하기 위해서는 아침시간을 잘 활용하는 것이 좋다.

"아침잠은 인생에서 가장 큰 지출이다." - J 카네기 -
"아침은 입에 황금을 물고 있다." - 이탈리아 잠언 -

모두 아침시간의 중요성을 강조한 말이다. 성공하는 사람들의 한결 같은 공통점 중 하나는 아침시간을 효과적으로 활용한다는데 있다. 아침을 잘 활용하는 사람이 그렇지 못한 사람보다 더 성공적인 하루를 보내고, 하루를 주도적으로 사는 사람이 인생을 주도한다. 결국 성공은 아침시간을 어떻게 관리하고 활용하느냐에 따라 좌우된다고 해도 과언이 아니다.

하지만 아침시간의 중요성을 과소평가하고 그냥 흘려보내는 사람들도 있다. 그 시간을 잠을자며 흘려보낼 수 있고, 좀 더 자고 싶은 유혹을 뿌리치고 자리를 박차고 일어나 운동을 하거나 명상을 하거나 하루를 계획하며 의미 있게 사용할 수 있다. 이제 아침 9시 정시에 출근하고, 6시에 퇴근 하는 것만으로는 경쟁력을 확보하기 어려운 것이 현실이다. 따라서 아침 한두 시간의 여유시간을 확보하는 노력이 필요하다. 그 한두 시간이 삶의 여유로, 희망으로 다가온다.

특히 아침형 인간이 되기 위해서는 가장 먼저 밤 문화를 정리해야 한다. TV만 틀면 유럽의 EPL, 프리메라리가, 세리아A, 분데스리가 등의 선진축구가 실시간으로 중계되고, K-1, UFC, ROAD FC와 같은 이종격투기가 방송된다. 인터넷 게임에 중독된 사람들도 부지기수고, 케이블 TV에서는 영화가 밤새도록 상영된다. 24시간 홈쇼핑이 방송되고 있고, 인터넷에 접속하면 눈과 말초신경을 자극하는 내용들이 판을 친다. 낮인지 밤인지 분간이 안 갈 정도로 창문 너머로 비쳐지는 밝은 빛에 유혹되기도 한다. 또한 사랑하는 사람과 심야데이트를 즐길 때도 있을 것이고, 습관성 야근, 친구, 지인들과의 술 한잔하는 생활이 잦아지는 등의 비정상적인 생활습관이 반복된다. 이로 인해 저녁은 길어지고, 아침은 점점 늦어지고 있다.

이러한 비정상적인 밤 문화를 즐기다보면 활력 없는 아침으로 이어지고, 결국은 무기력한 일과로 연장된다. 아침에 출근 하기는 했지만 정상적인 상태로 오롯이 업무에 집중하기는 어렵다. 졸린 눈을 비벼가며 하품을 하기도 하고, 꾸벅꾸벅 졸기도 하며, 비몽사몽 멍 때리고 앉아 있는 시간이 자주 발생한다. 정신이 혼미해지니 일이 손에 잡힐 리가 있겠는가. 일의 능률이 떨어지고, 생산성이 저하된다. 악순환이 거듭되고, 좋은 이미지가 형성될 리 만무하다. 당신은 그저 그렇고 별 볼일 없는 사람으로 낙인찍힐 확률이 높다. 핵심인재로 인정받기 어려워진다는 말이다. 결국 남의 뒤꽁무니만 쫓아가는 2류, 3류 인생으로 전락하는 결과를 초래한다.

이제 2류, 3류 인생에서 벗어나 1류 인생을 살고 싶다면, 핵심인재로 거듭나고 싶다면 아침을 주도하는 사람이 되어야 한다. 아침 하나도 제 마음대로 통제하지 못하는 사람이 무슨 큰일을 도모할 수 있겠는가. 비정상적인 저녁활동을 과감히 접고 일찍 귀가하는 습관을 정해보자. 정확한 취침시간을 정하는 것도 좋은 방법이다. 지금부터 실천해 보자. 인생이 달라진다.

〈아침에 할 수 있는 것들〉

아침에 일찍 일어나면 남보다 그 만큼 하루 시간을 길게 활용할 수 있고, 하루를 일찍 시작하는 사람은 두세 배 이상의 시간을 알차게 활용할 수 있다. 좀 더 구체적으로 아침에 일찍 일어나면 어떤 점이 좋을까?

첫째, 삶에 여유가 생긴다.
둘째, 일찍 출근할 수 있다.
셋째, 건강에 좋다.
넷째, 심적으로 안정된다.
다섯째, 하루를 남들보다 빨리 시작할 수 있다.
여섯째, 하루를 길게 효과적으로 사용할 수 있다.
일곱째, 누구의 간섭없이 조용히 나만의 시간으로 활용할 수 있다.
여덟째, 신선한 아침 공기를 맞으면 기분이 상쾌해지고 정신이 맑아진다.
아홉째, 남들 자고 있는 시간에 뭔가 하고 있다는 느낌에 희열감, 만족감, 자신감을 느낀다.

또한 아침에 일찍 일어나면 의외로 할 수 있는 것들이 많다. 아침에 일어나서 할 수 있는 것은 무엇일까?

첫째, 음악을 듣거나 영어 방송 및 CD를 들으면서 외국어 공부를 할 수 있다. 둘째, 조간신문을 통해 경제상황과 사회 이슈 등에 대한 지식을 쌓을 수 있다. 셋째, 각종 조찬모임이나 독서모임 등에 참가할 수 있다. 넷째, 정신적, 심적 안정을 위해 조용히 명상의 시간을 가질 수 있다. 다섯째, 일일계획을 세울 수 있다. 특히 일의 우선순위를 설정할 수 있다. 여섯째, 아침운동을 할 수 있다. 일곱째, 아침시간은 집중이 잘 되는 시간이다. 아침 한 시간은 다른 시간대의 2, 3배 효과를 얻을 수 있다. 책을 읽음으로써 지식을 습득할 수 있는 가장 좋은 시간이다.

아침시간을 효과적으로 활용하는 것은 자신의 경쟁력을 제고 할 수 있는 가장 좋은 방법이다. 일찍 일어나 운동을 할 수 있고, 맑은 정신으로 집중하여 책을 읽을 수 있다. 영어학원에 다닐 수 있고, 조찬세미나, 북클럽 등에 참가하여 그들과 좋은 관계를 형성할 수 있다. 아침 한두 시간이 아무것도 아닌 것 같지만 쌓이면 엄청난 경쟁력이 된다. 아침 한두 시간을 확보할 수 있다면 당신은 이미 성공의 길로 들어선 셈이다.

8. 점심시간을 알차게 보내라

시간을 효과적으로 사용하기 위해서는 점심시간을 알차게 보내야 한다. 점심시간은 그저 같은 부서 사람들과 한 끼의 식사를 떼우는 시간이 아니다. 효과적으로 활용하면 인생의 보물로 다가온다.

"아우, 벌써 12시군."
"자, 점심 먹으러 갑시다."
"오늘은 어디로 가지?"
"뭐 먹을까요?"
"글쎄, 마땅한 게 없네."

직장인들의 점심 풍속도이다. 오후 12시에서 1시 사이가 되면 식당을 찾아서 많은 사람들이 길거리로 우르르 쏟아져 나온다. 같은 부서의 동료끼리, 동기끼리, 직장 선후배끼리 삼삼오오 모여 점심식사를 한다. 특별한 일이 없으면 매일 매일 반복되는 일상이며, 1년 열두 달 똑 같이 되풀이 되는 우리들의 자화상이다. 또한 선택의 여지없이 사내식당을 이용하기도 한다.

하지만 이렇게 이루어지는 관계는 한정적이다. 점심시간은 사람 만나기 딱 좋은 시간이다. 점심시간을 효과적으로 활용하면 인맥의 범위를 확장하고 깊이를 더할 수 있다. 이러한 사람만이 성공에 한 발짝 가까이 다가갈 수 있는 법이다.

1년 열두 달, 매일 똑같은 부서 사람들하고 식사해야 한다는 생각을 버리는 것이 좋다. 그 시간에 다른 부서 사람들, 동료나 선배, 상사들과 점심약속을 잡아라. 점심시간을 같이하면서 세상 돌아가는 이야기, 업계동향, 새로운 지식 및 정보를 얻을 수 있다. 그들에게 회사 생활의 애로사항이 있다면 해결할 수 있는 방법에 대해 자문을 구할 수 있고, 그들로부터 삶의 지혜, 경험, 노하우 등을 전수 받을 수 있다. 본받고 싶은 사람이 있다면 멘토(Mentor)가 되어달라고 요청할 수 있다.

또한 회사 밖 거래처 사람들, 친구, 기타 인연으로 맺어진 사람들하고 점심시간을 같이하는 것도 좋은 방법이다. 인맥을 형성하는 가장 좋은 방법은 자주 만나는 것이다. 자주 얼굴을 보고 이야기를 해야 정든다. 가급적이면 일주일에 한 번 정도는 외부 사람들하고 유익한 시간을 갖도록 해야 한다.

점심시간을 활용하여 자기개발을 하는 것도 좋다. 외국어공부에 세미나까지 자기개발에 올인 할 수도 있다. 악기연주, 요가 등 건강관리, 취미생활하기에도 좋은 시간이 점심시간이다.

9. 저녁시간을 헛되이 보내지 마라

시간을 효과적으로 사용하기 위해서는 저녁시간을 헛되이 보내서는 안 된다. 저녁시간은 자기개발을 하거나 인맥을 형성할 수 있는 황금 같은 시간이다. 그저 술 마시고 인터넷게임을 하며 허비하기에는 아까운 시간이다. 좀 더 멋진 인생을 설계하기 위해서는, 그리고 내가 원하는 방향으로 이끌어 가기 위해서는 저녁시간을 효율적으로 활용해야 한다.

그저 당구나 치러 가는 것은 시간낭비에 불과하다. 친목을 도모하는 것이라고 항변할 수 있다. "나는 그렇게 생각하지 않는다."면서 생각이 다르다고 말할 수 있다. 하지만 필자는 그렇게 생각하지 않는다.

PC방에 죽치고 앉아 게임하기, 2차, 3차까지 이어지는 지나친 음주, 의미 없는 저녁식사 모임, 습관적인 야근, 도박 또한 시간을 낭비하는 요인이다. 지금 이러한 소모적인 일에 많은 시간을 투자하고 있다면 당신의 미래는 암울하다. 따라서 이러한 시간 낭비요인을 과감하게 단절해야 한다. 그래야 좀 더 멋진 인생을 설계할 수 있다.

"야, 양 대리는 매일 퇴근만 하면 어디를 저렇게 급히 달려 가냐?"
"어, 영어 학원 갈걸."
"야, 저 친구는 왜 저렇게 재미없게 사는 거야."
"인생 뭐 있어! 그냥 재미있게 즐기다 가는 거지."

이렇게 말하는 사람은 조만간 쪽박 찰지 모른다. 발전 가능성이 없기 때문이다. 소모적인 활동 대신에 생산적인 활동에 집중하라.

그렇다면 어떻게 저녁시간을 효과적으로 활용할 수 있을까?
첫째, 끊임없이 자기개발을 하는 것이다. 저녁시간은 자기개발을 할 수 있는 최적의 시간이다. 직장에서 핵심인재 인정받기 위해서는 자기개발을 게을리 해서는 안 된다. 자기개발을 하지 않고 일만하는 사람은 조만간 도태된다. 자기개발은 자신을 알릴 수 있는 가장 좋은 방법이다.

둘째, 저녁운동을 하는 것도 좋은 방법이다. 저녁에는 근육을 사용하는 운동이 좋고 유산소운동을 통해 적당량의 땀을 흘리는 것도 좋다.

셋째, 특히 저녁시간은 명품인맥을 형성할 수 있는 최적의 황금시간으로,

인맥은 대부분 저녁시간에 형성되는 경우가 많다. 이 황금 같은 시간을 술 마시면서 허송세월하는 싸람이 있는 반면, 의미 있는 모임에 나가기도 하고, 좋은 인맥들을 만나 좋은 경험을 공유하는 사람도 있다. 이 들 중 누가 더 성공에 가까이 갈 수 있겠는가? 당연히 후자다. 현재는 과거 내가 만난 사람들과의 관계에서 맺어진 결정체이고 미래 또한 현재 내가 만나는 사람들과의 관계 속에서 만들어질 결과물이다.

10. 자투리시간을 활용하라

시간을 효과적으로 사용하기 위해서는 자투리시간을 효과적으로 활용해야 한다. 자투리란 일정용도로 쓰고 남은 나머지를 비유적으로 이르는 말이다. 특히 시간과 관련하여 자투리시간이란 거창한 말처럼 들리겠지만 하루 24시간 중 특별히 하는 일 없이 남는 시간, 여유시간을 말한다. 뭔가 일을 하자니 충분치 않은 시간이고, 그렇다고 아무 것도 안하고 있자니 무료한 그런 시간 말이다. 친구를 기다리거나, 사랑하는 사람을 기다릴 때, 거래처를 방문해 고객을 기다려야 할 때 나에게 주어지는 잠시 잠깐의 10분, 20분의 시간이 나에게는 황금 같은 자투리시간이다. 지하철 안에, 버스 안에 있는 시간도 자투리시간이다. 그 남는 자투리시간이 당신 인생의 경쟁력이 된다.

당신은 10분, 20분이라는 짧은 자투리시간에 무슨 일을 할 수 있느냐고 반문할지 모른다. 하지만 이것은 10분, 20분이라는 여유시간의 중요성을 모르고 하는 말이다. 10분, 20분은 엄청나게 긴 시간이며, 그 시간에 많은 일을 할 수 있다.

10분, 20분의 자투리시간을 어떻게 활용할 수 있을까?

첫째, 남는 자투리시간에 할 일 없이 보내는 것 보다는 독서하는 습관을 들이는 것은 가장 좋은 방법이다. 독서는 하나의 습관이다. 손에서 책을 놓지 않는 자세야말로 당신을 성공의 길로 인도하는 가장 확실한 방법이다. 하루 10분, 20분은 아주 짧은 시간에 불과하지만, 10분, 20분이 쌓이면 엄청난 결과로 이어진다. 1주일이면 적어도 2시간 이상을 확보할 수 있고 2시간이면 가벼운 책 1권을 읽을 수 있는 충분한 시간이다. 1달이면 4권의 책을, 1년이면 50권의 책을, 10년이면 500권의 책을 읽을 수 있는 매우 소중한 시간이다.

둘째, 자투리시간을 활용하여 영어단어를 외울 수 있다. 직장인들의 경우 자기개발의 한 방법으로 외국어를 꼽는다. 하지만 학원에 갈 시간적 여유가 없는 경우가 많다. 실망할 필요 없다. 자투리시간을 잘 활용하면 하루에 적어도 10개 이상의 영어단어를 외울 수 있다.

셋째, 자투리시간 10분이면 책상 정리정돈하기 충분한 시간이다. 시간낭비 요인 중의 하나가 책상 정리정돈이다. 책상의 정리정돈이 안 돼 있는 사람의 경우 필요한 서류를 찾기 위해 시간을 낭비하는 경우가 많다. 서류를 찾는데 낭비하는 시간을 없애기 위해 평소 자투리시간을 활용하여 정리정돈하는 습관을 길러 보자. 하루 10분이면 당신은 유능한 사람이 된다.

넷째, 자투리시간 10분이면 사랑하는 자녀와 아내에게, 주변 사람들에게 감사메시지, 사랑의 문자를 보낼 수 있는 충분한 시간이다. 많은 사람들이 말하기를 세상에서 가장 어려운 인간관계가 "가족과의 인간관계"라고 입을 모은다. 특히 아내와의 인간관계는 영원히 풀 수 없는 숙제라고 말한다. 하지만 당신이 보내는 "사랑해." "고마워."라는 뜻밖의 문자메시지 하나가 관계를 회복하고 발전시킨다. 하루 10분이면 충분하다.

다섯째, 고객과 약속했다면 그리고 약속시간까지 10분, 20분의 여유시간이 생겼다면 어떻게 설명하고 설득할 것인지 전략을 세우는 것도 좋은 방법이다.

여섯째, 자투리시간을 이용하여 메모지에 자신의 생각을 정리하는 것도 좋은 방법이다. 이 한 장의 메모지가 먼 훗날 당신의 역사가 되고, 그것이 1

권의 책으로 탄생할 수 있다.

일곱째, 눈을 감고 명상할 수 있다.

여덟째, 스트레칭과 같은 가벼운 운동을 할 수 있다.

아홉째, 오늘 할 일이 무엇인지 계획을 세울 수 있다. 하루 10분의 시간 투자로 10시간 이상의 시간을 절약할 수 있는 법이다. 사람은 내가 무엇을 할 것인지 계획을 세우는 것만으로도 효율을 높이고 능률을 향상시킨다.

열째, 특히 10분, 20분의 짧은 자투리시간 동안에 연락하지 못했던 사람들. 친구, 지인, 인맥들에게 전화를 할 수 있다. 이메일, 문자 메시지를 보낼 수 있는 충분한 시간이다. 명품인맥으로 발전하려면 자주 접촉하고 만나야 한다. 인간관계의 시작은 결국 상대방에 대한 관심에서 출발한다고 했을 때, 한 통의 전화가, 한 번의 문자메시지가 상대방에 대한 관심의 표현이 된다. 자투리시간을 활용해서 인맥과 연락을 해보자. 명품인맥을 형성할 수 있는 좋은 시간이다.

이처럼 무심결에 지나갈 수 있는 10분, 20분의 자투리시간동안 할 수 있는 일이 의외로 많다. "10분, 20분, 그거 그냥 잠깐 멍 때리면 지나가는 시간 아니야."라고 생각할 수 있지만, 10분, 20분이 모이면 한 해를 마무리 할 때쯤이면 올바른 습관 하나가 형성된다.

자투리시간은 그냥 주어지는 시간이 아니다. 무의미한 시간도 아니다. 뭔가를 하기에 충분치 않은 시간이라는 생각을 버리는 것이 좋다. 자투리시간을 잘 활용하는 사람이 성공한다. 특히 자투리시간을 효율적으로 사용하는 사람만이 명품인맥을 형성할 수 있다. 명품인맥을 만들 수 있는 시간이 없다고 불평하는 것은 어리석은 일이다. 자투리시간으로도 충분하다. 자투리시간은 당신에게 주어진 최고의 선물이다. 자투리시간은 당신에게 주어진 최고의 자산임을 인식할 필요가 있다.

11. 주말경쟁력을 제고하라

시간을 효과적으로 활용하기 위해서는 주말을 의미 있고 가치 있게 활용하는 것이 바람직하다. 주말은 그저 휴식하라고 주어진 시간만은 아니다.

요즘 토요휴무제가 정착이 되면서 삶에 많은 변화가 생겼고 충분한 여유시간을 확보할 수 있게 되었다. 필자가 시간관리 강의나, 세미나 시간에 "주말이나 휴일에 주로 무엇을 하시면서 보내시나요?"라고 물으면 들려오는 대답은 그다지 신통치 않다.

"뭘 하긴요?"

"잠자죠."

"밀린 잠이나 실컷 자야죠."

"그래도 일주일에 하루쯤은 가족에게 봉사해야죠."

"텔레비전 보죠."

"할 일이 없어서 그저 방에서 뒹굴뒹굴 하죠."

"또 다른 일은 없으신가요?"

"무슨 일요?"

"아, 조기축구회에서 아침에 축구합니다."

"등산합니다."

"그리고요?"

"더 이상 없는데요."

더 이상 딱히 할 것이 없다고 말한다. 건강을 위해 축구나 등산과 같은 운동을 하는 것은 아주 좋은 현상이다. 적극 권하고 싶다. 하지만 주말은 단지

소일거리를 하기위해 주어진 여유시간만은 아니다. 주말은 인생의 3할을 차지하는 소중한 시간이다. 이 황금 같은 주말을 그저 할 일 없이 소일거리를 하면서 보내기에는 아까운 시간이다. 주말은 참으로 매력적인 시간이기에 잘 만 활용하면 당신 인생이 달라진다.

밀린 잠을 실컷 자든지, 술을 진탕 마시던지, 하루 종일 텔레비전 앞에서 이리 뒹굴고 저리 뒹굴고 할 수 있다. 그것은 오직 당신만의 선택이다. 하지만 당신이 무엇을 하고자 하는 의욕만 있다면, 배움에 대한 열망만 있다면, 잠을 잤으면 하는 유혹을 뿌리칠 수 있는 용기만 있다면 당신을 기다리고 있는 가치 있는 일들은 무수히 많다. 좀 더 멋진 자신의 인생을 위해 생산적이고 가치 있는 일에 투자하는 것이 바람직하다.

그렇다면 어떻게 주말을 좀 더 가치있고 생산적으로 활용할 수 있을까?

첫째, 건강한 육체를 만들기 위해 운동을 하거나 등산할 수 있다.

둘째, 심신을 단련하기 위해 명상하는 시간을 가질 수 있다.

셋째, 좋은 인맥을 만나 좋은 정보, 지식을 얻을 수 있다.

넷째, 읽고 싶어도 시간이 허락되지 않아 읽지 못했던 베스트셀러나 핫 이슈화된 책이 있다면 주말을 이용해 독서하는 재미에 푹 빠지는 것도 좋다.

다섯째, 업무관련 전공서적, 업계동향의 잡지를 탐독할 수 있다.

여섯째, 자기개발의 시간으로 활용할 수 있다. 주말에 운영하는 세미나, 북포럼, 조찬모임 등에 참여해 보자.

일곱째, 일주일 동안 격무에 시달리느라 가족에게 미안한 마음이 들었다면 가족에게 시간을 할애할 수 있다. 하지만 주말의 모든 시간을 가족에게 보내는 것은 생각해 볼 문제이다.

여덟째, 자신의 일주일을 뒤돌아보고, 부족한 부분을 업그레이드할 수 있는 시간으로 사용하는 것도 좋은 방법이다.

아홉째, 다음 주의 계획을 작성하고 점검하고 계획하는 시간으로 활용할 수 있다.

열째, 미술관을 가거나 좋은 영화를 볼 수 있다.

찾아보면 이렇게 할 일들이 많다. 이제 주말은 일주일 동안 열심히 일한 보상으로 주어진 것이니 내 마음대로 사용해도 된다는 생각, 주말엔 잠을 실컷 자고, 텔레비전을 보는 등 무조건 쉬거나 놀아야 한다는 생각, 오직 가족만을 위해서 투자하고 봉사해야 한다는 안이한 생각은 버렸으면 한다. 이러한 안이한 생각으로는 치열한 21세기 경쟁시대에서 도저히 살아남을 수 없다. 주말을 좀 더 생산적이고 가치 있는 일에 사용하고, 세상의 변화를 감지하고, 미래를 내다볼 수 있는 혜안을 기르기 위해 끊임없이 자기개발을 하는 시간으로 활용하라. 주말이라는 시간을 더 이상 방치해야 하는 대상이 아니라 경영해야 할 대상으로 생각하라. 그리고 주말경영을 적극 실천했으면 하는 바람이다. 주말을 경영하는 경영자의 마인드가 필요한 시점이다. 이러한 주말경쟁력이 결국 당신 인생의 경쟁력이다.

3장. 명품인맥 관리의 법칙

법칙(法則)이란 모든 현상들의 원인과 결과 또는 사물과 사물 사이에 내재하는 보편적이며 필연적인 규칙, 사물이나 대상이 운영되고 지배되는 질서나 힘 따위를 비유적으로 이르는 말이다.

세상 모든 곳에는 법칙이 존재하고, 그 법칙에 의해 모든 것들이 움직인다. 자연의 질서가 그렇고 사물의 세계가 그렇다. 이와 마찬가지로 사람이 살아가는 세상 또한 법칙에 의해서 움직인다. 특히 사람과의 관계가 그렇다. 따라서 명품인맥을 형성하고자 한다면 인간관계에 보편적으로 받아들여지고 있는 법칙을 따라야 한다. 법칙이란 반드시 지켜야만 하는 규범으로 법칙을 지키기만 한다면, 법칙의 공식대로만 한다면 이루진다는 것을 의미한다. 이렇듯 관계의 법칙을 무시한다면 절대 명품인맥을 형성하거나 구축할 수 없다.

1. 자기관리의 법칙

"잘 달리는 말도 끊임없이 채찍질해야한다."

이 말은 현실에 만족하거나 안주하지 말고 자기성장과 발전을 위해 끊임없이 연습하고 자신을 관리해야 함을 이르는 말이다.

인간관계에서 가장 중요한 것은 자신을 관리하고 개발하여 매력적인 사람으로 만드는 것이다. 인맥은 나로부터 출발한다. 명품인맥을 만들고 싶다면 당신 스스로 빛나는 별이 되어야 한다. 빛나는 별은 뭐가 달라도 다른 법이다. 관심이 생기고, 그 관심이 호감으로 발전한다. 상대방의 이목을 끌고, 쉽게 눈에 띤다. 이로 인해 주변에 많은 사람들이 몰려온다. 이런 사람은 인맥을 만드는 데 훨씬 수월하다. 첫 만남에서 스스로 빛나는 "자체발광" 명품이 된다면 당신의 가치는 높아진다.

하지만 당신이 그저 그렇고 별 볼일 없는 사람이라면 당신이 건넨 명함은 얼마 지나지 않아 쓰레기통으로 직행할 확률이 높거나 책상 서랍에 장시간 방치될지 모른다.

왜일까?

당신이 그저 그렇고 별 볼일 없는 사람, 별다른 매력이 없는 사람이기 때문이다. 당신이 필요로 하는 명품인맥과 인연의 끈을 이어가고 싶다면 가장 먼저 당신의 내공을 키워야 한다. 이를 위해서는 끊임없이 공부하고, 학습하고, 배우고, 익혀야 한다. 관련 동종업계 동향을 살펴야 한다. 사전 준비 없이도 거침없이 얘기 할 수 있을 정도의 해박한 지식도 갖추어야 한다.

당신이 만나는 모든 사람에게 긍정적 영향력을 행사하고 명품인맥을 구축할 수 있는 가장 좋은 방법은 의외로 간단하다. 자기 자신을 끊임없이 관리하는 것, 상대방이 찾아올 수 있는 매력을 갖춘 실력 있는 사람이 되는 것이다. 아름다운 꽃은 나비를 부르지 않아도 나비 스스로 찾아오는 법이다. 실력을 갖춘 사람이 "명품인맥"이라는 무기까지 겸비했을 때 비로소 날개를 달 수 있다.

2. 상대방 우선의 법칙

"손뼉도 마주쳐야 소리가 난다."

무슨 일이든 두 편에서 서로 뜻이 맞아야 이루어진다는 말이다. 서로 키가 다른 두 사람이 손뼉을 마주치려면 어떻게 해야 할까? 키가 큰 사람은 허리를 굽히거나 자세를 낮춰 제대로 손뼉 마주칠 수 있도록 알맞은 자세를 취해야 한다. 키가 작은 사람은 뒤꿈치를 들어 높이를 맞추거나 점프를 하거나 또는 의자를 딛고 올라서야 한다. 상대방에게 맞추지 않으면 허공만 가를 뿐이다.

상대방과 명품인맥으로 발전하기 위해서는 상대방을 우선적으로 생각하는 자세가 필요하다. 관계라는 것은 혼자 생각하고 실행한다고 해서 만들어지는 것이 아니다. 상대방과의 눈높이가 동일하고 추구하는 방향이 일치하며 마음과 마음이 통했을 때 진정 명품인맥으로 발전한다. 하지만 처음부터 이해관계가 맞아 떨어지는 관계, 그런 관계는 존재하지 않는다. 서로 맞추고 양보하는 자세, 배려하고 존중하는 자세가 어우러졌을 때 가능하다.

이 때 필요한 것이 역지사지(易地思之)의 자세이다.

역지사지(易地思之) – 상대방과 처지를 바꾸어 생각하라는 한자성어이다. 명품인맥을 만들어가기 위해서는 상대방을 좋아하고 존중하는 마음이 있어야 하고, 상대방의 입장을 우선적으로 고려해야 한다. 상대방의 처지와 입장을 이해할 때라야 진정한 명품인맥으로 발전한다. 상사는 부하의 입장에서, 부하는 상사의 입장에서, 주인은 고객의 입장에서, 고객은 주인의 입장에서 서로의 처지와 입장을 헤아릴 줄 알아야 하는 법이다.

명품인맥을 맺기 위해서는 상대방과 처지를 바꾸어 생각하는 역지사지(易地思之)의 자세가 필요함을 인식하자. 그리고 실천해 보자. 상대방을 먼저 생각하고, 그 입장이 되어 들어 주고 행동하는 자세야 말로 인맥을 형성하는 최고의 방법이다. 먼저 베풀고, 인정하고, 신뢰하고, 사랑하라. 그리고 존중하라. 진정한 명품인맥을 구축하고 싶다면 먼저 손을 내밀어 함께 더불어 가는 자세가 중요하다. 상대방을 배려하는 만큼, 소중이 여기는 만큼 인맥의 크기는 넓어진다.

3. 시간의 법칙

마부작침(磨斧作針).
도끼를 갈아서 바늘을 만든다는 말이다.

명품인맥 형성에 딱 들어맞는 고사성어(故事成語)이다. 사람은 저마다 생각, 가치관이 다르고, 어느 것 하나 똑같은 것이 없다. 똑같은 부모 밑에서 태어난 형제도 그 생김새가 다르고, 사고방식이 다르며, 추구하는 이념이 다르다. 피를 나눈 형제가 이러할 진대 서로 다른 환경에서 자란 남남이야 더 말해 무엇 하겠는가.

그런 사람을 내편으로 만드는 일은 결코 쉬운 일이 아니다. 서두른다고 해서 되는 일도 아니다. 오랜 시간에 걸쳐 공든 탑을 쌓아도 될까 말까 한 일이 바로 사람을 내편으로 만드는 일이다. 어떻게 하면 저 사람과 좋은 인연 한 번 만들어 볼까 하는 성급한 마음으로 다가선다면 오히려 화를 입을 수 있다. 인맥은 하루아침에 형성되는 것이 아니기 때문에 급히 먹는 밥이 체하는 법이다.

다른 일도 아니고 도끼를 갈아서 바늘을 만드는 일이다. 얼마나 많은 시간을 투자해야 할 것인지 짐작이 간다. 명품인맥을 구축하기 위해서는 많은 시간을 투자해야 하고 피나는 각고의 노력을 기울여야 한다. 즉시 효과를 기대하는 것은 금물이다. 설령 좋은 인맥으로 발전되었다 하더라도 가시적인 성과나 보상이 나타나기까지는 더 많은 시간이 걸리는 법이다. 장기적인 안목으로 접근하는 자세가 요구된다. 이렇게 형성된 인맥은 또 다른 인맥을 낳고, 또 다른 인연을 만들어 낸다. 황금알을 낳는 거위와 같다. 결국 사람이 사람을 부르는 법이다. 명품인맥은 또 다른 명품인맥과 연결되기 때문에 평생의 시간을 가지고 이어져야 함을 기억해야 한다.

4. 신뢰감의 법칙

"열 길 물속은 알아도 한 길 사람 속은 모른다."

물의 깊이는 헤아릴 수 있으나 사람의 마음은 헤아리기 어렵다는 말이다.

이 말에 공감하는가?

"글쎄요."

　공감할 수도 있고 못 할 수도 있다. 인간관계에 정답은 없다. 왜? 알다가도 모를 일이 사람관계이기 때문이다. 다 안다고 생각했지만 20년, 30년을 넘게 산 부부지간이라 해도 속속들이 잘 모르는 것이 사람 마음이다. 사람의 마음속은 하루나 이틀 만나는 것만으로는 알기 어렵다. 눈빛 한 번 교환했을 뿐인데 첫 만남에서 나도 모르게 끌리는 사람이 있기는 하다. 하지만 이런 관계는 흔치 않을 뿐 아니라 오래 지속되지 못한다. 관계는 오랜 시간 만남을 통해 형성되는 신뢰의 깊이에 따라 발전하기 때문이다.

　인간관계에서 가장 중요한 법칙 중의 하나는 신뢰감의 법칙이다. 진정한 명품인맥은 서로 신뢰할 수 있을 때 형성되는 관계이다. 신뢰한다는 것은 조건부로 믿는 것이 아니라 전적으로 믿어주는 것이다.

"일을 잘하기 때문에"
"잘 대해주기 때문에"
"내게 다시 돌아오는 것이 있기 때문에"

　이와 같은 조건부 믿음은 진정한 신뢰가 아니다. 진정 명품인맥은 신뢰를 바탕으로 구축됨을 인식하자.

5. 기대감의 법칙

"누구냐? 넌."
하고 물었을 때,

"나, 나 말인가?"
"나는 이런 사람이야."

　"나 이런 사람이야."라는 기대감을 심어줄 수 있을 때 명품인맥으로 발전한다. 이 책을 읽고 있는 독자라면 누구나 한 번쯤은 소개팅, 미팅 또는 맞선 본 경험이 있을 것이다. 만나기 전날 밤, 많은 생각을 했을 것이다.

"어떤 사람일까?"
"잘 생겼을까? 못 생겼을까?"
"이왕이면 다홍치마라고 잘 생겼으면 좋겠는데."
"성격은 어떨까?"
"키는."

오만가지 생각을 하고 상상을 했음을 짐작할 수 있다.

인맥관리는 상대방에 대해서 "어떤 사람일까" "어떤 모습일까"궁금증을 자아내는 기대감에서 시작된다. 기대감을 심어 줄 수 있는 사람이라야 더 나은 관계를 기약할 수 있다. 상대방에게 기대감과 설렘을 줄 수 있는 사람이 되어라. 기대감은 어떤 일이 이루어지기를 바라는 마음이다. 기대감은 사람에 대한 일종의 호기심과 같은 것이다. 상대방에 대해 기대하는 것이 전혀 없다면 만남의 기회를 갖는 것조차 어려울지 모른다.

그 기대감으로 인해 만남이 이루어지고, 그 만남을 통해 호감이 형성되면 지속적인 관계로 이어진다. 이렇게 하여 연인이 되고, 친구가 되고, 든든한 사업파트너가 된다. 기대감이 없으면 상대방과 명품인맥을 형성할 수 없다. 상대방에게 기대감을 주는 것만으로 일단 50%는 성공한 셈이다.

6. 호감의 법칙

"아내가 좋으면 처갓집 말뚝 보고도 절을 한다."

이 말은 누군가가 좋으면 그 사람과 관련된 그 어떤 것도 좋게 보인다는 뜻이다. 만남을 통해 기대감이 충족되면 호감 가는 관계로 발전한다. 주변을 유심히 살펴보면 어딜 가든 사랑받는 사람이 있다. 친구에게, 이성에게, 직장

동료들에게 유독 인기가 높고 사랑 받는다. 그들이 환영받고 사랑받는 방법은 무엇일까? 답은 의외로 간단한 곳에 있다. 첫 만남에서 호감을 얻기 때문이다.

한 연구결과에 의하면, 사람을 대면하는 첫 순간 호감과 비호감이 판별되는데 미국은 15초 정도이고, 일본의 경우는 7초에서 8초, 한국은 3초라고 한다. 그저 놀라울 따름이다. 사람의 호감과 비호감을 판단하는데 단 3초 만에 이루어진다니 말이다. 하지만 어찌하겠는가. 이것이 요즘 세태인 것을. 누구를 탓하겠는가. 세상이 이렇게 흘러가는 것을. 그리고 그렇게 평가하는 것을. 세상이 어찌 이 모양 이 꼴로 돌아가는지 모르겠다고, 세상 말세라고 탓하기 전에 어떻게 하면 상대방으로부터 호감을 얻을 수 있는지 생각해 보고 고민해 보자. 호감 가는 이미지를 만드는 것이 당신이 해야 할 일이다.

그렇다면 어떻게 하면 호감 가는 이미지를 만들 수 있을까? 신체적 매력, 성품, 개인적 역량에 따라 호감도가 상승하기도 하고 떨어지기도 한다. 외모와 표정에 신경을 쓰고, 당당한 자세를 유지하는 것이 상대방에게 호감을 줄 수 있는 좋은 방법이다. 특히 밝은 얼굴표정은 호감을 얻을 수 있는 가장 좋은 방법 중 하나이다. 목소리를 통해서도 상대방의 호감을 얻을 수 있고, 옷차림을 통해서도 얼마든지 호감을 얻을 수 있다. 따라서 호감을 얻을 수 있는 인간적 매력을 풍겨야 한다.

7. 공감의 법칙

"맞아. 맞아."

"야, 너 ○ ○ 맞지?"

"우리 그 때 그랬지."

"너 아직 옛 모습이 보인다."

"야 ○ ○ 야, 너 오랜만이다."

"우리 몇 년 만이지! 30년 만인가!"

"그래, 쟤네들 둘이 서로 좋아했어."

"아무튼 반갑다. 얼굴 좀 자주 비쳐라."

수십 년 만에 만난 초등학교 동창회 풍경이 대충 이런 풍경 아닐까. 초등학교 동창회에 가보면 그야 말로 도떼기시장을 보는 듯하다. 옛날에 누가 어땠고 뭐가 어떠했느니 시시콜콜 이야기하고, 웃고 떠들고 박수치고 난리도 아니다. 그 때 그 시절, 학창시절로 돌아가 이야기하다 보면 모든 것들이 새록새록 생각나고 추억이 되살아난다. 그래서 그 시절이 그리워진다. 이것은 서로 공감하는 감정이 있기 때문에 가능한 일이다.

인간관계도 이와 똑같지 않을까. 함께 하면 마음이 즐겁고 편안한 사람이 있다. 반면에 함께 하면 마음이 불편하고 불쾌감을 주는 사람도 있다. 마음이 즐겁고 편안한 관계는 서로 공감하고 있는 사람들의 관계이다. 상대방과 좋은 관계, 행복한 관계를 만들려면 상대방의 처지와 상태, 감정을 잘 헤아릴 수 있는 공감지수를 높이고 공감능력을 키우는 것이 중요하다.

공감한다는 것은 무엇을 의미하는 것일까? 상대방의 감정을 공감한다는 것은 상대방의 경험, 정서상태, 생각 등을 상대방의 관점과 입장에서 이해하고 느끼는 것이다. 진심으로 상대방을 배려하는 것이고, 사랑해 주는 것이며, 인격적으로 대하는 것이다. 사람들은 공감을 받으면 이해받고 존중받는다는 느낌을 갖는다. 곁에 든든한 지원자가 있다는 것을 인식함으로 해서 자신이 처한 상황에 긍정적으로 반응한다. 어려움을 극복하고 도전하고자 하는 용기가 생긴다.

이처럼 공감은 다른 사람의 마음을 얻을 수 있는 강력한 도구인 셈이다. 마음과 마음이 통했을 때, 함께 있는 시간이 즐겁고 행복할 때, 긍정적 감정 교류가 이루어 질 때 그제 서야 비로소 명품인맥으로 발전한다. 즐겁고 편안한 분위기를 만드는 것이 좋은 관계를 만드는 핵심 비결이다. 인간관계는 공감이 법칙이 지배한다.

　　　　　"피를 나눈 형제라도 멀리 살면 이웃사촌만 못하다."

　멀리 있는 형제보다 늘 가까이에서 자주 만나고, 정도 나누고, 아옹다옹 싸우기도 하고, 부딪쳐 가며 사는 이웃이 낫다는 말을 우회적으로 표현한 말이다.

　많은 사람들이 초·중·고등학교 시절 죽고 못 살던 베프(베스트 프렌드)가 있었다.

　하지만 세월의 무게를 비켜갈 순 없다.
　한 달이 지나고 두 달이 지나고 수십 년의 세월이 흐른다.
　그 친구에 대한 기억은 바쁜 일상으로 묻힌다.
　현재 추억의 저 편에 자리할 뿐이다.
　그래도 가끔은 궁금할 것이다.
　무엇을 하며 살고 있는지.
　어떻게 변해있는지.

　지금은 그 친구의 자리를 다른 친구들이 대신하고 있다.

　흔한 말로 "자주 만나야 정들지."라는 말이 있다. 처음 대면하는 관계는 서로 아는 것이 없으니 왠지 모르게 서먹서먹하고 어색하다. 하지만 자주 만나 많은 대화를 나누다 보면, 이웃 간, 사람 간의 정을 나누다 보면 친밀감이 형성된다. 한 번 만난 사람보다는 두 번 만난 사람에게, 두 번 만난 사람보다는 세 번 만난 사람에게 더 관심이 가는 것은 당연한 감정이다. 자주 만날 수 있는 기회를 만들어라. 자주 만나는 것만으로도 호감도가 상승한다. 죽고 못 사는 연인이라도 자주 보지 않으면 사랑이 멀어지듯이, 인간관계는 친밀감의 법칙이 지배한다. 그러니 친밀감을 높여라.

9. 소통의 법칙

> "야, 쟤네들 둘이는 죽이 딱딱 맞네."
> "둘이 아주 뽕짝이 잘 맞아요."
> "쟤네들 두 사람은 코드가 잘 맞네."

이 말을 한 마디로 표현하면 이심전심(以心傳心)이다.

마음과 마음으로 서로 뜻이 잘 통하는 사람들을 보고 하는 표현이다. 주변에서 보면 유난히 코드가 잘 맞는 사람들이 있다. 이렇듯 죽이 딱딱 잘 맞는 찰떡궁합을 자랑하는 관계는 명품인간관계로 발전하고, 서로 어려울 때 돕고, 도와주는 든든한 버팀목으로 평생을 같이 하는 동반자로 함께 할 수 있다. 아무리 좋은 사람이라도 코드가 맞지 않으면 함께 하기 어렵다.

"한 사람이 가진 역량의 크기는 전문지식 곱하기 커뮤니케이션 능력이라는 수학식으로 도출이 가능하다. 전문지식을 많이 쌓았다 하더라도 커뮤니케이션 능력이 0점이라면 그의 역량은 0이다." 안철수 원장의 말이다.

소통의 중요성을 강조한 말이다. 사람 간의 관계는 소통, 즉 거의 90% 이상이 대화를 통해 이루어진다. 사람관계에서 서로 통하지 않으면 문제가 심각해진다. 대화가 없어지고, 마음의 장벽이 생기고, 오해의 불신이 생기며, 마음의 문을 닫아 버린다. 결국 생명력을 잃게 된다. 마음이 통해야 오랫동안 좋은 관계, 명품인맥으로 발전할 수 있다. 인간관계는 소통의 법칙이 지배한다.

10. 투자의 법칙

> "콩 심은데 콩 나고, 팥 심은데 팥 난다."

뿌린 대로 거둔다는 뜻이다. 투자 없이 얻어지는 것은 세상 어디에도 없다. 뿌린 만큼 투자한 만큼 거둬들이는 것이 세상의 법칙이다. 공부를 잘하는 사람들의 특징은 지능지수(IQ)가 많은 부분을 차지하겠지만 평상시에 열심히 공부한다는 특징이 있다. 아무리 지능지수(IQ)가 높고 똑똑하다 해도 평상시에 공부를 하지 않으면 좋은 성적을 받기 어렵다. 좋은 생각도, 좋은 사상도, 좋은 아이디어도 먼저 머릿속에 좋은 것들을 집어넣었을 때 얻을 수 있는 법이다.

결국 인간관계의 99%는 땀과 노력의 부산물이다. 투자한 만큼, 땀을 흘린 만큼, 발품을 팔고 손품을 판만큼, 그리고 노력한 만큼 돌아오게 되어 있다. 콩 심은데 콩 나지 팥이 나는 그런 경우는 없다. 명품인맥을 구축하기 위해서는 땀 흘려야 하고 시간을 쪼개어 평생을 같이 할 인생의 동반자를 찾아다녀야 한다. 그들과 함께 고민하고, 무거운 짐이 있다면 함께 나누는 관계로 발전시켜야 한다. 즉 동고동락(同苦同樂)하는 관계를 만들어야 한다. 인간관계는 투자의 법칙이 지배한다.

11. 연관성의 법칙

인맥은 많으면 많을수록 좋다. 다양한 분야에 다양한 인맥을 형성하는 것만큼 좋은 것도 없다. 하지만 인맥의 수는 많은데 나의 꿈과 목표를 이루는데 전혀 연관이 없고, 도움이 되지 않는다면 명품인맥이라고 말하기 어렵다. 사람은 어떤 식으로든 내가 하는 일, 내가 앞으로 하는 일에 도움이 되는 사람들하고 관계를 맺고 싶어 한다. 내가 하는 일과 연관성이 있는 인맥을 많이 형성하는 것이 더 바람직하다.

12. 유사성의 법칙

유사성은 서로 비슷한 성질을 가진 것끼리 집합하려는 경향을 말한다. 사람은 태초부터 비슷한 사람끼리 통한다. 자신과 비슷한 행동을 하거나 비슷한 언어를 사용하거나, 지역이나 출신이 같거나 하는 등의 상대방과 유사성이 높아지면 그 사람에 대한 친근감과 호감도가 높아지고, 호감도가 높아지면 다시 유사성도 높아진다. 유유상종(類類相從)이라 했던가. 기업인은 기업인끼리 인맥이 형성되고, 연예인은 연예인끼리 인맥이 형성되는 경우가 많다. CEO는

CEO끼리 통한다. 괜찮은 사람 주변에는 괜찮은 사람이 모이고, 명품인맥 주변에는 명품이 모으게 마련이다. 명품이 모이는데 짝퉁이 들어설 자리는 없다.

13. 전문성의 법칙

전문가는 자신의 위치에서 전문적으로 활동하는 사람들로서 당연히 그러한 활동에 수반되는 사회적 영향력을 지닌 사람들이다. 특정 분야에 집중하여 누구도 따라 올 수 없는 최고의 전문성을 갖추고 있어야 한다. 최고의 전문성을 갖추고 있는 전문가에게는 나 자신도 모르는 권위가 형성된다. 권위는 개인의 영향력에 의해 사람들을 기꺼이 자신의 의지대로 행동하게 하는 힘이다. 심리학에서는 상대방이 권위가 있다고 느낄수록 상대방의 말을 잘 듣게 되거나 설득당하기 쉽다고 한다. 나의 꿈과 목표에 연관성은 있으나 각자의 분야에서 전문성이 부족하다면 명품인맥이라 하기 어렵다.

14. 헌신의 법칙

헌신이란 어떠한 일이나 사람에게 자신의 몸과 마음을 다 바쳐 힘을 다하는 것을 말한다. 3중장애인 헬렌켈러(Helen Adams Keller)는 설리번(Anne Sullivan Macy) 선생님의 헌신적인 사랑과 봉사를 통해 성장했다. 헌신은 모든 이의 가슴을 뜨겁게 하는 마법의 힘을 갖는다. 명품인맥은 진심을 담아 정성을 다했을 때 만들어지는 것이다. 정성과 마음이 담기지 않은 관계는 오래가지 못한다. 세상에 사람보다 소중한 것은 없다는 생각으로 한 사람 한 사람 소중하게 대해야 한다. 그리고 온 정성을 쏟아 부어야 한다. 그랬을 때 감동이 밀려오고, 그 때 나의 충성인맥이 된다.

15. 계단의 법칙 – 명품인맥을 형성하는 6단계

"나는 계단 원리를 좋아한다. 올라갈 때도 한 계단, 내려갈 때도 한 계단이다. 최근 두 차례 주요 대회에서 우승했는데, 메이저대회인 브리티시오픈마저 제패했다면 여러 계단을 한꺼번에 오른 것이다. 삶에서도 여러 계단에 한꺼번에 오를 수는 없다. 그러면 나중에 열 계단씩 내려앉을 수도 있다. 이는 자만심 때문이다. 스포츠맨은 계단의 원리를 지켜야한다." 프로골퍼 최경주 선수가 한 말이다.

　인맥을 형성하는 단계도 이와 같다. 한꺼번에 여러 계단을 건너 뛰어 인맥을 형성하는 것은 불가능하다. 한 계단 한 계단 밟아 나가야 한다.

　1단계 : 관심 & 기대감 형성의 단계
　2단계 : 호감을 주는 단계
　3단계 : 공감하는 단계
　4단계 : 친밀감 형성의 단계
　5단계 : 신뢰감 형성의 단계
　6단계 : 상생의 협력적 관계

　남녀관계를 예로 들어보자. 이들의 관계는 서로에 대한 관심과 기대감으로부터 출발한다. 관심을 끌고 기대감을 충족시켰을 때 서로에 대한 호감이 형성된다. 호감이 형성되면 추후 만남으로 이어질 가능성이 커지고, 자주 만나다 보면 마음과 마음을 주고받을 수 있는 공감의 관계, 친밀감의 관계, 더 나아가 신뢰할 수 있는 관계로 발전한다. 궁극적으로는 평생을 같이할 인생의 동반자가 되는 것이다.

　한 번에 여러 단계를 뛰어 넘는 단계는 사상누각에 불과하다. 견고하지 못할 뿐 아니라 상호 필요에 따라서 언제라도 등 돌릴 수 있는 그런 관계일 뿐이다. 한 단계 한 단계 올라가야 견고한 관계를 맺을 수 있다. 서로 도와주고, 협력하고, 부족한 것이 있으면 보완해 줄 수 있는 상생의 협력적인 관계, 즉 승-승(윈-윈)의 명품인맥을 만들 수 있다는 뜻이다. 계단의 법칙을 활용하여 인생에 도움이 되는 명품인맥을 형성해보자.

16. 갈등해결의 법칙

　"살아가면서 피할 수 없는 것 중에는 죽음, 세금 그리고 갈등이 있다." 리더십의 세계적인 권위자 존 맥스웰(John C. Maxwell) 박사의 말이다.

갈등은 칡과 등나무가 서로 복잡하게 얽히는 것과 같이 사람 사이에 생각이나 입장, 이해관계가 달라 서로 적대시하거나 충돌을 일으키는 것을 말한다. 갈등은 관계에서 필연적으로 발생할 수밖에 없다는 것을 의미한다. 사람이 사는 세상은 서로 다른 자화상을 가진 사람들이 어우러져 살아가는 곳이다. 사람은 모두 다르기에 서로 의견 충돌이 발생하고, 갈등이 빚어지는 것은 당연한 일이다.

그럼 어쩔 수 없이 발생하는 갈등이니 방관해야 할까? 물론 아니다. 이러한 갈등이 일어나지 않게 잘 관리해야 하고, 갈등이 발생했더라도 이를 원만하게 해결할 수 있어야 한다. 갈등을 어떻게 바라보고 대처하느냐에 따라, 그리고 원만하게 해결하느냐에 따라 관계의 질이 달라질 수 있음을 알아야 한다. 이에 갈등이 왜 발생하는지 살펴보고, 그 해결책을 찾아보는 노력을 하고자 한다.

<인간관계를 저해하는 갈등의 원인>
단지 나와 생각이 다르다는 이유로, 가치관이 다르고, 심지어는 지역이 다르다는 이유로 상대방을 무조건 배척하는 우를 범해서는 안 된다. 요즘 사회 문제로 대두되고 있는 왕따문제(교내/직장 내) 또한 서로 다름을 인정하지 못해서 발생하는 현상이다. 그렇다면 관계를 저해하는 갈등은 어떤 요인 때문에 발생하는 것일까? 갈등은 다음과 같은 여러 가지 요인 때문에 발생한다.

1. 생각의 차이
2. 성향의 차이
3. 감정의 차이
4. 입장(상황)의 차이
5. 가치관의 차이
6. 이해관계의 차이
7. 오해

8. 반감
9. 성격의 차이
10. 행동의 차이
11. 지식의 차이
12. 지역의 차이

상대방과 좋은 관계를 유지하고 싶다면 제일 먼저 해야 할 일은 상대방과 나는 다르다는 점을 인정하는 것이다. 다른 생각을 하고, 다른 성향을 선호하고, 다른 감정을 느끼고, 다른 상황에 놓여 있다는 것을 인정하고 그에 맞는 행동을 해야 한다. 갈등은 대부분 서로 다르다는 점을 받아들이지 못하기 때문에 발생한다. 사람은 모두 다르다. 다름을 인정하는 순간 관계가 술술 풀린다.

〈갈등을 해결하는 마법의 대화 기술〉

갈등은 인간간계를 해치는 주요원인이다. 사람과 사람 사이에 갈등이 생기면 크고 작은 문제가 발생한다. 결국에는 인간관계가 단절되는 결과를 초래한다. 그런데 문제는 이러한 갈등이 대부분 대화를 통해 만들어진다는 것이다. 생각의 차이가 입 밖으로 전달되는 순간 갈등이 빚어진다. 이러한 갈등을 효과적으로 대처해야만 좋은 인간관계로 나아갈 수 있다. 따라서 갈등을 예방하고 효과적으로 대처하기 위해서는 올바른 대화법을 사용해야 하는데, 갈등을 예방하는 대화법에 대해 살펴보고자 한다.

■ 샌드위치 대화법

좋은 얘기도 한두 번이지. 아무리 좋은 칭찬이라도 여러 번 듣다 보면 싫증난다. 하물며 비난이나 질책인 경우는 더더욱 그러하다. 사람은 누구나 비난을 받으면 반감을 갖거나 부정적 감정을 가지게 되고, 이로 인해 오해와 갈등을 빚어진다. 이러한 갈등을 해소하고 예방할 수 있는 대화법이 바로 샌드위치 대화법이다.

칭찬 → 비난 → 칭찬

샌드위치대화법은 특히 상대방을 질책하거나 꾸짖을 때 사용하는 대화법으로, 질책하고자 하는 내용을 샌드위치처럼 가운데에 집어넣어 하는 대화법이다. 대화의 시작은 칭찬으로 시작하고, 질책할 내용을 가운데에 집어넣고, 마지막을 긍정적인 내용으로 마무리 하는 것이다. 이렇게 하면 상대방이 기분이 나쁘지 않으면서 잘못된 부분을 개선할 수 있다.

■ I-Message & You-Message 대화법

갈등을 예방하고 관계를 강화시켜주는 대화법으로 "I-메시지 대화법"의 사용을 적극 권장하고 싶다. "I-메시지 대화법"은 "나"가 주체가 되어 "나는"으로 시작하는 대화법이다. 특정 상황에 대해 자신이 느끼는 감정을 "슬프면 슬프다." "기쁘면 기쁘다."고 솔직하게 표현하는 표현법이다. 상대방의 감정을 보호하면서 자신의 감정을 솔직하게 표현하기 때문에 긍정적인 관계를 유지할 수 있다.

반면 "You-메시지 대화법"은 상대방을 공격하고 책임을 전가하는 올바르지 못한 대화법이다. "너, 당신"이라는 말로 시작한다. 우리말에 "아" 다르고 "어"다르다는 말이 있듯이, 똑같은 말이라도 "너" "당신" 이라는 말로 시작하면 공격적인 느낌, 자신에게 책임을 전가하는 느낌으로 받아들일 수 있다. 많은 사람들이 "You-메시지 대화법"을 사용하는데, 이는 상대방에게 공격적인 느낌을 주어 좋지 않다. 갈등을 예방하고 싶다면 지금부터라도 "I-메시지 대화법"을 사용하는 것이 바람직하다.

■ 큐션화법

"송구합니다만"
"죄송합니다만"
"힘드시지만"
"번거로우시겠지만"

“괜찮으시다면”
“바쁘신 줄은 알지만”

　상대방에게 무엇인가 부탁하거나 거절할 때 사용하는 대화법이다. 대화 앞부분에 충격을 완화해 줄 수 있는 단어를 사용하면 상대는 존중받고 있다는 느낌과 더불어 배려 받고 있다는 느낌을 갖는다. 상대방 입장을 배려하고 있다는 느낌을 주는 한 마디의 말이 상대방을 기분 좋게 할뿐 아니라 당신에 대한 좋은 인상을 심어준다. 상대방에게 무엇인가를 전달하고 싶을 때는 그 상황에 어울리는 쿠션 화법을 사용하는 것이 바람직하다.

■ 명령형보다는 의뢰형 대화법

“보고서, 오늘 중으로 끝내도록 해. 알았지?”

Vs

“수고스럽지만 보고서 오늘 중으로 부탁하네.”

　상사가 직원에게 업무지시를 할 때 흔히 사용하는 대화법이다. 똑같은 업무지시인데도 느낌은 하늘과 땅 차이이다. 아무리 상사로부터 업무지시를 받는다 해도 “이거 해” “저거 해”와 같이 명령형으로 지시를 받으면 기분 좋을 리 없다. 하지만 부탁하듯이 말하면 상대방은 존중받고 있다는 느낌을 갖는다. 당연히 즐거운 마음으로 업무에 임할 것이고, 그 결과 업무능률도 올라가고, 생산성도 좋아진다. 설령 부하직원이라 하더라도 지시할 일이 있으면 명령형이나 지시형보다는 부탁형이나 의뢰형으로 하는 것이 좋다.

■ 의뢰형보다는 질문형 대화법

“보고서, 오늘 중으로 마무리 부탁해.”

Vs

“보고서, 오늘 중으로 마무리할 수 있을까?”

의뢰형의 업무지시와 질문형 업무지시의 유형이다. 어느 쪽의 대화가 더 존중받고 있다는 느낌이 들까? 상대방과 대화를 할 때는 외뢰형보다는 질문형으로 하는 것이 효과적이다. 외뢰형의 업무지시는 일을 시키는 사람 중심인 반면 질문형 업무지시는 상대방 중심이다. 업무지시에 대한 결정권은 어디까지나 상대방에게 주어졌기 때문에 의뢰형보다는 질문형으로 했을 때 상대방이 자신을 배려해 준다는 인상을 받게 된다. 질문형의 대화법이 바로 상대방을 배려하는 대화법이다.

■ "덕분에" 대화법

"때문에" Vs "덕분에"

"너 때문에" "당신 때문에"
"이 모든 잘못이 다 너 때문이야. 알아."

상대방에게 책임을 전가하는 대화법이다. 사람들은 "때문에"라는 말을 많이 사용한다. 이와 같은 한 마디의 말로 인해 마음에 상처를 받고, 서로 갈등의 골이 깊어지는 결과를 초래한다. 굳이 "때문에" 대화법을 사용해야 한다면 "너 때문에"가 아니라 "나 때문에"로 바꾸는 습관을 들이는 것이 좋다.

반면 "덕분에" 대화법은 상대방을 탓하고 책임을 전가하는 말이 아니라 상대방에게 감사함을 표현하는 대화법이다.

"이 모든 좋은 결과가 다 당신이 도와주신 덕분입니다."

입에 발린 말이라 해도 사람인지라 이런 말을 들으면 괜히 기분 좋아진다. "때문에" 대화법 대신에 "덕분에" 대화법으로 상대방에게 감사함을 전하는 것이 갈등을 예방하고 관계를 강화시키는 방법이다.

■ "만약에" 대화법
"만약에" 대화법은 나의 일방적인 이야기를 전하는 것이 아니라 상황을 가정하는 것이다. 제안을 하거나, 양보를 하거나 확정적인 말을 하는 것이 아니라 "만약에"라는 단어를 사용함으로써 상황의 여지를 남길 수 있다. "만약에"라는 말을 사용하면 어느 한 편의 일방적인 승리보다 서로 승-승(원-원) 할 수 있는 대안을 얻는데 성공하기가 더 쉽다.

■ 사람을 감동시키는 "마법"의 말

"사랑합니다." "고맙습니다." "감사합니다."
"당신 때문에 행복합니다."

사람들이 상대로부터 가장 듣고 싶은 말이다.

즉, 감사, 사랑, 고마움의 표현이다. 평소에 사람들에게 감사, 사랑, 고마움을 표현하면 서로 갈등, 오해는 사라진다. 이것이 요즘 흔히 말하는 감성경영이요, 감성리더십이다.

■ 코칭화법

코칭은 상대방이 어떤 문제에 대해 스스로 해답을 찾을 수 있도록 조력자 역할을 해 주는 것이다. 이 때 사용하는 화법이 코칭화법이다. 본인 스스로 답을 찾을 수 있도록 질문하고, 상대가 말하는 것을 잘 들어주고, 결과물에 대해 인정하고, 칭찬하고, 격려해 주는 화법. 더불어 상대에게 자신감을 심어주고 끊임없이 동기부여 하는 화법이다.

■ "가르쳐주시겠습니까?"대화법

내가 뭔가 부족함을 느낄 때, 배워야 할 것이 있다면 상대방에게 가르쳐 달라고 요청하는 것도 갈등을 해결할 수 있는 좋은 방법이다. 특히 이 말은 단순히 가르침을 요청하는 것이 아니라 상대가 나를 인정하고 있다는 것이고, 나를 존중하고 있다는 뜻이기도 하다.

"죄송하지만, 제가 이것을 잘 몰라서 그러는데, 가르쳐 주시겠습니까?"라고 말하는 순간 관계는 급진전된다.

■ "부정화법" 자제

부정적으로 말하는 것은 사람을 황폐화시키는 것이다. 사람 사이에 갈등은 대부분 험담, 비평, 비난, 불평, 뒤 담화 같은 부정적인 언어를 사용함으로써 발생한다. 따라서 부정적인 화법은 어떠한 경우라도 사용하지 않는 것이 좋다.

■ 적극적인 "피드백" 활용

사람 간에 문제가 발생하는 경우 대부분 피드백을 잘못해서 발생하는 경우가 태반이다. 상대방에게 업무지시를 받았다면 그리고 완전히 이해하지 못한 부분이 있다면 피드백을 해야 한다. "에이, 설마"하는 생각이 상호간 불신과 오해를 증폭시킨다.

사람은 모두 인맥을 구축하고 관리하는 방식이 다르다. 내성적인 사람과 외향적인 사람은 사람을 대하는 태도부터 다르고 인맥을 형성해 가는 방법 또한 다르다. 이러한 인맥의 유형은 성격과 취향에 따라 다르기 때문에 어떤 것이 더 좋고 나쁘다고는 단정 지을 수 없다. 그렇다면 내게 맞는 인맥유형은 무엇일까? 보통 인맥유형은 인간관계의 범위와 관계의 깊이에 따라 크게 5가지로 나눌 수 있는데, 〈세상에서 가장 든든한 인맥지도를 그려라〉에서는 다음과 같이 마당발형, 그물형, 말뚝형, 점형, 안테나형의 5가지 관리 유형으로 분류하고 있다.

1. 마당발형

인간관계에서 비교적 적극적으로 활동하는 유형으로, 이 사람들은 관계의 범위가 넓으며 깊이도 어느 정도 갖추고 있다.

2. 그물형

사람을 만나는 범위는 넓다. 하지만 깊이가 없고 그물망 사이로 세어나가는 인맥관리에 허술한 유형이다. 내 인맥에 "성역은 없다."태도로 많은 사람을 만나지만 새어 나가는 틈이 많아 그들과의 관계가 표면적인 상태에서 더 이상 발전하지 못하는 유형이다. 친밀도가 낮은 사람들이 많이 존재한다.

3. 말뚝형

"내 인맥은 말뚝이야." 왜? 한 번 박으면 안 뽑히거든. 만나는 사람의 범위는 좁지만 깊이가 있는 의리파 인맥유형이다. 솔직하게 말하면 필자도 말뚝형에 속하는 것 같다. 상대방이 먼저 떠나거나 등을 돌리지 않는 한, 한 번 맺은 인연은 끝까지 가는 편이다. 인맥이 많지는 않지만 친밀도가 높은 인맥을 많이 유지하고 있는 유형이기도 하다.

4. 점형

"인맥. 그게 뭐야?" 사람을 만나는 범위도 좁고 깊이도 없는 유형으로 인맥에 무지한 사람이다. 사람관계의 관계를 무시하고 사람들과 마찰과 갈등, 문제를 일으키는 사람이 여기에 속한다. 특히 자신의 의견을 고집하는 등의 자기중심적인 사람이다. 실제 인간관계는 사람에 대한 호감과 애정, 신뢰감이 기초가 되어야 하지만 이와 같이 인맥에 무관심한 것 같은 사람이 바로 점형이다.

5. 안테나형

가장 이상적인 인맥관리의 유형이다. 안에서는 카리스마가 있지만 밖에서는 팔방미인의 유형이다. 여러 분야에서 영향력 있는 사람들과 친밀도를 유지하고 있다. 다방면에서 친밀한 인맥을 형성하고 있고, 친밀한 사람들이 중요도가 높은 경우가 많다.

〈인간관계, 맥을 짚어라〉에서는 인맥을 형성하는 방법에 따라 4가지 유형으로 분류하고 있다. 넓고 깊게, 넓고 좁게, 좁고 깊게, 좁고 얇게 사귀는 4가지 유형으로 분류하는 방법이다.

1. 고슴도치형

고슴도치는 고립적이며 숨기를 좋아한다. 좁은 공간에 두 마리를 놔두면 싸움이 생긴다. 대인관계에 있어서 다른 사람과 어울리기를 싫어하고 혼자 있는 것을 좋아하는 사람들이 여기에 해당된다.

2. 거미형

거미는 이동형 거미와 정주형 거미로 나뉜다. 우리가 주변에서 흔히 보는 것은 거미줄을 치고 먹이를 포획하는 정주형 거미다. 거미줄은 강철보다 10나 강하다는 케블리 섬유보다도 튼튼하며, 거미 몸무게의 4천 배 이상을 지탱할 수 있다. 부어진 환경 속에서 크게 벗어나지 않고 자신이 속한 영역 내의 사람들과 친밀한 관계를 맺는 사람들이 여기에 속한다.

3. 꿀벌형

꿀벌은 집단을 이루며 공동체 생활을 한다. 꿀벌마다 주어진 역할이 있으며, 분업과 협력의 사회적 체계를 이룬다. 꿀벌이 꿀 1kg을 만들기 위해서는 총 16만km를 비행하며, 1천만 송이의 꽃을 들락거려야 한다. 또한 꿀벌은 이웃 벌집을 습격하여 꿀을 약탈하는 성향을 지니고 있다. 사회적으로 많은 사람들과 왕성하게 교류하나, 자신 또는 자신이 속한 집단의 이익만 챙기는 사람이 여기에 속한다.

4. 사슴형

사슴은 먹이를 발견하면 울음소리를 내어 무리를 불러 모은다. 다른 동물 집단과 달리 사슴의 우두머리는 권력을 독점하지 않고, 먹이와 섹스를 분점한다. 다른 사람들에게 관심을 갖고 배려하며, 호의와 후원을 베푸는 사람들이 여기에 속한다.

인맥관리 유형은 "사슴형"이 가장 바람직하다. 타인과 협력하고 자신의 권한과 소유를 나누는 자세는 좋은 인맥을 만드는 가장 기본적인 마음가짐이다. 우리 자신이 어떤 유형에 속하는지 각자 돌이켜 보자

성격 유형에 따른 인간관계

〈부부관계 자녀문제 머리가슴장으로 해결하라〉를 보면 사람의 성격 및 행동 유형을 머리형, 가슴형, 장형으로 분류하고 있다. 머리형, 장형, 가슴형 나는 어떤 유형일까?

1. 머리형

"왜요?"
"그렇게 말하는 이유가 뭐죠?"
"그렇게 생각하는 근거가 뭐에요?"
"도대체 이해가 안가네."
"아휴 머리 아파." "골치 아파."

이렇게 말하거나 행동하는 사람들은 대부분 머리형인 경우가 많다. 머리형은 머리로 생각하는 유형이다. 머리에 많은 에너지를 받고 태어난 사람들로 똑똑하고 스마트하며, 지성이 넘친다는 소리를 듣는 이성파이다. 이 유형은 지극히 이성적으로 판단하고 차갑고 냉정하며 무표정하다. 감정 절제가 뛰어나고 공사구분이 명확하다. 뭐든 머리로 이해가 되어야 의사결정을 하는 스타일이다. 객관적이고 논리적, 합리적인 것을 좋아하고 사실만 받아들이는 경향이 강하다. 목소리는 작고 차분하며 톤이 일정한 편이다. 대표적인 머리형으로는 바둑기사 이창호, 삼성 이건희 회장 등이 이 유형에 속한다고 할 수 있다.

2. 가슴형

"가슴이 미어진다."

"억장이 무너진다."

"마음이 너무 아파."

"나한테 어떻게 그럴 수 있니?"

이렇게 말하거나 행동하는 사람들은 대부분 가슴형인 경우가 많다. 감성이 앞서는 가슴형이다. 가슴에 에너지를 타고난 사람으로 다정다감한 감성파이다. 매우 사교적이며 인간관계의 달인이라 할 수 있다. TV를 보면서 훌쩍훌쩍 눈물을 보이는 사람들이 바로 이 유형의 사람들이다.

어디를 가든 주요 관심사는 '타인과의 관계'에 있다. 다른 사람이 자신을 어떻게 생각할지에 대해 매우 관심이 많으며 자기 이미지를 중요하게 여긴다. 이들의 내면에는 타인에게 인정받으려는 욕구가 있어 인정받지 못할 때 수치심을 느끼고 두고두고 창피해 하는 경향이 있다. 이들의 에너지는 주변 사람들과 환경의 영향을 많이 받기 때문에 감정 기복이 심한 편이다. 일에 있어서도 눈치를 많이 보지만 마음이 맞는 사람과 일을 하게 되면 푹 빠져드는 열정을 보인다.

이러한 가슴형 사람들과 좋은 관계를 넘어 명품인맥으로 연결하기 위해서는 상대방을 인정하고 칭찬하는 것이 가장 좋은 방법이다. 더불어 자주 만나는 방법 또한 좋다

3. 장형

"가봤어"

"봤어?"

"일단 해보고 나서 얘기 하자고."

"그래서 결론이 뭐야, 결론이?"

이렇게 말하는 사람들이 있다면 이런 사람들은 대부분 장형인 경우가 많다. 장형은 강하고 힘 있고 과묵하다. 이런 유형의 사람들은 현찰만이 돈이라고 생각하고 복잡한 것을 싫어한다. 이들은 힘으로 먹고산다. 따라서 영역 관리의 대가이다. 대상이 누구든 간에 일단 내 영역에 침범하면 〈동물의 왕국〉이 시작되는 사람들이 바로 장형이다. 장형은 일단 몸으로 체험을 해봐야 한다.

장형은 크고 강한 목소리로 말한다.

"거기가 ○○사무실이죠? 네, 뭐라고요? 안 들려요. 크게 좀 말해 봐요."

이들은 답답한 것을 참지 못하며 우렁차고 굵은 톤으로 자기 할 말부터 한다. 장형을 문장부호로 표현하면 마침표다. "됐냐?" "됐다." 이와 같이 결론을 중시하는 스타일로서 행동파라고 할 수 있다. 골프선수 박세리, 궁예역을 맡은 탤런트 김영철, 탤런트 김혜수, "시련은 있어도 실패는 없다."고 외친 현대그룹의 고(故)정주영 회장 등이 장형에 속한다.

명품인맥 관리의 시작은 명함관리부터

명함은 인맥을 관리하는데 가장 유용한 도구이자, 자신을 효과적으로 알리고 홍보할 수 있는 가장 좋은 도구이다. 명함은 단순한 종이가 아니다. 당신을 기억하게 만드는 수단이다. 명함은 당신의 얼굴이요, 당신의 모든 것을 대변해 주는 것이다. 상대방은 당신이 건넨 명함을 보면서 당신이 누구인지를 떠 올린다. 그러므로 상대방에게 명함을 건넬 때는 정성을 다하여 전해야 하고 어떻게 하면 효과적인 방법으로 전달할 것인지 끊임없이 연구하는 자세가 필요하다.

명함을 관리하는 방법

1. 상대방에게 명함을 전달할 때는 주머니나 지갑에서 꺼내는 것 보다는 명함집을 사용하는 것이 모양새가 좋다. 건네는 명함은 깨끗하고 구김 없는 것이 좋고, 상대방과 약속을 했다면 사전에 명함 준비하는 것을 잊지 말아야 한다. 명함이 없어 전달하지 못하는 것은 실례이면서 자신의 이미지를 깎아 내리는 행동이다.

2. 명합집은 왼손에, 오른 손에는 한 장의 명함을 들고, 상대방의 가슴 높이로 전달한다. 명함을 꺼낼 때는 상대방보다 먼저 꺼내는 것이 좋고, 최대한 정중한 자세를 유지하고, 얼굴은 항상 밝은 표정을 유지하는 것이 좋다.

3. 명함을 전달할 때는 "안녕하세요. 만나서 반갑습니다. 양평호입니다." "저는 ○○에 근무하고 있습니다."하고 소속과 이름을 밝힌다. 목소리는 밝고 에너지 넘치게 하고 시선은 상대방 눈을 바라보는 것이 바람직하다.

4. 명함을 받은 뒤, 즉시 주머니 또는 수첩에 넣어서는 안 된다. 자칫 관심이 없다는 오해를 부른다. 책상 위에 올려놓고 상대방 이름을 확인해야 한다. 대화중에는 명함을 보면서 상대방의 이름을 부르는 등 친근감을 표시하는 행동을 적극적으로 해야한다. 상대방에게 좋은 인상을 심어줄 수 있기 때문이다.

5. 받은 명함은 소중하게 관리해야 한다. 어디에 두었는지 몰라 정작 필요할 때 여기 뒤지고 저기 뒤지는 행동은 좋지 못한 습관이다. 명함은 상대방의 얼굴이기에 보던 보지 않던 간에 소중하게 다루는 것이 필요하다. 서류 위에 던지는 행위, 낙서, 바닥에 떨어뜨리는 행동을 하는 것은 상대방에 대한 실례이다.

6. 헤어지고 난 다음이 더욱 중요하다. 만난 일자, 용건, 장소, 말투, 생김새, 특징 등의 메모를 통해 상대방을 기억하기 쉽게 기록하는 습관을 들여라. 훗날 당신의 큰 자산이 된다. 추후 만남에서 기록했던 내용을 이야기한다면 상대방은 크게 감명 받을 수 있다.

7. 누군가와 만남을 가졌다면, 72시간 이내에 감사 메일을 보내라.

8. 적어도 6개월에 한 번은 명함정리를 하라. 전체 명함 중에 실제로 활용하는 것은 30% 정도에 불과하다. 인맥은 만드는 것보다 관리하고 발전시켜 나가는 것이 중요하기 때문에 불필요한 명함은 과감하게 정리하라. 친밀도를 기준으로 친한 사람, 아는 사람, 먼 사람 순으로 정리하면 된다.

9. 6개월에 한 번 점검을 했으면 그동안 소홀했던 사람에게 연락하라. 인

맥은 관심의 정도에 따라 그리고 만남의 횟수에 따라 성장한다. 더불어 상대에 대한 정보를 계속 업데이트 할 필요가 있다.

10. 1년 이상 소원한 관계를 유지한 사람이 있다면 별도로 명함을 관리 하라.

4장.
"자체발광" 스스로 빛나는 인맥관리의 기술

꽃은 향기를 발산하지만 스스로 아름답다고 말하지 않는다. 말하지 않아도 그 자체로 아름답다는 것을 남들이 먼저 알아본다. 스스로 아름다운 꽃이 되어 벌과 나비를 불러 모은다.

이와 마찬가지로 자체 빛을 발하는 매력적인 사람은 동네방네 떠들고 다니지 않아도 남들이 먼저 알아본다. 이것이 세상의 이치다. 이런 사람 주변에는 아름답고 향기로운 사람, 진실한 사람, 좋은 사람, 재미있는 사람들이 스스로 찾아온다. 이것이 명품인맥을 형성하는 가장 좋은 방법이다.

요즘 "자체발광(自體發光)"이라는 말이 유행이다. "자체발광"이란 스스로 빛을 내는 것을 말한다. 외모가 뛰어나거나 얼굴이 예쁜 사람은 후광이 비치고 그 자체로 광체가 나온다. 흔히 외모가 뛰어나거나 얼굴이 예쁜 사람을 가리킬 때 이 때 사용하는 용어가 "자체발광"이다. 먼저 스스로 광체를 품어내는 "자체발광"의 명품이 되어야 한다. 명품은 가방이나 시계 등에만 있는 것이 아니다. 사람에게도 명품이 있다. 외모나 얼굴뿐만 아니라 인간적인 매력과 전문지식으로 무장한 명품인간으로 거듭나는 것이 중요하다.

발만 닿으면 치이는 흔하디흔한 돌멩이 같은 존재라면, 있으나 마나한 존재, 그저 그렇고 그런 별 볼일 없는 존재라면 누가 당신을 인맥으로 만들고 싶어 하겠는가. 하지만 "자체발광" 매력적인 사람은 다르다. 사람들은 그런 사람에게 본능적으로 끌리게 마련이다. 말 걸고 싶고, 진지한 대화를 나누고 싶은 것에서 그치는 것이 아니라 좋은 친구, 명품인맥으로 만들고 싶어 한다.

명품인맥을 만들고 싶다면 먼저 스스로 빛을 내는 "자체발광" 매력적인 사람이 되어라. 스스로 빛을 품어내어 사람들이 먼저 다가오게 만들어라. 자신을 스스로 빛을 발하는 사람으로 만드는 것. 이것이 가장 중요한 인맥관리의 핵심이자, 첫 번째 명품인맥관리의 기술이라 할 수 있다.

나의 가장 소중한 인맥은 바로 자신이다

필자는 적지 않은 인생을 살아오면서 꽤 많은 사람들과 만나고 헤어졌다. 좋은 인연도 있었고, 나쁜 인연도 있었다. 만나서는 안 될 악연도 있었다. 우연한 만남도 있었고, 의도적인 만남도 있었다. 그들과 함께 웃기도 하고, 울기도 하고, 기쁨도 나누고, 슬픔도 나누었다. 배신도 당했고, 사기도 당해보았다.

스스로 질문을 던지기도 했다. 그동안 인연을 맺었던 사람들에게 나는 어떤 사람으로 기억될까? 그리고 의문을 품기도 했다. 나는 그들에게 어떤 존재였을까, 가치 있는 사람이었을까, 아니면 그저 그렇고 별 볼일 없는 사람이었을까.

명품인맥의 시작은 스스로에게 질문을 던지고 고민하는 것으로부터 시작한다. 나는 어떤 사람일까, 괜찮은 사람일까, 그저 그렇고 별 볼일 없는 사람일까, 부족한 사람일까, 부족하다면 어떤 부분이 부족하고 어떻게 보완할 수 있을까, 끊임없이 고민하고, 생각하는 것이다.

이러한 질문과 고민의 과정을 겪으면서 자연스럽게 얻은 깨달음 하나가 있다면 나의 가장 소중한 인맥은 〈나 자신〉이라는 것이다. 인맥에 "자신"보다 더 중요한 인맥은 없다. 관계는 나로부터 시작되고 나로 인해 단절되기 때문이다. 아무리 노력해도 내가 그저 그렇고 별 볼일 없는 사람이라면 더 이상 좋은 인간관계로 발전하기 어렵다. 하지만 내가 괜찮은 사람이면 주변에 말 그대로 괜찮은 인맥이 모이게 마련이다. 이것이 필자가 내린 하나의 결론이다.

따라서 "나"라는 소중한 인맥을 개발하고 발전시키기 위해서는 끊임없는 노력이 필요하다. 자신을 끊임없이 관리하고 개발하여 좀 더 나은 괜찮은 사람으로 만드는 노력이 필요하다. 인격적으로 성숙한 사람이 되어야 함은 두말하면 잔소리다. 말 한마디를 하더라도, 행동 하나를 하더라도 남들로부터 존경과 경이로움을 받는 그런 사람으로 다시 태어나야 한다. 내가 아무리 능력이 좋고 인간성이 좋아도 상대방에게 기대감과 호감을 각인시킬 수 없다면, 친밀감을 형성하지 못하거나 신뢰감을 심어주지 못하면 단언컨대 좋은 인간관계로 발전하기 어렵다. 그러므로 생각해야 한다. 어떻게 다른 사람들에게 괜찮은 이미지로 다가갈 것인지. 인간관계는 기술이 아닌 마음이다. 기술은 단지 피상적인 것에 불과하다. 본질로 접근해야 한다. 그 본질의 핵심에 "나 자신"이 있다.

그러나 사람들은 인맥 하면 대부분 가장 먼저 친구, 현재의 직장동료, 전 직장동료, 취미를 같이 하는 사람, 종교단체, 동호회에 소속돼 있는 사람, 이웃, 인터넷 및 각종 모임에서 만난 사람, 기타 등등을 생각한다. 그들은 분명 당신의 소중한 인맥들이다. 또 누군가 당신에게 "당신의 가장 소중한 인맥은 누구입니까?"하고 물으면 상당한 수준의 재력가, 지적 수준이 높은 사람, 명성과 덕망을 한 몸에 받고 있는 사람, 엄청난 영향력을 행사하는 사람, 내 인생을 올바른 방향으로 이끌어 줄 수 있는 멘토, 코치, 카운슬러, 선생님, 후원자와 같은 역할을 해줄 수 있는 그런 사람을 떠올린다.

하지만 이야기했듯이 당신의 가장 소중한 인맥은 당신 "자신"이다. 인맥은 철저히 "나 자신"으로부터 출발한다. 꽃은 나비를 찾아가지 않는다. 나비가 찾아오게 만든다. 스스로 빛을 발하는 사람이 되어라. 향기 나는 매력적인 사람이 되어야 한다. 당신이 맨 처음 해야 할 일은 인맥을 만들고 구축하는데 정신을 빼앗기는 것이 아니라 자신의 내면을 들여다보고 그 내면에 매력 덩어리로 가득 채우는 것이다. 상대방이 먼저 다가와 귀한 명품인맥으로 만들고 싶은 사람이 되는 것. 그것이 첫 번째이다.

자기 경영을 실천하고 자신을 통제하라

명품인맥을 구축하고 있는 사람은 자기 경영을 실천하고 자신을 통제할 줄 아는 사람이다. 경영은 사업이나 기업 등의 조직을 효과적이고 효율적으로 관리, 운영하는 모든 활동을 말한다. 이러한 경영은 단지 기업이나 조직에만 국한되는 것이 아니라 모든 개인에게도 적용된다. 세상에는 자신의 삶을 적극적으로 개발하고 개척해 나가는 사람이 있는 반면, 무책임하게 방치하는 사람도 많다. 스스로의 삶을 적극적으로 개척해 나가는 사람은 자기경영을 실천하는 사람이다. 자기경영이란 자신의 인생에 대해 생각하고 상상해보고 꿈꾸는 자기구상과 멈추지 않는 자기개발을 통해 스스로의 삶을 내가 원하는 방향으로 리드해 가는 것을 말한다.

먼저 자신의 인생을 통해 어떤 결과를 기대하는지 진지하고 곰곰이 생각해 보아야 한다. 내가 이루고 싶은 것, 하고 싶은 것에 대한 목표를 정하고 계획을 세워 지속적으로 자기 자신을 개발해야 한다. 결코 포기하지 않는 인내심과 자기 통제력을 가져야 하며, 반복과 연습을 하고, 행동을 하여 내가 원하는 결과를 만들어 내야 한다. 이것이 바로 자기경영이다. 이러한 자기경영을 실천하는 사람을 일컬어 우리는 셀프리더(Self-leader)라고 하며 이러한 자기경영 마인드를 셀프리더십(Self-leadership)이라 한다.

좋은 인맥을 넘어 명품인맥의 관계를 리드하는 사람은 자기경영을 실천하는 사람이 되어야 한다. 자기경영을 실천하여 영향력을 행사하는 셀프리더, 철저한 자기경영을 실천하는 사람은 브랜드가치가 있는 사람이다. 브랜드 가치가 있는 사람은 성공에 가까이 다가갈 수 있으며, 그들 주변에는 주체할 수 없을 정도로 명품인맥으로 넘쳐난다. 어차피 사람의 관계는 유유상종, 끼리끼리 모이게 되어있다. 명품인맥 주변에는 명품인맥들이 모여들고, 그들이 모여 든든한 황금인맥 라인을 형성한다. 이 책을 읽는 이 순간부터 나 자신을 다시 한 번 점검해보고 자기경영을 실천해 보자. 명품인맥은 명품브랜드가치를 가지고 있는 나로부터 시작된다. 나라는 상품의 가치를 높이고 명품브랜드를 만들어라.

나는 나를 넘어섰다

<나는 나를 넘어섰다>
나는 130Kg의 레슬러였다
패션모델이 되고 싶었다.
모두 미쳤다고 했지만
나는 믿었다
나는 나를 넘어섰다.

2008년, 한 자동차 회사의 텔레비전 광고가 나의 시선을 사로잡았다. 감동이었다. 너무 강렬했다고 해야 하나. 신선하기까지 했다. 정말 가슴에 와 닿는 광고였다.

세계적인 패션모델이 되고 싶었던 전도유망한 130Kg의 국가대표 상비군 헤비급 레슬러 김민철. 그는 130Kg의 몸무게에서 무려 60Kg을 뺐다. 60Kg이면 성인남자 한 사람의 몸무게이다. 자신의 몸에서 성인 한 사람의 몸이 빠져 나간 것이다.

그 후 그는 패션모델이 되고 싶어 무작정 파리로 떠났고, 2년간 파리에서 엄청난 고생을 한 끝에 마침내 세계 최대의 패션쇼 중 하나인 여성복 패션쇼 오뜨 쿠뛰르(Haute Couture)에 남자 모델로는 세계 최초로 섰다. 자기가 하고 싶은 일을 하기 위해 130Kg에서 60Kg을 뺏고, 쉽지 않은 길에 과감하게 도전하여 자신을 한계를 넘어섰다. 모두 나를 미쳤다고 했지만 자신을 믿었기에 가능했던 일이다.

그는 자신의 한계를 넘어섰기에 성공할 수 있었다. "나는 나를 넘어섰다." 좌절과 역경을 이겨낸 그가 외친 말이다. 어떠한 역경 속에서도 절대 포기하지 않고 자신의 목표와 꿈을 향해 나아갔던 그는 인간의 한계는 없다는 것을 그리고 가능성은 무한대라는 것을 보여주었다. 나를 넘어섰을 때 진정한 자신을 발견할 수 있다. 먼저 나를 넘어 서라. 어렵고 죽을 만큼 힘들다고 좌절하지 말자. 자신을 넘어선 감동스토리를 전하는 사람에게는 명품인맥이 다가온다.

사람은 인생의 감동스토리가 있는 사람에게 좋아하는 것을 뛰어넘어 열광하는 경향이 있다. 마음에 뭔가 뭉클함이 전해지는 사람, 가슴을 울리는 영혼이 있는 사람에게 끌리기 마련이다. 당신은 자신을 넘어서야 한다. 불가능에 대한 도전, 실패를 극복할 수 있는 용기, 절대 포기하지 않는 인내. 이 모든 것이 필요하다. 자신을 넘어 섰을 때 진한 감동의 여운이 묻어나는 법이다.

자신의 분야에 최고의 전문가가 되라

〈축구, 발레, 야구 투수, 야구 타자, 피겨스케이팅, 오페라, IT, 컴퓨터, 그림, 바이러스 백신〉 한 분야에 최고 전문가 하면 누가 떠오르는가?

전문가란 특정 분야에 일을 지속적으로 해서 그에 관해 풍부하고 깊은 지식이나 경험, 역량으로 무장한 사람을 말한다. 명품으로 거듭나는 사람은 자신의 분야에 최고의 전문성을 갖춘 스페셜리스트이다. 자신의 분야에 둘째가라면 서러워 할 정도로 최고의 스페셜리스트 말이다. 어떠한 사전 준비나 원고 없이도 한두 시간 정도는 거침없이 이야기 할 정도는 돼야 진정한 최고 전문가로 거듭날 수 있다.

하지만 해당 분야의 최고 전문가는 어느 날 갑자기 만들어지는 것이 아니다. 그렇다면 최고의 전문가가 되기 위해서는 어떻게 해야 할까? 세계적인 경영사상가이자 베스트셀러의 저자인 말콤 글래드웰(Malcolm Gladwell)은 자신의 저서인 "아웃라이어(Outliers)"에서 보통 사람의 범주를 넘어서 뛰어난 성공을 이루기 위해서는 특정 분야에 최소한 1만 시간을 투자해야 한다고 강조하고 있다. 이것을 일컬어 〈1만 시간의 법칙〉이라 한다.

1만 시간의 법칙은 위대함을 창조하는 법칙인 셈이다. 어떤 분야든 숙달되고 최고의 경지에 오르기 위해서는 적어도 하루 3시간씩, 1년에 1,000시간, 10년 1만 시간 이상의 노력이 필요하다. 그렇게 했을 때라야 진정으로 그 분야에 명성을 얻는 최고의 전문가가 될 수 있다.

2009년 1월 15일 3시 26분, 155명의 승객을 태운 US Airway 비행기 한 대가 뉴욕 라과디아 공항을 이륙한 직후 양쪽 엔진 속으로 새떼가 빨려 들어가는 사건이 발생한다. 이로 인해 엔진이 멈추고 비행기가 추락하기 시작한다. 비행기 아래는 뉴욕 맨하탄의 고층빌딩들이 있어 자칫 잘못하면 탑승객뿐 아니라 수없이 많은 주민들의 목숨마저도 장담할 수 없는 상황에 놓여 있다. 이 때 체슬리 슐렌버거 기장은 인근 허드슨 강에 착륙하기로 결정한다. 얼마 후, 비행기는 쿵하는 소리와 함께 뉴욕의 허드슨강 위에 미끄러지듯 불시착 하고 비행기에 탑승했던 155명의 탑승객 전원 무사히 구출한다.

"강물 위 불시착. 155명 전원 무사구출" 뉴욕 시민들은 환호했고, "이건 기적이다."고 말한다. 그리고 허드슨강의 기적을 만들어 낸 슐렌버거 기장을 "영웅"이라고 치켜세운다.

어떻게 이런 일이 가능했을까?

하루아침에 "허드슨강의 영웅"으로 떠오른 슐렌버거 기장은 미 공군 전투기 조종사 출신으로 35년 간 19,000 시간의 비행 경력을 지닌 베테랑 조종사로 1980년부터 US항공(U.S. Airways)에서 일해 온 전문가 중에 최고의 전문가였기 때문이다.

슐렌버거 기장과 같이, 자신의 분야에 1만 시간 이상의 노력을 쏟아 붓지 않고서는 성공을 논할 자격이 없다. 이런 점에서 19,000시간을 자신의 일에 쏟아 부었던 슐렌버거 기장에게 허드슨강의 비상착륙은 단지 그가 쏟아 부은 노력의 결과물이었다. 말콤 글래드웰(Malcolm Gladwell)은 "작곡가든, 야구선수든, 소설가이든, 스케이트선수든, 피아니스트 간에 어떤 분야에서든 그 누구라도 이보다 적은 시간을 연습해 세계수준의 전문가가 탄생한 경우를 발견하기 힘들다."고 말한다.

성공한 프로, 입신의 경지에 오르는 최고의 전문가가 되기 위해서는 자신의 일에 최소한 1만 시간을 투자해야 한다. 하루 8시간씩 노력한다면 최소한 3년 이상의 경험이 필요하다. 성공의 기회는 1만 시간의 노력이 만든다! 남들에게 인정받는 최고의 전문가가 되는 것. 명품인맥을 만드는 지름길이다.

1. 명확한 목표와 비전을 세워라

어떻게 하면 자신의 분야에서 최고의 전문가가 될 수 있을까? 자신의 분야에서 최고의 전문가가 되기 위해서는 첫째, 명확한 목표와 비전을 세워야 한다.

여기 생산현장의 고졸 기능직 사원 한 명이 있다. 그는 1978년 봄에 생산현장의 고졸 기능직 사원으로 사회 첫 발을 내딛는다. 신입사원 교육을 마치고 현장으로 배치되기 전, 인사과에서 잠시 면담을 한다.

"○ ○ ○씨, 당신은 꿈이 무엇입니까?"
그는 기다렸다는 듯이 조금도 망설임도 없이 대답한다.

"네, 제 꿈은 금호타이어에서 부장이 되는 것입니다."
모든 사람들이 귀를 의심하고 주위는 순식간에 웃음바다로 변한다.

왜 그랬을까?

지금까지 고졸 기능직 사원이 부장이 된 예는 없었기 때문이다.

"○ ○ ○씨, 혹시 반장을 부장으로 착각한 것 아닙니까?"
하지만 그는 "아닙니다. 저는 꼭 부장이 될 겁니다."

그가 바로 생산현장의 고졸 기능직 사원의 신화를 쓴 금호그룹 윤생진 전무이다.

모두가 황당하다고 여겼던 부장의 꿈은 그가 입사한지 불과 16년 만에 현실이 된다. 18,600건의 제안을 하고, 대통령상 5회, 사장 표창 52회, 7번의 특진을 거듭하여 2000년도에 금호그룹 전략경영본부 상무가 되고, 그 후 전무로 승진한다. 그가 입사하면서 세웠던 목표가 있었기에 가능했다.

성공한 사람들의 공통점 중의 하나는 명확한 목표와 비전이 있었다는 것이다. 목표와 비전은 자기 인생의 내비게이션이다. 내비게이션은 잠시 경로를 이탈해도 다시 원래의 목적지까지 데려다 주는 역할을 하게 된다. 목표와 비전은 내가 가보지 않은 미래를 명확하게 볼 수 있는 안목을 가져다준다.

하지만 목표와 비전이 없는 사람은 아무런 인생의 목적 없이 바람 따라 구름 따라 떠도는 방랑자와 같은 인생을 살게 된다. 인생에 대한 희망도, 의욕도 없고, 삶에 대한 의지도 전혀 없다. 열정이 생기지 않는 것은 당연한 귀결이다. 언제 폭풍이 몰아쳐 난파 될지 모르는 목적지 없이 바다를 항해하고 있는 돛단배와 같다.

자신의 분야에 최고 전문가가 되고 싶다면 목표와 비전을 세워야 한다. 지금 당장 종이 한 장을 들고 종이 위에 자신의 목표를 적어라. 아주 구체적으로 적는 것이 좋다. 특히 언제까지 이룰 것인지 기한을 정하라. 그리고 지금 바로 하나씩 하나씩 실천해야 한다. 목표와 비전, 성공의 첫 번째 조건임을 인식해야 한다. 누군가 필자에게 "당신의 목표와 비전은 무엇입니까?" 묻는 다면 "대한민국 최고의 전천후명강사"라고 거침없이 말하겠다.

2. 연습과 훈련만이 성공과 실패를 결정한다

자신의 분야에서 최고의 전문가가 되기 위해서는 둘째, 지독한 연습이 필요하다.

탱크 최경주
피겨여왕 김연아
산소탱크 박지성
마린보이 박태환
월드스타 가수 비
프리마돈나 발레리나 강수진

이들의 이름을 들으면 무엇이 떠오르는가?

세계 최고, 프로라는 수식어가 떠오른다. 하지만 이들에게 공통적으로 붙여진 별명이 있다. 바로 연습벌레이다. 그것도 아주 지독한 연습벌레 말이다. 발이 부러져도, 손바닥이 터져 피가 흘러도, 어떠한 고통이 나를 짓눌러도 이에 결코 굴하지 않고 연습하고 또 연습을 반복하는 지독한 연습벌레들. 이런 연습이 그들을 세계 최고로 만든 최고의 비결임을 우리는 모두 알고 있다.

연습과 반복을 통한 습관형성 그리고 끊임없는 노력은 재능을 이긴다. 사람은 누구나 태어나면서 많은 재능을 가지고 태어난다. 하지만 그것이 진정한 자신만의 기술이 되기 위해서는 부단한 연습이 필요한 법이다. 연습만이 최고의 결과를 만든다는 것을 인식해야 한다. 여기에 결코 예외는 있을 수 없다. 내가 원하는 최상의 결과 연출하기 위해서는 연습하고 연습하고 또 연습하라. 연습은 결코 우리를 배신하지 않는다.

세계 최고의 피아니스트였으면서도 "제가 하루를 연습하지 않으면 제 자신이 알고, 이틀을 연습하지 않으면 동료가 알고, 사흘을 연습하지 않으면 청자들이 안다."며 하루도 빠트리지 않고 매일 같이 연습을 했던 아르투르 루빈스타인.

여든이 넘은 나이에도 "아직도 내가 연습을 하면 조금씩 실력이 느는 것을 느낄 수 있습니다."라고 말하며 3시간 이상을 연습에 몰두 했던 세계적인 첼리스트 파블로 카잘스.

그들의 말을 떠 올려 보고 가슴 깊이 새겨보자.

3. 자신의 일을 즐겨라

자신의 분야에서 최고의 전문가가 되기 위해서는 셋째, 자신이 하는 일을 사랑하고 즐겨야 한다.

아무리 목표가 거창하고 가치가 있어도 내가 하는 일을 사랑하고 즐기지 못하면 오랫동안 지속할 수 없다. 자신이 하는 일을 좋아하고 진정으로 즐겼을 때 오랫동안 지속 가능하다. 천재는 노력하는 사람을 이길 수 없고 노력하는 사람은 자신의 일을 즐기는 사람을 이길 수 없다고 하지 않은가!

병신춤으로 유명한 인간문화재 고(故)공옥진 선생. 사람들은 공옥진 선생의 병신춤을 보고 이렇게 말할지 모른다.

"아니 그 많은 춤 중에 왜 하필이면 저런 병신춤을 출까?"
"좀 징그럽다."
"혐오스럽다."

하지만 공옥진 선생은 그 일을 평생 사랑했다. 자신의 일을 사랑하게 되었고 진정으로 즐기게 된 것이다.

한 가지 일을 몇 십 년 동안 지속하는 것은 결코 쉬운 일이 아니다. 하지만 자신의 일을 좋아하고 진정으로 즐기면 가능하고, 최고의 입신의 경지에 오를 수 있다. 그랬을 때 그 일에 대한 진정한 애정, 철학, 열정이 생긴다. 또한 자신이 하는 일을 사랑하고 즐기면 기적이 일어난다. 잠을 자지 않아도 피곤하지 않고 아무리 오래 일을 해도 쉽게 지치지 않는다. 오히려 어떻게 하면 좀 더 잘 할 수 있을까 하는 갖가지 가능한 방법을 궁리하고 결국에는 그 해결책을 찾는다. 이 처럼 그 일을 끊임없이 생각을 하고 애정을 가지고 노력하다 보면 남들이 보지 못하던 것을 바라볼 수 있는 식견과 혜안을 기를 수 있다. 멀쩡한 눈으로 보면 그냥 재미없는 일인데 애정을 가지고 보다 보면 그 일이 이전과 같지 않게 되는 것이다. 그렇게 되면 전문가로서의 식견과 전문가로서의 능력이 배가된다.

4. 몰입하라

자신이 하는 분야에 최고의 전문가가 되기 위해서는 넷째, 자신의 일에 몰입해야 한다.

한 불평 많은 청년이 왕을 찾아와 인생을 성공적으로 사는 법을 가르쳐 달라고 졸랐다. 왕은 잔에 포도주를 가득 부은 후 청년에게 말했다. 포도주 잔을 들고 시내를 한 바퀴 돌아오면 성공할 수 있는 비법을 말해주겠다. 단 포도주를 단 한 방울이라도 엎지르면 네 목을 베리라. 청년은 땀을 뻘뻘 흘리며 시내 한 바퀴를 돌았다.

청년이 돌아왔다.
왕이 물었다.

"시내를 돌며 무엇을 보았느냐. 거리의 거지와 장사꾼을 보았느냐?"

청년이 대답했다.

"포도주 잔에 신경을 쓰느라 아무 것도 보고 듣지 못했습니다."

그러자 왕이 말했다.

"바로 그것이 성공 비결이다."

"인생의 목표를 확고하게 세우고 일에 집중하면 주위의 유혹과 비난은
들리지 않을 것이다."

연습 없는 성공은 없듯이, 몰입 없는 성공은 없다. 사람이 몰입하면 성취
하지 못할 일이 없다. 불광불급(不狂不及)이라 했던가! "미치지 못하면 미치
지 못한다!"는 말이다. 몰입하여 자신이 하는 일에 미치면 나도 모르는 초능
력을 발휘할 수 있고, 온 몸에 희열과 만족감을 느낄 수 있다.

세기의 바이올리니스트로 꼽히는 러시아의 나탄 밀슈타인(Nathan Milste
in)은 어릴 적 스승에게 곡 하나를 제대로 연주하려면 하루에 몇 시간이나 연
습해야 하냐고 물었다. 스승은 이렇게 답했다.

"아무 생각 없이 손가락만 움직이면 하루 종일 연습해도 모자라지만, 온
신경을 연주에 모으고 손놀림 하나하나에 집중해 연습하려면 두세 시간이면
족하다." -1만 시간의 법칙(이상훈 저)중에서-

몰입의 중요성을 이야기 하고 있다. 일을 즐기고 몰입을 통해 최고가 될
수 있다.

당신은 보통 사람의 범주를 넘어서 뛰어난 성공을 이루기 싶은가? 최고의
전문가가 되고 싶은가? 그렇다면 당신의 온 몸과 마음을 다하여 당신 하고
있는 몰입해야 한다.

끊임없이 자기개발 하라 –
명품인맥, 결코 돈으로 살 수 없다

명품인맥, 결코 돈으로 살 수 없다. 돈으로 시계는 살 수 있지만 시간은 살 수 없다. 돈으로 사람을 살 수는 있지만 명품인맥을 구축할 수는 없다. 돈의 힘을 이용하여 순간 사람들이 모여들 수는 있으나 돈이 없어지면 동시에 사라지는 것이 세상 이치다. 사람의 됨됨이 때문에 형성된 것이 아니라 단지 돈 때문에 구축된 관계이기 때문이다. 그런 관계는 오래 가지 못한다. 돈으로 형성된 관계가 아닌 인간적 매력으로 승부하라. 먼저 당신이 괜찮은 사람, 명품인맥이 되어 사람들이 스스로 찾아오게 만들어야 한다.

그러기 위해서는 자신을 업그레이드하고 관리해야 하며 끊임없이 자기개발을 실천해야 한다. 더불어 성장과 발전을 위해 아낌없는 투자를 해야 한다. 요즘은 평생직장이라는 개념이 사라진지 오래이다. 조기퇴직, 명예퇴직, 구조조정, 다운사이징 등이 활성화 되고 취업이 잘 안 되는 현실을 감안할 때 인생에서 가장 안전하고 확실한 투자는 역시 뭐니 뭐니 해도 자신을 발전시키고 개발하는 것에 대한 투자이다.

인생은 배움의 연속이다. 배움을 계속하고 절대로 성장을 멈추어서는 안 된다. 배움을 멈추는 순간 당신의 성장도 멈출 뿐 아니라 그저 그렇고 별 볼 일 없는 사람으로 전락하고 만다. 최고에 이르기 위해서는 많이 배우고 열심히 노력하는 길 밖에는 없다. 너무 바빠서 공부할 시간을 낼 수 없다는 건, 새로운 지식, 기술을 습득할 시간이 없다고 말하는 건 변명에 불과하다. 하루 24시간 중 단 1%, 약 15분만이라도 자신을 성장시키고 개발하는데 할애하라. 그것이 당신의 인생을 바꾸어 놓는다.

자기개발의 방법

어떻게 자신을 발전시키고 개발할 수 있을까?

필자는 강의를 주업으로 하는 강사이다. 새벽 공기를 가르며 밤하늘의 별을 바라보며 감동이 넘치는 강의를 하기 위해 거의 매일 전국을 누빈다. 시간이 빠듯하고 집에 돌아와서는 모든 에너지가 소진되고 몸은 완전히 파김치가 되어 아무것도 하고 싶지 않은 때도 종종 있다. 그럼에도 불구하고 하루도 빼먹지 않고 실천하는 습관 하나가 있다.

1. 그것은 다름 아닌 단 한 페이지라도 매일 책을 읽는 것이다.

필자는 꽤 많은 책을 읽는 편이다. 전국을 누비며 강의를 하고 있고 고속버스나 KTX 등의 운송수단을 이용하지 못하는 경우에는 직접 운전을 해야 하기 때문에 많은 책을 읽는다는 것은 결코 쉬운 일이 아니다. 하지만 손에서 책을 놓지 않으려고 노력하고 있고, 이제는 하나의 습관이 되었다. 그렇게 해서 일 년에 읽는 책이 100여 권이 된다. 한국 사람들 평균 독서량이 일 년에 10.8권임을 감안한다면 어마 어마한 양이지 않은가. 이것이 다른 사람들과 차별할 수 있는 중요한 요소가 된다.

2. 자기개발 모임이나 세미나 등에 참석하여 자신을 개발할 수 있다.

필자는 주말이면 북세미나, 조찬강연모임, 기타세미나, 강사포럼 등에 참석하고 있다. 각종 모임에 가면 많은 지식과 정보를 얻을 수 있다. 다양한 사람들과 대화를 통해 삶의 지혜, 그들의 경험과 노하우를 터득할 수 있다. 미래를 내다 볼 수 있는 혜안을 기를 수 있고 배움의 갈증을 풀 수 있다. 그래서 피곤한 몸을 이끌고 참가한다. 쉬고 싶다는 유혹이 왜 없겠는가. "오늘 하루만 쉬자!” 또 다른 내가 나에게 속삭이는 경우도 많다. 하지만 이내 마음을 가다듬고, 힘차게 일어나 현관문을 나서곤 한다.

3. 하루를 마무리하면서 명상을 하는 것도 자신을 개발하는 좋은 방법 중 하나이다.

명상은 자기 내면과의 대화이다. 사회가 고도로 발달할수록 사람은 자신을 들여다보는 시간 필요하다. 자신의 하루 일과를 점검해 보고 평가해 보는 것이 필요한 것이다. 눈을 감고 차분한 마음으로 깊이 생각해 보라. 다른 차원의 세상이 열리는 것을 경험한다.

법정 스님이 말하는 명상의 의미에 대해 깊이 음미해 보는 것도 도움이 된다.

명상은 소리 없는 음악이다.
명상은 관찰자가 모두 사라진 고요하고 커다란 침묵이다.
명상은 날마다 늘 새로운 것이다.
명상은 연속성을 갖지 않기 때문에 지나간 세월이 낄 수 없는 것이다.

2분도 좋고 5분도 좋다. 시간이 날 때마다 눈을 감고 명상하는 시간을 가져라. 명상도 지속적인 반복과 실천이 필요하고 일정 기간이 지난 후에야 습관으로 형성된다. 또한 처음에는 자신에 대한 부정적인 생각, 하지 못했던 일에 대한 후회, 미래에 대한 두려움의 감정이 떠오를 수 있다. 하지만 차츰 안정이 되면서 살아 있는 것에 대한 감사함, 옆에 있는 사람에 대한 고마움, 나에 대한 자부심 등의 긍정적인 방향으로 흘러간다.

4. 하루를 마무리하면서 내일 할 일을 계획하는 것도 자신을 개발하는 좋은 방법 중 하나이다.

메모지 한장 꺼내 놓고 내일 할 일을 기록해 보라. 이것을 반복하다보면 하나의 좋은 습관이 형성된다. 사람의 머리는 한계가 있다. 메모를 하면 기억하기 쉽고, 저장하기 쉬울 뿐만 아니라 시간도 절약해 준다. 특히 중요한 내용, 반드시 해야 하는 일은 반드시 사전에 계획하고 메모하자.

5. 칭찬일기나 감사일기를 쓰는 것도 자기개발 방법 중 하나이다.

매일 칭찬일기나 감사일기를 써 보자. 모 경영인은 "큰일이다. 이대로 가면 다 망할 텐데. 왜 이렇게 조직을 바꾸기가 힘들단 말인가?"하소연을 하곤 했는데 칭찬일기를 통해 직원 화합과 고객의 신뢰를 얻어 회사의 변화를 이끌었다고 한다.

긍정심리학자와 뇌과학자들은 이렇게 말한다. "하루 5가지씩 3주간만 써보라. 그러면 네 자신이 변한 것을 느끼게 될 것이다. 3개월을 쓰면 다른 사람들도 당신이 바뀌게 된 것을 느끼게 될 것이다."

필자도 칭찬일기와 감사일기를 쓰고 있다. 놀라운 일이 벌어지고 있다. 나에 대한 자부심, 자긍심이 높아지고, 하루하루를 의미 있게 보낼 수 있게 되었다. 더불어 자신을 좀 더 긍정적으로 바라보게 되었다. 삶에 활력이 넘쳐 나고 있다.

책에는 지식의 나무가 자란다

"하루라도 책을 읽지 않으면 입안에 가시가 돋는다(一日不讀書 口中生荊棘-일일불독서 구중생형극)." 안중근 의사가 한 말이다.

대한민국 사람 중에 이 명언을 들어보지 못한 사람은 없을 것이다. 이 말은 마치 밥을 먹듯이 책을 읽으라는 말이다. 책은 자신을 발전시키고 개발하는 방법 중 단연 최고이자 가장 강력한 무기이다. 책은 당신의 가장 절친한 친구이자 평생을 같이할 동반자이다. 책과 함께 잠자고, 책과 함께 밥 먹고, 자나 깨나 항상 책과 함께해야 함을 잊어서는 안 된다.

필자가 책과 인연을 맺은 것은 10여 년 전일이다. 아무 목적 없이 살던 필자에게도 꿈과 희망이 생겼고, 목표가 생기기 시작했다. 그러면서부터 독서의 중요성을 깨닫기 시작했다. 1년에 책 100권 읽겠다는 터무니없어 보이는 목표를 세웠다. 뜻을 생각하거나 의미를 음미해 볼 시간도 없이 무작정 읽었다. 1년에 100권이면 한 달에 9권을 읽어야 했으니 말이다. 10년의 세월이 흘렀다. 처음에는 아무런 결과물이 나오지 않았지만, 이 책을 쓰고 있는 이 순간 그 때 읽었던 책들이 나에게 많은 도움이 되고 있다.

우리는 흔히들 "책은 마음의 양식이요, 지식의 창고다."라고 말한다. 필자는 이 말에 전적으로 동의한다. 책은 인류가 만든 최고의 유산이다. 손으로 잡을 수 있는 조그만 책 한 권에 모든 것 - 위대한 위인, 역사, 과거, 미래, 지식, 지혜, 사랑, 인생관, 가치관, 철학, 사상, 희노애락, 성공과 실패, 가치와 목적 - 이 다 들어 있다.

책은 간편하면서 편리한 도구이다. 책을 통해 시간적, 공간적 한계를 극복할 수 있고, 타임머신을 타고 시간을 거슬러 가듯 과거를 여행할 수도 있으며, 가보지 않은 미래의 모습을 상상해 볼 수 있다. 공간의 제약을 뛰어 넘어 다양한 인물을 만나고 세상과 소통할 수 있을 뿐 아니라 전 세계 모든 나라를 실제로 여행한 것처럼 생생하게 느낄 수 있다. 위대한 인물들의 삶을 대신 살아 볼 수 있는 것도 책이라는 도구가 있기에 가능하다.

하지만 책 읽는 습관을 들이는 것이 그리 쉬운 일은 아니다. 설령 독서를 생활화했다 할지라도 처음부터 빠른 효과를 기대하기는 어렵다. 그렇다고 낙담하거나 실망해서는 안 된다. 조급한 마음을 버리고 지속적으로 독서하려는 마음가짐이 필요하다. 지속적으로 독서를 실천 하다보면 모든 것들을 온전히 당신 것으로 만들 수 있다.

거제도에는 국내 최대의 〈맹종죽〉대나무가 자생하고 있다. 〈맹종죽〉대나무는 아무리 주변환경이 좋아도 5년 동안 아무런 변화가 없고 자라지 않는다. 5년이 지나서야 비로소 새순이 돋아나고 그렇게 돋아난 새순은 하루에 최대 50센티미터에서 60센티미터 까지 쑥쑥 자라기 시작하는데, 6주 동안 하루도 쉬지 않고 성장해서 나중에는 길이가 무려 20미터에서 30미터가 된다.

〈맹종죽〉대나무는 단지 6주 동안에만 20미터에서 30미터 까지 자라는 것이 아니다. 눈에 보이지는 않았지만 5년이라는 기간 동안 계속 준비하고 성장을 계속한 것이다. 5년 동안 드러내지 않고 조용히 그렇게 말이다. 5년 동안 땅 속 깊은 곳에서 사방으로 뿌리를 뻗어 기초를 다지고 크게 자라기 위한 준비를 철저히 하고 있었던 것이다.

　　책을 통해 지식을 습득하는 과정도 이와 마찬가지이다. 하루 10분도 좋고, 20분도 좋고, 30분도 좋다. 꾸준한 독서를 실천하다보면 1년 후, 2년 후에는 또 다른 나를 발견할 수 있을 것이다.

성공하고 싶은가?

　　성공하려면 기초부터 다져야 한다. 나를 튼튼히 받쳐주고 확고한 성장의 밑거름이 되어 줄 지식이 있어야 한다. 행운은 준비와 기회가 만났을 때 찾아오는 법이다. 책을 통해 인생의 성공을 위한 기초공사를 하라. 지식으로 무장한 핵심인재가 되어라. 책을 많이 읽으면 읽을수록 지식이 축적되고 마음의 근육이 단련되는 법이다.

진정한 프로의식을 가져라

프로 Vs 아마추어

사람들은 두 사람 중에 어떤 사람을 원할까?
당연히 프로를 원할 것이다. 프로는 뭐가 달라도 다르기 때문이다.

프로란 어떤 일을 전문적으로 하거나 직업적으로 하는 사람을 말한다. 전문지식과 역량을 갖추지 못한 아마추어는 더 이상 설자리가 없고, 진정한 프로의식을 지닌 프로만이 이 험난한 정글의 세계에서 살아남는다. 자신이 하는 일에 대해 전문지식을 가져야 함은 물론이고 강한 자부심과 탐구심도 갖추어야 한다. 동시에 자신의 직업이나 직무를 진정으로 좋아하고 직업적 신념과 사명의식으로 무장해야 한다. 명품인맥을 만들고 싶다면 진정한 프로의식이 필요하다.

그렇다면 어떤 사람이 프로라고 할까? 프로는 다음과 같은 특성을 가진 사람들이다.

첫째, 프로는 자신이 하는 일에 목숨을 건다. 자신이 하는 일에 목숨을 건다는 태도, "목숨 걸고 노력하면 안 되는 일이 없다."는 자세로 최선을 다한다. 이런 자세를 취할 때 최상의 결과를 만들 수 있다. 지금 하고 있는 일이 "내 인생의 전부다"는 생각으로 지금 하고 있는 일에 죽을 만큼의 목숨을 걸고 최선의 노력을 다하라. 이것이 프로의 자세이다

둘째, 프로는 목표를 세워 도전한다. 성공한 사람들, 최고의 경지에 오른 사람들의 공통점 중 하나는 뚜렷한 목표를 설정하고, 그 목표를 이루기 위해 끝까지 도전하여, 결국 자신과의 싸움에서 승리를 쟁취한다는 것이다. 뚜렷한 목표를 설정하게 되면 나아갈 방향을 알게 되어 자신이 지닌 가치를 제대로 실현할 수 있게 된다.

셋째, 프로는 완벽을 추구한다. "여기가 끝이고 이만하면 됐다고 생각할 때 그 사람의 예술 인생은 거기서 끝나는 것이다."라고 했던 프리마돈나 강수진의 말처럼 프로는 적당히 하는 법이 없다. 그들은 노력을 뛰어넘는 재능은 없다는 것을 이미 알고 있다. "대충 이정도면 되겠지."하는 대충의식과 타협하지 않고 완벽을 추구한다.

넷째, 프로는 실수를 용납하지 않는다. 프로는 단 한 번의 실수가 치명적인 결과를 야기한다는 사실을 알고 있다. 하지만 실수하는 것을 두려워 하지 않는다. 다만 그 실수를 줄이기 위해 죽을힘을 다해 노력을 다할뿐이다. "최선을 다한 훈련은 의미가 없다. 죽을힘을 다한 훈련과 도전이 있을 뿐." PGA 8승의 위대한 골퍼, 최경주가 한 말을 기억할 필요가 있다.

다섯째, 프로는 열광하는 팬이 있다. "스타와 슈퍼스타의 차이는 간단하다. 스타는 선수들 사이에서 위대하지만, 슈퍼스타는 팬 사이에서 위대하다." 전설적인 골퍼 아놀드 파머의 말처럼 프로는 팬이 있을 때 의미가 있는 법이다.

여섯째, 프로는 무슨 일을 하던 항상 주인이라 생각한다. 한낱 고용인이라는 생각을 버려야 한다. 이런 생각은 패배주의적 생각이다. 이런 아마추어적

사고로는 성공할 수 없다. 그 차이가 엄청난 결과를 만들어 낸다.

일곱째, 최후의 마지막 순간까지 혼신의 노력을 다하는 사람이 프로이다. 프로는 최후의 순간까지 최선을 다할뿐 아니라 좌절은 해도 절대 포기하지 않는다. 마지막 1%의 가능성을 믿고 죽을힘을 다해 쓰러진다는 각오로 임한다. 어둠과 절망 속에서도 희망을 발견하는 것이 프로이다. 마지막까지 최선을 다하는 당신이 진정한 프로이다.

여덟째, 프로는 책임을 전가하거나 구차한 변명을 하지 않는다. "내 탓이다. 내 잘못이다."라고 말하는 사람들이 프로이다. 이들은 자신의 실수를 겸허히 받아들이고, 결과에 대해 깨끗하게 인정하고 승복한다. 다만 그 실수를 줄이기 위해 끊임없는 연습과 반복을 하며 최선을 다할 뿐이다. 자신이 하는 일에 최선을 다하고 돌아오는 결과에 대해서는 혼자 참아내는 자세, 이것이 진정한 프로의 모습이다.

아홉째, 프로는 결과로 승부한다. 프로는 과정도 중요하지만 결과로 말해야 한다. 최고의 결실, 남들과 다른 최선의 결과를 내야만 성공을 거머쥘 수 있다.

열 번째, 프로는 미치지 않고서는 미칠 수 없다. 불광불급(不狂不及) "미치지 못하면 미치지 못한다."는 말이다. 미치지 않고서는 얻어지는 것이 아무 것도 없다. 뭔가 이루어낸 사람들은 그 일에 미쳤을 때 가능하다고 말한다. 무엇인가를 이루어내려면 미칠 지경까지 가야만 한다. 미칠 수 있는 무아지경의 몰입만이 진정한 혼이 담겨진 달인의 경지에 오르는 법이니. 프로를 꿈꾸는 자라면 자신이 하는 일에 미쳐야 한다.

1톤의 생각보다 1g의 행동의 더 중요하다

"1톤의 생각보다 1g의 행동이 더 중요하다."

이 말이 의미하는 것은 생각보다는 행동이, 계획보다는 실천이 중요하다는 것을 의미한다. 생각을 했으면 즉시 행동으로 실천하라는 것을 강조하는 것이다.

그렇다면
1톤의 생각과 1g의 행동!
어느 쪽이 더 중요할까?

필자의 대답은 "둘 다 중요하다."이다. 생각을 반복하다보면 나도 모르게 행동으로 이어진다. 결국 1톤의 생각이 1g의 행동으로 이어지는 법이다. 따라서 1톤의 생각을 반복하되 행동으로 이어지도록 노력을 해야 한다. 1g의 행동과 도전하는 결단력이 1톤의 성공을 가져온다.

여기 160cm 키에 몸무게 100kg의 한 여인이 있다고 가정해 보자.

이 여인은 외모와 몸무게 때문에 콤플렉스를 가지고 있다.
대인기피증도 있다.

하지만 세상에 나가고 싶어 한다.

남자 친구도 사귀고 싶고,

결혼도 해서 아이도 낳고,

행복한 가정을 이루고 싶다.

그래서 "50kg의 날씬하고 균형 잡힌 몸매를 만들겠다."고 결심한다. 하지만 결심하는 것만으로는 부족하다. 공염불에 그칠 확률이 높다. "날씬하고 균형 잡힌 몸매를 원합니다."생각하고 기도한다고 해서 해결되는 것은 아니다. 행동으로 옮겨야 현실이 된다.

50Kg의 날씬한 몸매를 유지하고 싶다는 자신의 소망을 현실로 만들어내려면 어떻게 해야 할까?

첫째, 자신이 원하는 결과에 대해 이룰 수 있다는 신념과 긍정적인 생각을 해야 한다. 자기신념을 강화해야할 뿐만 아니라 실제 이룬 것처럼 생생하게 시각화하는 자세가 필요하다.

둘째, 먹는 음식의 양을 줄여야 한다.

셋째, 지속적으로 운동을 해야 한다.

그랬을 때 비로소 자신이 원하는 날씬하고 균형 잡힌 몸매를 유지할 수 있다.

"인생의 궁극적인 목표는 지식이 아니라 행동이다." 영국의 자연과학자인 토머스 헨리 헉슬리(Thomas Henry Huxley)의 말이다. 생각하는 것보다는 먼저 실천하는 것이 중요하다는 말이다. 아무리 좋은 천만불짜리 계획이라도 실천하지 않으면 아무 소용없다. 아무리 좋은 지식을 갖추고 있다 해도 행동하지 않으면 아무 짝에도 쓸모없는 휴지조각에 불과하다. 모르는 것보다는 아는 것이 낫겠지만 알고 있는 것은 실천하는 것만 못한 법이다. 오늘의 행동이 미래의 나를 만든다. 꿈꾸는 것도 중요하지만 꿈을 꾸었다면 행동으로 옮겨라.

오늘의 한 걸음이 1년 후 나를 바꾼다

수적석천(水滴石穿)

"한 방울씩 떨어지는 낙숫물이 바위에 구멍을 낸다는 뜻이다."

아주 작은 힘이라도 꾸준히 반복하고 노력하다 보면 큰일을 이룰 수 있음을 비유해 이르는 말이다. 오늘의 작은 한걸음이 1년 후 나를 바꾼다. 시작은 미미하지만 그 끝은 창대하리라는 믿음을 가져야 한다. 작은 실천력이 모이면 강력한 영향력을 행사할 수 있다.

미국대학농구(NCAA) 20역사상 가장 성공적인 코치, 20세기 가장 위대한 코치로 선정된 전설적인 존 우든(John Wooden). 우든 코치는 UCLA 농구팀을 이끌며 전무후무한 88연승을 포함해 통산 620승을 거두었다. 특히 1967년부터 1973년까지 챔피언을 7연패하는 불멸의 기록을 세웠다. 그는 작지만 절대 작지 않은 행동의 중요성에 대해 이렇게 말했다.

"나날이 조금씩 바꿔나간다면, 결국 큰일이 일어난다. 나날이 조금씩 조절 능력을 기른다면, 결국 조절 능력이 커진다. 내일도 모레도 아니지만 엔젠가는 큰 이익을 얻게 된다. 큰 규모로 빠르게 바꾸려 하지 마라. 하루에 한 가지 작은 부분을 개선하라. 그것만이 유일한 방법이다."

당신이 원하는 결과를 얻고 싶은가?

가장 좋은 방법은 지금 당장 시작하는 것이다. 큰 것이 아니어도 상관없다. 가랑비에 옷 젖는다고 하지 않은가! 사소한 일이라도 그 자체로 의미가 있는 법이다. 오늘의 작은 한 걸음이 쌓이고, 그렇게 해서 작은 성취가 모이면 누구도 따라 올 수 없는 걸작을 만들 수 있고, 큰 업적을 이룰 수 있다. 작고 사소한 일이라고 무시해서는 안 된다. 모든 위대한 일은 작은 시작에서 출발한다.

그라운드에 쓰러질지언정
절대 무릎 꿇지 않는다

"그라운드에 쓰러질지언정 절대 무릎 꿇지 않는다."
대한민국 축구의 아이콘 박지성 선수의 말이다.

그는 2002년 한·일 월드컵 이전까지는 철저한 무명선수였고, 월드컵 최종 엔트리에서 가장 먼저 탈락할 것이라고 예상됐던 선수였다. 그런 그가 세계에서의 가장 가치가 높은 축구클럽인 맨체스터유나이티드(Manchester United)에서 7년의 생활을 마치고 QPR(Queens Park Rangers)로 팀을 옮겨 주장으로 활약하고 있다. 그를 빼 놓고 대한민국 축구를 논할 수 없을 정도로 대한민국 축구를 대표하는 선수가 되었다.

지극히 평범한 재능을 가졌지만 자신의 목표를 향해 피나는 연습과 노력을 통해 평범한 재능을 극복해냈고, 많은 사람들에게 포기하지 않고 노력하면 "나도 얼마든지 성공할 수 있다"는 롤모델(Role Model)이 되었다. 축구에 대한 끝없는 열정, 팀을 위한 헌신과 희생정신, 솔선수범하는 자세, 팀워크를 강조하는 마인드, 강인한 체력을 바탕으로 모든 사람들에게 꿈과 희망을 전하는 희망전도사가 되었다. 그러하기에 사람들은 그에게 열광한다. 그를 사랑하고, 그에게서 감동을 받는 것이다.

우리가 박지성 선수에게 열광하고 그를 사랑하는 이유는 단지 축구를 잘하기 때문도, 세계적인 축구클럽 맨체스터유나이티드에서 축구를 한 이유 때문도 아니다. 우리가 그를 사랑하고 열광하는 이유는 그가 조우했던 수없이 많은 어려움과 장애물을 넘어 자신의 한계를 극복했다는 데 있다.

지금 삶에 지쳐 있는가? 힘들고 어려운가? 희망이 보이지 않는가?

그럴 때 일수록 자신이 처한 현실과 당당히 맞서야 자신의 진가를 입증할 수 있다. 죽을힘을 다해 열정을 다 쏟아 부어도 될까 말까 한데 꽁무니 빼는 자세로는 절대 성공할 수 없다. 축구를 하다 보면 그라운드에 쓰러질 일이 많다. 그러나 절대 무릎 꿇지 않는다는 박지성의 자세야 말로 성공을 꿈꾸는 사람들의 자세이다.

인생도 마찬가지이다. 인생을 살다 보면 나의 의도와는 상관없이 실패하고 좌절하기도 한다. 무기력함에 빠지고 이로 인해 의욕을 상실하기도 한다. 우울증이 찾아오고, 절망하고, 결국은 파멸할지도 모른다. 하지만 이것은 우리 모두가 선택하고 습득한 결과이다. 결연한 의지와 결단력을 선택하고 도전하는 길만이 우리가 원하는 결과를 만들 수 있다. 사람들은 그런 사람에 열광하고 사랑하는 법이다. 삶에 지치고 힘들어 쓰러질지언정 절대 무릎 꿇지 않는다는 자세가 필요하다

끊임없이 변화, 혁신하고 도전하라

"변하면 살고 변하지 않으면 죽는다는 의미이다."

사람은 끊임없이 변화하고 혁신해야만 성장할 수 있다. 변화를 두려워하는 개인은 결코 성장할 수 없다. 〈좋은 기업을 넘어 위대한 기업으로〉의 저자 짐콜린스는 그의 저서에서 변화는 엄청난 고통과 에너지가 수반되지만 결국에는 더 큰 에너지를 만든다고 했다.

눈 깜짝할 사이에 빛의 속도로 변화하는 디지털 시대에 변화는 피할 수 없는 필수조건이다. 다른 모든 것이 변화하고 있는데 나만 과거의 성과, 경험, 현실에 안주하고 머물러 있다면 발전을 기대하기 어렵다. 새로운 시각으로 시작하고 고민하다보면 한 단계 발전한다. 끊임없이 변화와 혁신을 추구하고 도전하라. 멈추는 순간 퇴보한다. 변화하고 혁신하고 도전하는 사람만이 다른 사람의 변화를 이끌어 낼 수 있다.

하지만 변화와 혁신, 과감한 도전에는 상상할 수 없는 만큼의 고통이 따른다. 혁신(革新)을 한자로 하면 가죽혁(革)에 새로울 신(新)자이다. 사람의 가죽(革)을 벗기고, 새롭게(新) 다듬는 것이니만큼 얼마나 아프고 고통스럽겠는가? 그럼에도 불구하고 변화와 혁신을 추구하고 새로운 것에 시도하고 도전해야 한다. 그래야 비약적인 도약을 할 수 있다. 세계적인 동기부여 강사 브라이언 트레이시는 "꿈꿀 수만 있다면 이룰 수 있다. 한계는 당신 자신 안에 있다."고 말했다. 자신의 한계와 불가능한 것에 도전해야 한다. 타성에, 평범함에, 식상함에 그리고 편안함에 도전하는 자세를 가져야 한다. 성공은 변화와 혁신을 추구하고 도전하는 자의 것이다.

변화와 혁신을 통해 성공하기 위해서는 어떻게 해야 할까?

과거의 편안함, 익숙함, 타성을 버리고 안전지대를 넓혀 나가야 한다. 안전지대란 자신이 계속 하던 것, 잘할 수 있는 것, 자신감을 가지고 편하게 할 수 있는 영역을 말한다. 지금까지 경험하지 못한 일, 불편하고 어려운 일에 도전하는 자세가 절실히 요구된다. 사람은 자신에게 만족하는 순간 퇴보하게 된다. 강한 사람은 힘이 센 사람이 아니라 변화에 잘 적응하는 사람이다. 최후에 승리하는 사람은 변화와 혁신을 추구하고 끝까지 도전하는 사람이다.

이제 21세기는 변화의 시대다. 주체적으로 변해야 하고, 그 변화에 적응해야 하며, 나아가 변화를 선도해야 한다. 변화에 적응하고 앞서가기 위해서는 기존의 상식과 습관의 틀을 깰 줄 아는 지혜, 권위주의적 패러다임을 바꿀 줄 아는 용기가 필요하다.

5장.
기대감을 형성하는 명품인맥 관리의 기술

소개팅을 앞둔 남자와 여자가 있다.

이들은 소개팅을 통해 만나게 될 사람이 어떤 사람일지 궁금할 것이다.

두 남녀는 소개팅을 앞두고 서로에 대해 무엇을 기대할까?

"예쁠까?"
"잘 생겼을까?"
"소극적인 사람일까?"
"적극적인 사람일가?"
"매너는 좋을까? 나쁠까?"
"사람 됨됨이는 어떨까?"
"비전은 있는 사람일까?"

기대감이란?

상대방에 대해 궁금해 하는 감정, 즉 "어떤 사람일까?"하고 기대하는 마음이다. 기대감은 관심, 사랑, 흥미의 표현이다. 기대감은 긍정의 의미, 희망의 뜻을 담고 있을 뿐 아니라 그 자체만으로도 기쁨과 즐거움을 가져다준다.

기대감 없이 시작하는 관계는 없다. 첫 만남을 통해 긍정적 기대감을 주었다면 그것만으로도 이미 성공이다. 만남을 통해 기대감을 충족되면 호감이 형성되고, 이를 계기로 지속적인 관계로 발전한다. 이렇게 시작된 기대감은 시간이 흘러 서로 사랑하는 연인관계로 발전하기도 하고, 깊은 우정을 나누는 둘도 없는 친구가 되기도 하며, 나아가 평생을 같이할 인생의 동반자, 든든한 사업파트너가 되기도 한다. 서로 힘들고 어려울 때 열 일 다 제쳐두고 도움을 줄 수 있는 관계, 공감하고 신뢰하는 관계, 상생하는 관계로 발전한다. 이런 관계는 좋은 인간관계를 넘어 명품인간관계로 발전될 가능성이 커진다.
반대로

긍정적 기대감을 심어주지 못하면 어떤 일이 벌어질까?

명품인맥으로 발전하지 못하는 그저 허울 좋은 관계로 끝나기 십상이다.

따라서 첫 만남을 통해 긍정적 기대감을 형성하라. 그것이 명품인맥을 추구하는 당신이 최우선적으로 해야 할 일이다. "나는 이런 사람이다."하고 어필할 수 있어야 하고, 자신의 매력을 충분히 발산해야 한다. 즉 상대방에게 긍정적 기대감을 심어주어야 한다는 말이다. 그래야만 명품인맥으로 발전할 수 있다.

기대감은 인맥관리의 시작이자 핵심이다.

긍정적 기대감을 형성하라

피그말리온 효과(Pygmalion Effect)

피그말리온 효과(Pygmalion Effect)는 누구나 타인의 기대감이나 관심을 받으면 바람직한 방향으로 바뀌는 효과를 말한다. 피그말리온(Pygmalion)은 그리스 신화에 나오는 키프로스의 왕으로 자기가 이상형으로 여기는 여자를 상아로 조각해 놓고 그 여인상과 사랑에 빠진다. 매일 그 여인상을 바라보며 조각상을 닮은 여인과 결혼하게 해 달라고 기도한다. 마침내 아프로디테 여신이 그의 간절한 기도에 응답하여 이 여인상에 생명을 불어넣어 주었다.

피그말리온의 조각상처럼 세상 모든 것은 기대하는 대로 이루어진다. 자신이 어떤 결과를 기대하느냐에 따라 결과가 달라진다는 말이다. 행복한 생각을 하면 행복해지고, 불행한 생각을 하면 불행해진다. 긍정적 기대를 하면 긍정적인 결과가 나오고, 부정적 기대를 하면 부정적 결과가 발생한다.

"서울대 딸 양해린, 양다인"

필자의 핸드폰 메인화면에 새겨 놓은 문구이다. 필자의 핸드폰을 볼 때마다 "서울대 딸 양해린, 양다인"이라는 필자의 기대감을 인식하도록 하기 위함이었다. 하지만 "서울대 가야한다." 그러니 "열심히 공부해야 한다."라고 말 한 적은 없다. 단지 핸드폰에 입력만 해 놓았을 뿐이다. 그렇게 되었으면 하는 필자의 기대감 때문이다. 참 다행스럽게도 두 딸은 필자의 기대감대로 훌륭하게 자라주고 있다. 큰 딸은 중학교 3년 내내 상위 2% 이내 성적을 유지하였고, 고등학교도 장학생으로 입학했다. 이 글을 쓰고 있는 지금 이 시간에도 자기 방에서 공부하고 있다. 중학교 2학년 둘째 딸도 상위 5% 정도의 성적을 유지하고 있다. 지금도 인터넷 방송을 들으며 "열공" 하고 있다.

"황후마마"
"우리 집 보물"
"우리 집 희망"
"행복한 우리 집"

필자의 핸드폰 전화번호부에 입력해 놓은 또 다른 문구들이다. 첫째 딸은 "우리 집 보물"로, 둘째 딸은 "우리 집 희망"으로, 아내는 "황후마마"로 입력해 놓았다. 그리고 실제로 "우리 집 보물" "우리 집 희망"이라 부른다. 그런 사람이 되었으면 하는 필자의 기대감 때문이다.

혹시 두 딸에게 부담을 주는 것은 아닌가 하는 마음에 두 딸을 불러 대화를 한 적이 있다. "우리 집 보물" "우리 집 희망"이라 부르는 대신에 실제 자신들의 이름을 불러 주기를 원하는지 물었다. 그런데 두 딸의 대답을 듣고 내심 놀랐다.

필자 : 아빠가 "우리 집 보물" "우리 집 희망"이라 부르는데, 혹여 부담 되는 건 아닌가요?
두 딸 : 아니에요. 아빠, "우리 집 보물" "우리 집 희망"이라고 부르는 거 좋아요. 그런데 아빠, 이름도 함께 반반으로 불러 주세요.

"그렇구나. 이게 아이의 진짜 마음이구나." "우리 집 보물" "우리 집 희망"으로 부르는 걸 좋아하는구나! 라는 걸 다시금 느낄 수 있었다. 그 뒤로 이름과 애칭을 같이 불러 주고 있다. 이렇듯 필자의 바람대로 두 딸은 긍정적으로 성장해 주고 있다. 학교에서 행복한 아이로 생활하고 있고, 자존감 높은 아이로 성장하고 있다.

상대방에 대한 긍정적인 기대감은 상대방을 긍정적 방향으로 변화시키고, 발전, 성장시키는 중요한 역할을 한다. 변화를 통해 누군가를 성장시키고 싶다면 그 사람에 대한 긍정적 기대감을 갖는 것이 필요하다. 자신이 기대하는 대로 상대방을 대하는 것은 상대방을 변화시키고 성장시키는 최고의 방법이다. 상대방이 자신에게 긍정적으로 기대하고 있다고 느끼는 것 자체만으로도 긍정적 변화는 시작된다. 그러므로 상대방에 대한 긍정적 기대감을 형성하라.

특히 첫 만남에서 상대방에게 긍정적 기대감을 심어줄 수만 있다면 엄청난 이미지 각인효과를 얻는 것이고, 그런 당신은 상대방으로 부터 강한 호감을 얻을 수 있다. 첫 만남에서 긍정적 기대감을 형성하라. 긍정적 기대감을 형성했을 때 명품인맥으로 발전한다.

그렇다면 어떻게 상대방에게 긍정적 기대감을 심어줄 수 있을까?
상대방에게 긍정적 기대감을 주는 사람이 될 수 있는 방법에 대해서는 뒤에서 계속 이야기하도록 하겠다.

스티그마 효과(Stigma effect)

"난 안 돼."

"난 할 수 없어."

"난 왜 이렇게 재수가 없지."

"뒤로 넘어져도 코가 깨진다니까."

"난 하는 일마다 왜 이렇게 되는 일이 하나도 없냐!"

이렇게 말하는 사람들이 의외로 많다. 자기의 가능성을 믿지 못하고 자기 스스로에게 부정적인 낙인을 찍어 버리는 사람들이다. "난 안 돼, 안 돼, 안 돼."라고 스스로에게 낙인을 찍어 버린다. 안된다고 생각하면 정말로 안 되는 법이다.

스티그마 효과는 이처럼 상대방에게 부정적 이미지로 다가온 경우에 즉, 상대방에게 부정적으로 낙인찍힌 경우에 나쁜 방향으로 변해가는 것을 말한다. 상대방이 자신을 긍정적으로 생각해 주면 그 기대에 부응하려고 노력하지만 부정적으로 평가해 낙인을 찍게 되면 부정적인 행태를 보이게 되는 경향성을 말한다. 따라서 당신은 첫 만남에서 부정적인 이미지로 낙인찍히는 것을 경계해야 한다. 사람에게 부정적으로 입력된 이미지는 좀처럼 사라지지 않는 법이다.

꿈이 있는 사람은 늙지 않는다

"꿈꾸기를 멈추는 순간 청년이 아니라 노인이다. 사람이 나이가 들어 꿈꾸기를 멈추는 것이 아니라 꿈꾸기를 멈추는 순간부터 나이가 드는 것이다."라는 말이 있다.

아무리 나이가 많아도 꿈만 있으면 뭐든지 다 이루어 낼 수 있다. KFC 창립자 커넬 샌더스(Colonel Harland Sanders)는 그의 나이 65세에 첫 번째 가게를 여는데 성공한다. 그리고 KFC라는 세계 최대의 체인점 제국을 만들었다. 꿈꾸는데 나이가 무슨 상관인가. 꿈에 투자하라. 꿈이 있는 사람은 결코 늙지 않는 법이다.

사람에 대해 최고의 기대감을 심어 줄 수 있는 가장 좋은 방법은 그가 꿈이 있는 사람인가, 비전이 있는 사람인가 하는 것이다. 사람은 무릇 꿈의 크기만큼 발전하고 성장한다. 꿈이 있는 사람, 그리고 실천에 옮겨 꿈을 성취하는 사람은 분명 상대방에게 기대감을 심어주기에 충분히 매력적인 사람이다.

댄싱퀸(Dancing Queen) - 잃어버린 꿈을 찾아 도전해 나가는 영화이다. 젊은 시절 대통령을 꿈꾸던 인권 변호사 정민. 한 때 신촌을 주름잡던 "신촌 마돈나" 정화. 두 사람이 결혼과 동시에 자신들의 묻어 두었던 꿈을 실현해

가는 과정에서 벌어지는 스토리이다. 인권 변호사인 정민은 얼떨결에 독립투사가 되고 그로 인해 서울 시장 후보가 된다. 그 시기에 신촌 마돈나 정화도 가수로 데뷔를 앞둔다. 젊은 시절 정화는 유명기획사로부터 가수 제의를 받을 만큼 실력과 미모를 인정받았지만 정민과 결혼함과 동시에 그녀의 꿈은 자연스럽게 묻혀 버렸다. 하지만 아줌마가 되어서도 가수가 되고자 하는 그녀의 열정은 식지 않았고, 자신의 꿈인 가수가 되기 위해 다시 열정을 불사른다. 이렇게 두 사람이 자신들의 꿈을 이루어 가는 과정을 엮고 있다. 이 영화를 접하면서, 역시 꿈이 있는 사람은 늙지 않는다는 것이다.

필자를 포함한 이 책을 읽는 모든 독자들에게 묻고 싶다.

당신의 꿈은 무엇인가?

세상 모든 사람들은 크던 작던 꿈을 꾼다. 그것이 돈이나 명예일 수 있고, 가족들과 세계여행 하는 꿈일 수 있다. 사랑하는 사람과 멋진 전원주택에서 사는 꿈일 수 있고, 자신의 분야에서 최고의 전문가가 되는 꿈을 꿀 수도 있다. 하지만 그 꿈을 실현하는 사람은 그리 많지 않은 것이 현실이다.

왜 일까?

중간에 꿈꾸는 것을 포기하기 때문이다. 꿈을 이루는 가장 좋은 방법은 목표를 세우고 그 꿈을 향해 모든 것을 집중해야 한다.

우리가 꿈꾸고 그 꿈에 미치면 놀라운 일들이 벌어진다. 하루 종일 그것에 대해 생각하고 연구하고 몰입하게 된다. 더 좋은 방법이 뭐가 있나 끊임없이 해결책을 찾는다. 내가 뭔가 성취해야 할 꿈이 있으면 인생이 즐겁고 신나고 재미있다. 열정이 생기고 자신감이 넘치고 미래에 대한 희망을 품을 수 있다. 또한 아무리 어렵고 힘든 고난과 시련이 다가와도 극복할 수 있고, 도저히 넘지 못할 것 같은 장애물도 기꺼이 넘어갈 수 있는 용기가 생긴다. 새로운 도전에 대한 두려움을 극복할 수 있는 에너지가 생긴다. 꿈을 향해 최선을 다하고 그 꿈을 이루기 위한 목표를 설정하고 계획을 세워 행동으로 옮긴다.

알고 있는가? 꿈꾸는 것도 일종의 습관이다. 그러므로 먼저 꿈꾸는 연습이 필요하다. 당신의 꿈을 적고 내일 할 일부터 적는 연습을 먼저 해보자. 변화하는 자신의 모습을 사진으로 담아라. 그리고 지속적으로 꿈꾸는 것을 반복하다 보면, 포기하지만 않는다면, 실패를 두려워하지 않는다면, 그 꿈을 간절히 열망하면, 행동으로 옮기면 결국 꿈은 이루어진다.

"꿈이 없는 사람은 생명 없는 인형과도 같다."는 작가 발타자르 그라시안(Balthasar Gracian)의 말을 가슴에 새길 필요가 있다.

강점 강화를 통해 차별화하라

사람은 모두 태어나면서 자신만이 발휘할 수 있는 강점을 가지고 태어난다. 올바른 임무를 부여하는데 뛰어난 능력을 가진 사람이 있는가 하면, 타인이 발전할 수 있도록 뒤에서 후원하는 것을 좋아하는 사람도 있다. 어떤 사람은 유독 도전정신이 강하고, 또 조정능력이 뛰어나다. 어떤 사람은 기획력, 일에 대한 추진력, 그리고 미래를 예측하는 능력이 뛰어난 사람도 있다. 또한 다른 사람과 관계를 맺는 능력을 바탕으로 강한 인맥을 형성하는 능력이 뛰어난 사람, 모든 일에 낙관적으로 생각하는 사람, 분석에 뛰어난 사람, 남을 웃길 줄 아는 재주를 가진 사람, 포용력이 있는 사람, 강한 리더십을 발휘하는 사람도 있다.

모차르트, 베토벤, 정명훈, 서태지 등은 "음악지능"을 발휘하여, 피카소, 레오나르도 다빈치, 백남준 등은 "공간지능"이 탁월하여, 산소탱크 박지성, 코리안특급 박찬호, 피겨여왕 김연아는 "신체지능" 능력이 뛰어나서 성공했다. "무지개 원리"에 나오는 내용으로 강점 강화를 통해 차별화해야 함을 강조하고 있다.

강점이란 남보다 뛰어나거나 훌륭한 점을 말한다. 사람은 누구나 남보다 뛰어난 강점 한두 가지는 가지고 있다. 하지만 그 강점이 무엇인지 인식하지 못하는 사람도 많다. 그 누구와도 견줄 수 없는 당신만이 가지고 있는 강점이 무엇인지 알고 있는가? 자신의 강점이 무엇인지 올바르게 인식하고 그것을 개발한 사람들은 성공자의 반열에 올라 선 사람들이다. 우리 안에 존재하는 그 강점이 무엇인지 파악하고 강화하는 전략이 필요하다. 그것만이 다른 사람들과 차별화할 수 있는 방법이다.

다음 내용은 윤태익 인경영연구소 윤태익 소장의 〈동물학교 이야기〉에 나오는 우화의 내용이다. 강점을 강화하는 것의 중요성에 대해 말해 주고 있다.

옛날에 숲 속의 동물들이 모여서 우리도 사람처럼 학교를 세우기로 했다. "동물학교" 학교 이름을 짓고 토끼, 물개, 독수리와 오리 등의 신입생을 뽑았다. 이 동물학교의 교육과목은 사람의 교육내용과 달리기, 날기, 수영하기 등이었다. 인간의 교육과정과 비슷하게 모든 동물들이 골고루 다 잘 하는 것을 목표로 짜여졌다.

토끼는 달리기를 잘했지만 날기 수업에서 다리가 부러지고 허리를 다쳐서 달리기조차 잘 할 수 없었다. 물개는 수영하기를 잘 했지만 달리기 수업에서 최선을 다하느라 온 몸이 긁히고 상처를 입어서 수영조차 제대로 할 수가 없었다. 독수리는 날기 수업은 잘했지만 수영하기에서 물을 너무 먹은 탓에 정신이 혼미해서 날기조차 제대로 할 수가 없었다. 오리는 모든 과목에서 무난히 다 통과할 수 있었다. 학년이 올라가면 올라갈수록 전체 평균점수를 높이려고 성적이 떨어지는 과목은 학원을 다니면서 열심히 보충을 했다. 종국에는 자신이 뭘 잘 하고 못하는지 조차도 잊어버렸다. 그리고 졸업식이 되었을 때 수석은 오리가 차지했다. 모든 과목에서 그럭저럭 잘 할 수 있었기 때문이었다.

영광스럽게도 4마리의 동물 모두가 컨설팅회사에 취업을 했다. 사장은 수석졸업을 한 오리를 눈여겨보면서 인사담당 중역에게 좋은 인재니 잘 키워보라고 지시했다. 몇 개월간에 걸친 신입사원연수과정을 거쳐 그들의 강점과 약점을 파악한 인사담당 중역은 그들을 현업에 배치했다. 토끼는 달리기 부서에, 물개는 수영부에, 독수리는 날기 부서에 인사발령을 받았다. 문제는 수석 졸업을 한 오리였다. 어느 것 하나 제대로 할 줄 모르는 것이 문제였다. 이부서 저 부서에 의뢰를 해봤지만 오리를 원하는 부서는 한 곳도 없었다. 결국 오리는 퇴출을 당하고 말았다.

우리 교육의 현실과 기업이 원하는 인재상을 빗대어 만든 우화이다. 이 우화에서 오리는 적당히 땅에서 걷기도 하고, 적당히 물에서 헤엄도 치고, 적당히 하늘을 날기도 한다. 그런데 모든 것이 반쪽이다. 이런 오리는 우리 사회에서 아무짝에도 쓸모가 없다.

자신이 가진 약점 보다는 강점에 집중하고 부각시켜야 차별화할 수 있다. 약점을 보완하면 평균이 되지만 강점을 강화하면 누구도 따라 올 수 없는 핵심 경쟁력이 된다. 멀티플레이어가 필요할 수도 있지만 멀티플레이어(Multi-player)는 딱히 핵심 경쟁력으로 내세울 만한 게 없다는 말이기도 하다. 멀티플레이어(Multi-player)보다는 핵심 전문가가 필요한 시대이다. 단점을 보완하는 것도 중요하지만 강점을 활용할 때 개인은 성장할 수 있다. 이것저것 모든 것을 다 잘하려고 하는 것은 어느 것 하나도 제대로 할 수 없는 오리와 같은 신세를 면하기 어렵다. 그러다 보면 자신이 잘하고 있는 주특기조차도 잃어버릴 수 있다.

다른 분야는 몰라도 이 분야만큼은 "내가 최고다."하는 강점 하나는 가지고 있어야 이 치열한 경쟁사회에서 살아남는다. 당신은 어떤 분야에 "내가 최고다."하는 강점을 가지고 있는가? 남과 경쟁하여 나를 돋보이게 할 수 있는 필살기 하나쯤은 가질 수 있도록 최선의 노력을 다하는 자세가 요구된다.

존경받는 인격자가 성공한다

간디, 슈바이처박사, 테레사 수녀, 이순신 장군, 세종대왕. 우리가 흔히 인격자라 부르는 인물들이다. 사람은 인격이 훌륭한 사람을 만나고 싶은 기대감을 갖는다.

그럼 "인격자"란 어떤 사람을 두고 인격자라고 하는 것일까? 국어 사전적 의미를 찾아보면 인격이 훌륭한 사람을 뜻한다. 또한 인격이란 사람으로서의 됨됨이, 사람의 품격(品格). 자격(資格). 개인(個人)의 지(知), 정(情), 의(意) 및 육체적(肉體的) 측면(側面)을 총괄(總括)하는 전체적(全體的) 통일체(統一體)를 뜻한다.

우리는 "인격이 훌륭한 사람"을 좋아한다. 좋아하는 것에서 그치는 것이 아니라 그를 사랑하고 존경하며 본받고 싶어 한다. 평생 동안 멘토(Mentor)로 스승으로 모시고 싶어 한다. 어디 그 뿐일까? 그가 하는 행동 하나 하나를 유심히 살펴보고, 그가 하는 말 한 마디 한 마디에 귀를 기울이고 이를 실천하려고 노력한다.

그렇다면 어떤 사람을 인격자라고 하는 것일까? 필자는 다음과 같은 사람을 인격자라 부르고 싶다.

첫째, 인격이 훌륭한 사람은 항상 긍정적으로 생각하는 사람이다. 인격자는 항상 부정적으로 생각하기보다는 긍정적으로 생각을 하는 사람이다. "안 된다."는 생각보다는 "된다."는 생각, "할 수 없다."는 생각보다는 "할 수 있다."는 생각을 하는 사람이다.

부정적인 시각으로 세상을 바라볼 때는 모든 것이 부정적으로 보이지만, 긍정적인 시각으로 세상을 바라보면 세상은 그야말로 살맛나는 세상이 된다. 이처럼 인격자는 내 안의 부정적인 생각을 벗어던지고 항상 긍정의 힘을 믿는다. 사람들은 이런 긍정적인 사람을 좋아하고 그들과 좋은 관계를 맺고 싶어 한다. 좋은 인맥을 넘어 명품인맥을 만드는 비법, 의외로 간단한다. 당신이 먼저 긍정적인 생각을 하면 될 일이다.

둘째, 인격자는 어떤 상황에서든 항상 긍정의 언어를 사용한다. 비난과 불평 그리고 질책의 말 대신에 칭찬하고, 용기를 주고, 격려하고, 인정하고, 희망을 주는 말을 한다. 사랑을 주고, 꿈을 주는 말을 한다. 인격자는 부정적이고 파괴적인 말 대신 희망을 전하고 용기를 주며 사랑을 심어 줄 수 있는 긍정의 말을 하는 사람이다.

성공한 사람의 말은 절반이 칭찬이라는 사실을 인식할 필요가 있다. 항상 긍정의 언어를 입에 달고 살아라. 어떻게 항상 긍정적인 말을 사용할 수 있느냐? 의아해 할 수 있다. 그래도 긍정적으로 말하는 습관을 들여야 한다.

셋째, 인격자는 긍정적으로 행동한다. 긍정적으로 행동하면 상대방으로부터 긍정적인 반응을 얻을 수 있다. 하나의 행동을 하더라도 다른 사람들을 기분 좋게 하는 행동, 기분을 업(Up)시켜 주는 행동, 절로 웃음이 나올 수 있는 그런 행동을 하는 사람이다. 긍정적으로 행동하는 사람 주변에는 많은 사람들이 모인다.

넷째, 인격자는 그 어떠한 경우에라도 긍정적인 태도를 유지한다. 긍정적인 태도를 가진 사람 주변에는 유쾌한 사람들이 모인다. "태도가 곧 성취다."라는 말이 있듯이 항상 긍정적인 결과를 가져오고, 비관적인 사람도 낙관적으로 만들고, 부정적인 사람도 긍정적으로 만든다.

다섯째, 인격자는 자신과 타인에 대해 긍정적인 기대를 갖는다. 자신과 타인에 대해 스스로 좋은 사람이라는 기대를 가지고 앞으로 좋은 일이 일어날 것이라고 기대한다. 자신과 타인에 대해 좋은 사람이라는 기대를 하게 되면, 미래에 대해 긍정적인 기대를 갖게 되면 보다 긍정적이고 유쾌하고 미래지향적인 사람이 된다.

여섯째, 올바른 신념(信念)을 갖는다. 신념은 옳다고 굳게 믿는 마음이다. "할 수 있다"는 신념. "된다"는 신념을 가진 사람이다. 신념이 있는 사람은 열정이 있고 항상 행동하는 사람이다. 행동하는 사람은 결과를 만들어 낸다. 그런 사람만이 사람을 움직일 수 있다.

일곱째, 올바른 가치관을 가진다. 비뚤어진 가치관을 사람은 인격자라 할 수 없다. 가치관은 다른 사람들에게도 가치 있는 모두가 공감할 수 있는 것이어야 한다.

당신은 그저 그렇고 별 볼일 없는 사람과 "인격이 훌륭한 사람"두 사람이 있다면, 어떤 사람과 관계를 맺고 싶겠는가? 당연히 인격이 훌륭한 인격자일 것이다. 인격자는 다른 사람들에게 기대감을 심어주기에 충분하다. 사람은 누구나 우리의 삶에서 인격자와의 만남을 기대하기 때문일 것이다.

매력적인 사람은 사람을 끌어당긴다

"네가 보기엔 내 매력이 뭐라고 생각해?"
"글쎄. 오빠 매력은 뭐랄까? 뭔가 묘한 것이 있어."
"그 사람은 왠지 스펀지처럼 사람을 흡수하는 매력이 있는 것 같아."

매력이 뭘까? 매력이란 사람의 마음을 사로잡아 끄는 힘을 말한다. 여기서 매력(魅力)의 매(魅)는 도깨비 매자이다. 도깨비도 사로잡아 끌 수 있는 힘을 말한다. 매력적인 사람은 끌림이 있는 사람이다. 사람은 뭔가 느낌이 있고 끌리는 매력을 가지고 있어야 명품인맥을 끌어 모을 수 있다. 사람의 마음을 끌어당기는 묘한 힘을 가지고 있기에 그 자체로도 사람들을 끌어들이는 묘한 매력을 발산한다.

세상에는 특별한 재주를 가지고 있거나 남다른 배경을 갖고 있지 않더라도 끌리는 사람들이 있다. 사람들은 이 매력을 바탕으로 성공으로 좀 더 쉽게 다가간다. 사람이 사람에게 끌리는 데는 돈, 배경, 학력, 지식을 떠나 무언가 특별한 힘이 존재하기 때문이다.

그렇다면 우리는 어떤 사람한테 매력을 느끼는 것일까? 매력적인 사람은 어떤 특징을 가지고 있을까?

첫째, 매력적인 사람에게는 열정(熱情)이 있다. 매력적인 사람은 자신이 하는 일을 즐기고 좋아하며 열정과 에너지를 발산한다. 스스로 자신의 삶에 몰입하고 실천했을 때, 더불어 내가 하는 일을 진정으로 사랑하고 최선을 다했을 때 이러한 열정이 생기는 법이다. 이렇게 했을 때 비로소 다른 사람들에게 최고의 감동과 영감을 선사할 수 있다. 열정이 없으면 아무 것도 이룰 수 없다. 열정이 있는 사람만이 다른 사람들에게 긍정적인 열정에너지를 전염시킬 수 있다.

"열정이 부족한 천재보다는 열정이 넘치는 범재를 택하겠다." GE의 전회장 잭 웰치(Jack Welch)가 한 말이다. 우리는 그의 말을 곰곰이 생각해 볼 필요가 있다.

둘째, 매력적인 사람은 자신만의 뚜렷한 가치관(價値觀)이 있다. 가치관(價値觀)이란 인생을 살아가면서 가장 중요하게 생각하는 우선순위이다. 가치관은 사람들의 변화를 이끌고 행동하게 만드는 중추 역할을 하기에 더욱 중요하고 특별한 의미를 부여한다. 이런 인생의 가치관을 가지고 인생을 설계하는 사람. 그 사람이 진정 매력적인 사람이다. 이들은 자신의 일에 대한 진정한 사랑과 애정을 가지고 있고 열정이 있다. 또한 상대방을 이해하고 배려하며 사랑하는 마음을 가질 뿐만 아니라 그들을 존중하는 마음도 중요하게 생각한다.

셋째, 매력적인 사람은 사명(使命)이 있다. 사명(使命)은 목숨을 바쳐서라도 반드시 이루어야 하는 것을 말한다. 매사에 열과 성을 다하여 최선을 다하는 것, 혼신 노력을 기울이는 것을 말한다.

넷째, 매력적인 사람은 솔선수범한다. 솔선이란 누가 시키지 않아도 스스로 하는 것. 수범은 이를 통해 모범을 보이는 것을 말한다. 세상에 두 종류의 사람이 있다. 한 사람은 입으로는 떠벌리면서도 정작 행동하지 않고 지시하고 통제하는 사람이다. 다른 한 사람은 말보다는 행동을 먼저 하는 사람이다. 먼저 앞장서서 솔선수범 하는 사람이다. 당신은 이들 두 사람 중 누구를 따르겠는가? 솔선을 통해 수범을 실천하면 엄청난 영향력을 발휘할 수 있다. 그들 주변에 많은 사람들이 모이는 것은 당연한 세상의 이치이다.

다섯째, 매력적인 사람은 책임감이 강한 사람이다. 책임감은 내가 맡은 일을 중히 여기는 마음이다. 책임감은 응답할 수 있는 능력이다. 각자 책임감을 가지고 그것을 중요시 한다면 서로에게 열린 마음으로 다가서고, 서로를 위하며, 화합하여 목표를 향하여 나아갈 수 있는 힘의 근원이 된다.

여섯째, 매력적인 사람은 전문가적 식견(識見)과 지식(知識)을 갖춘 사람이다. "면장도 알아야 한다."는 말이 있다. 어떤 일이든 그 일을 하려면 그것에 관련된 학식이나 실력을 갖추고 있어야 함을 비유적으로 이르는 말이다. 인맥도 마찬가지다. 아는 것이 많아야 명품인맥을 만들 수 있다. 매력이 있는 사람은 다른 요소도 물론 중요하겠지만 무엇보다도 알고 있는 지식이 많아야 한다. 사람은 보이는 겉모습은 쉽게 감출 수 있지만 그 내면은 절대 감출 수 없는 법이다. 겉은 그럴 듯 화려해 보이지만 속을 들여다보니 일자무식이라면 누가 당신 곁에 오고 싶겠는가?

일곱째, 매력적인 사람은 진실한 사람이다. "열 길 물속은 알아도 한 길 사람 속은 모른다."는 속담도 있다. 물의 깊이는 헤아릴 수 있으나 사람의 마음은 헤아리기 어렵다는 말이다. 누군가와 좀 더 친숙한 관계를 만들고자 한다면 정직함, 진솔함을 상대방에게 먼저 보여줘야 한다. 정직함, 진솔함은 명품인맥을 만드는 가장 좋은 태도이다.

감성리더십으로 무장한 감성리더가 되라

"느낌 좋은데."

"믿음이 간다."

"목소리 정말 좋다."

"웃는 모습이 참 예쁘다."

"야, 저 사람 이미지 참 좋다."

어떤 사람을 통해 비춰지는 이미지를 보고 입으로 표현하는 말들이다. 감성(感性)은 사람이 가지고 있는 오감(시각, 청각, 촉각, 미각, 후각)으로 받아들이고 자각 또는 지각하여 이미지, 형상, 표상을 만들어 내는 사람의 인식 능력을 말한다.

감성은 한 단어로 표현하면 〈느낌〉이다. 감성은 사람의 오감(五感)을 통해 들어온 모든 내용을 인체의 상호작용을 통해 마음에서 만들어내고 형성한다. 마음에서 형성된다는 것은 마음을 움직일 수 있는 묘한 매력을 가질 수 있다는 말이다. 따라서 사람은 느낌이 좋은 사람이 되어야 한다. 느낌이 좋은 모습으로 다가가고 느낌이 좋은 사람으로 오래 기억돼야 한다는 말이다. 느낌이 좋은 사람에게는 관심과 호감이 생기게 마련이고 한 번 더 눈길 가는 것을 피할 수 없다. 이렇듯 느낌이 좋은 사람은 다른 사람을 움직일 수 있는 힘이 있다. 감성은 사람을 움직이는 힘이요, 강력한 무기이다.

그렇다면 감성리더십은 무엇일까?

감성리더십은 함께 있는 사람들을 감동시키고 변화시킬 수 있는 감성적 배려이다. 자신의 내면을 파악하고 사람들의 감성을 이해하고 배려함과 동시에 자연스럽게 사람들과의 관계를 형성하여 감성역량을 높이는 능력을 말한다. 이를 위해서는 리더 스스로 직원들이 매력을 느낄만한 요소를 갖고 있는 리더가 되어야 하고 직원들이 호의적으로 생각할 만한 품성을 지닌 리더가 되어야 한다. 그런 리더와 함께라면 일하는 것에 즐거움을 느낄 수 있고, 일에 대한 몰입도, 열정이 높아 질 것은 분명하다.

20세기가 자신이 가진 지위나 권력을 이용하거나 지시, 통제, 협박, 공포, 두려움 등을 이용하여 사람들을 움직이는 시대였다면, 21세기는 사람의 감성에 호소하여 마음으로 다가가 사람들의 자발적인 참여, 열정, 헌신, 몰입, 하고자 하는 의지를 이끌어내는 시대이다. 과거의 일방통행방식으로 사람들을 지도하는 시대는 지났다. 이제는 감성에 호소하여 사람들의 마음을 움직이는 기술이 필요하다. 강력한 감성리더십으로 무장한 감성리더가 되어 사람을 이끌 수 있는 기술이 필요하다는 말이다.

대니얼 골먼(Daniel Goleman)은 그의 저서 감성리더십에서 "감성리더십은 리더십의 가장 위대한 도구요, 마음을 움직이는 리더가 최고 리더이다. 리더는 사람들의 기분을 좌우하는 가장 중요한 역할을 하는 위치에 있기에 사람들에게 좋은 느낌으로 다가가야 한다. 감성은 전염성이 강하고 기분이 좋으면 일도 잘되는 법이다."라고 역설하고 있다.

20세기가 기술의 시대, 산업정보화의 시대, 하이테크의 시대였다면 이제 21세기는 감히 말하는데 감성시대라 할 수 있다. 사람의 마음을 사로잡을 수 있는 사람만이 사람을 리드할 수 있다.

향기 나는 사람, 브랜드가치를 창출하라

당신은 이런 생각을 해 본 적이 있는가? 〈나〉라는 개인을 상품으로 생각한다면? 그리고 그 상품을 시장에서 얼마만큼의 가치가 있는지 평가받는다면?

시장에서 얼마만큼의 브랜드가치를 가지고 있을까?
과연 사람들이 나를 찾기는 할까?
나를 찾는다면 무엇 때문에 찾을까?

"싼 맛에"
아니면?
"브랜드가치 때문에"

그렇다면 시장가치는 얼마나 될까?

〈명품〉 〈브랜드가치〉

많이 들어본 용어이다. 그야말로 명품열풍이라 해도 과언이 아니다. 명품 하나 가지고 있지 않으면 바보 취급받는 세상이다. 그래서 "짝퉁"이라도 가지고 다녀야 대리만족이 되는 모양이다. 세상이 어찌 이리 돌아가느냐고 욕할 수도 없는 노릇이다.

그렇다면 사람들은 왜 이토록 명품에 열광하는 것일까?

바로 명품이 가지고 있는 브랜드가치 때문이다. 브랜드가치가 높으면 시장에서 독점적 지배력을 행사할 수 있다. 브랜드가치(Brand value)란 브랜드가 가지고 있는 무형의 자산으로, 시장에 상표를 팔 때 받을 수 있는 추정가치로 브랜드의 지명도만으로 현재 또는 미래에 거둘 수 있는 이익을 금액으로 환산한 것이다. 요즘 많은 기업들이 자사 제품의 브랜드가치를 높이기 위해, 그리고 국가도 자국의 국격을 높이기 위해 엄청난 마케팅비용, 광고 및 홍보비용을 지불하고 있으며, 많은 인력을 투입하고 있다. 브랜드가치가 높으면 성공할 확률이 높고 지속적으로 성장할 수 있기 때문이다.

개인도 마찬가지이다. 소비자에게 선택받는 상품만 살아남듯이 사람들에게 능력 있고 가치 있는 사람으로 브랜드가치를 가진 사람으로 인정받는 사람만이 살아남는다. 다른 사람으로 대체해도 무방한 있으나마한 그런 존재가 되어서는 안 된다. "내가 없으면 안 되는" 반드시 필요한 사람이 되어야 한다. 다른 무엇보다도 당신 자신의 브랜드가치에 대해서도 생각해 보아야 할 시점이다. 개인의 브랜드가치는 바로 수입과 직결되고, 생존, 이미지에 커다란 영향을 미치기 때문이다.

국민배우하면 영화배우 안성기가
산소탱크하면 박지성이
코리안특급 하면 박찬호가
국민MC하면 유재석이
월드스타 하면 가수 비가
피겨퀸 하면 김연아가
프리마돈나 하면 강수진이
신이내린 천상의 목소리하면 조수미가

제일먼저 떠오른다.

그렇다면 "나"라는 사람하면?
"아, 그 사람"하고 떠오르는 이미지가 있는가?

당신이 누군가에게 명품인맥으로 자리하기를 원한다면 "아, 그 사람"하고 순간 떠오르는 이미지가 있어야 한다. 이것이 그 사람만이 가진 브랜드가치이다. 아무도 그 자리를 대신할 순 없다.

그렇다면 나의 이미지는 무엇일까? 긍정적인 사람 아니면 부정적인 사람, 잘 웃는 사람 또는 행복한 사람.

누군가 필자의 이미지를 물어 온다면?

"열정"이 아닐까 싶다.
"긍정"이 아닐까 싶다.
"희망"이 아닐까 싶다."
"감동" "재미" "유익"을 주는 사람이 아닐까 싶다.

그렇게 소망하고 싶다. 이러한 브랜드가치를 만들기 위해 〈나〉라는 히트상품을 만들기 위해 많은 시간과 노력을 투자하고 있다. 콩 심은데 콩 나고 팥 심은데 팥 난다. 뿌린 만큼 거두게 되어 있다.

향기 나는 사람, 브랜드가치를 지닌 사람이 되어라. 그래야 살아남는다.

인생의 멘토(Mentor), 위대한 스승을 찾아라

플라톤 뒤에는 소크라테스라는 멘토가
임상옥 뒤에는 홍득주라는 멘토가
허준 뒤에는 유의태라는 멘토가
조수미 뒤에는 카라얀이라는 멘토가
박지성 뒤에는 히딩크라는 멘토가
헤밍웨이 뒤에는 셔우드 앤더슨이라는 멘토가 있다.

강점 강화를 통해 자신을 차별화는 방법 중 가장 좋은 방법 중의 하나가 인생의 멘토, 위대한 스승을 찾는 것이다. 당신 주변에는 지인, 직장상사, 선생님, 친구 등 많은 사람들이 있다. 그들이 가진 강점이 무엇인지 눈여겨봐야 하고 그들이 가지고 있는 독특한 능력을 활용해야 한다.

당신에게 가장 소중한 만남은 어떤 만남인가?

인생은 수없이 많은 만남으로 이어지는 매듭이요, 연결고리이다. 지금 이 순간 당신이 어떤 사람을 만나고 있느냐에 따라 인생의 질이 달라질 수 있다. 지금 어디에선가 당신을 성공의 계단으로 안내할 멘토가 당신을 기다리고 있을지 모른다. 당신 인생에 빛이 되어줄 인생의 멘토, 위대한 스승을 찾아 나서라.

작가가 되는 것이 꿈인 한 청년이 있다. 그는 제1차 세계대전 후 유명소설가인 셔우드 앤더슨(Sherwood Anderson)을 찾아서 무작정 시카고로 온다. 그는 작가되는 것이 꿈이었음에도 불구하고 글을 어떻게 써야 하는지도 모르는 청년에 지나지 않았지만, 앤더슨을 만나면서부터 달라지기 시작했다. 그는 자신이 쓴 글을 앤더슨에게 보여주었고, 앤더슨은 그 글을 읽으면서 솔직하게 비평해주었다. 그는 앤더슨의 비평을 자신의 노트에 메모도 하고 밤을 세워가며 작품에 대해 토론을 벌이기도 했다. 2년이 지난 후, 그는 앤더슨의 소개로 첫 번째 소설 〈해는 또 다시 떠오른다〉를 출간했는데, 이 작품을 계기로 작가로서 크게 인정받게 된다. 이 사람이 바로 〈노인과 바다〉로 노벨문학상을 수상한 어니스트 헤밍웨이(Ernest Hemingway)이다.

만일 그 때 헤밍웨이가 앤더슨을 만나지 못했더라면 어떤 삶을 살았을까? 평범한 범부(凡夫)로 살지 않았을까? 우리는 셔우드 앤더슨(Sherwood Anderson) 같은 사람을 인생의 멘토, 위대한 스승이라 부른다.

필자에게도 멘토가 있다. 인생의 멘토와 함께 멋진 인생을 설계해 나가고 있다. 멋모르고 강의하던 시절이 있었다. 그 때는 나름 강의 잘한다는 자만에 빠져있었다. 하지만 그와의 만남이 이어지면서 모든것이 달라지기 시작했다. "우물 안 개구리"라는 사실을 절실히 깨달았다. 부끄러움에 고개를 못 들던 나에게 격려를 해주었다. "앞으로 명강사가 될 자질을 충분히 갖추었구나!" 하고 인정을 해 주었다.

그의 모습을 보면서 강사로서 어떤 자세를 가져야 하고 어떤 자질을 갖추어야 하는지 끊임없이 생각했다. 그리고 나 자신에게 계속 질문을 했다. 또한 연습만이 최고의 결과를 만들고 연습은 결코 배신하지 않는다는 연습의 중요성을 인식할 수 있었다. 그가 하는 말 한 마디 한 마디에 귀를 기울이고 내 것으로 만들려고 노력했다. 더불어 그가 하는 행동 하나 하나를 내 것으로 만들어 나갔다. 학습의 중요성, 독서의 중요성에 대해 인식하였다. 그와의 관계를 통해 많은 성장을 이루었다. 그와의 인연으로 지금 〈내 인생의 블루오션, 명품인맥 관리의 기술〉을 공동 집필하고 있다.

　멘토는 사람의 미래에 영향을 미칠 수 있는 사람이요, 정신적 지주가 되어 이끌어 주는 사람을 말한다. 인생의 롤 모델(Role Model)이 될수있는 사람이다. 당신은 롤모델로 삼고 싶은 사람과 함께 하고 있는가? 그렇지 않다면 지금 당장 참스승이 되어줄 인생의 멘토를 찾아라. 그들과 함께 아름다운 동행을 하라. 그들의 행동하나, 언어 하나 모든 것을 배우고 익혀 당신 것으로 만들어라. 그들을 당신만의 명품인맥으로 만들어라. 이것이 진정한 명품인간관계이다.

6장. 호감 가는 명품인맥 관리의 기술

얼마 전, MBC본부에서 방송했던 〈빛과 그림자〉에 나오는 드라마 속 주인공 강기태와 그를 후원하고 있는 손미진 사장과의 대화의 내용이다. 상대방에게 호감을 주는 것만으로도 인생이 쉽게 풀릴 수도 있다는 말이 가슴에 와 닿는다.

미진 : 부장님이 자네한테 호감을 가지신 것 같아서 다행이야.
기태 : …
미진 : 그 분이 뭐 하시는 분인지, 알겠어?
기태 : 중정 부장님 아닙니까?
미진 : 역시 눈치는 빠르네.
　　　맞아. 자넨 대한민국 최고의 권력자 중 한 사람을 만난 거고.
　　　그분한테 호감까지 줬어.
　　　그건 잘만하면 자네 인생이 쉽게 풀릴 수도 있다는 의미야.
기태 : 죄송합니다만 저는 그분하고 어떤 식으로든 엮이지 않았으면 합니다.
미진 : 무슨 소리야? 그게.
기태 : 그 분한테 도움 받을 일도 없고, 제가 그 분한테 도움이 될 일은
　　　더더욱 없을거라서요.
미진 : 세상일은 아무도 모르는 거니까 속단 하지 마.
　　　자네가 어떤 식으로 김 부장님 도움이 필요하게 될지
　　　그건 살아봐야 아는 거야.

위의 대화에서 보듯이 누군가에게 호감을 주는 것만으로도 인생은 쉽게 풀린다. 반면에 첫 만남에서 호감을 주지 못하는 사람의 인생은 꼬일 수 밖에 없다.

로버트 치알디니(Robert B. Cialdini) 저서 〈설득의 심리학〉에 보면 다음과 같은 내용들이 나온다.

"어떤 이유에서인지는 모르지만, 대다수의 사람들은 범죄를 사람의 외모와 연결시켜 생각하기 때문에, 아름다운 여성 피의자는 유죄 판결을 받지 않

을 확률이 높다.”

“종합적으로 말해서 피의자가 미인계를 이용한 사기죄처럼 그들의 신체적 매력을 사용하여 범행하지 않는 한 잘생긴 피의자들은 재판과정에서 매우 유리한 판결을 받을 확률이 높다고 정리할 수 있다.”

“74명의 남성 피의자들의 신체적 매력을 재판 초기에 측정한 후 얼마간 시간이 흐른 후 이들이 받은 판결 결과를 조사해 보았는데, 매력적인 피의자들의 무죄 선고율이 그렇지 않은 피의자들보다 2배 높았다.”

호감은 죄를 짓고 법정에 선 사람들에게 조차 영향을 미친다. 이런 점에서 볼 때, 호감은 명품인맥을 구축하는데 있어 가장 강력한 도구 중에 하나임을 알 수 있다. 아무리 학식이 높고 돈이 많아도 그 사람을 향한 호감도가 낮으면 무용지물이다. 호감을 얻으면 상대방의 지지, 인정, 신뢰 및 유대 관계가 깊어지고 더 나아가 일생일대의 꿈을 이룰 수 있다. 그 무엇보다도 상대방에게 호감을 얻는 것이 우선이다.

그렇다면 사람들은 왜 호감도를 중요하게 생각하는 것일까?

호감도가 낮으면 성공할 수 없기 때문이다. 높은 호감을 보이는 것만으로도 상대방에게 최선을 다하도록 만들 수 있는 힘을 준다. 호감도가 높으면 타인으로부터 인정받을 수도 있다. 호감도가 높은 사람은 뛰어난 능력을 발휘하는 경우가 많고 위기를 잘 극복하기도 한다. 심한 경우는 사적인 호감도가 사적인 감정을 뛰어 넘어 공적인 호감으로 이어지는 경우도 있다. 결국 높은 호감도가 당신의 성공을 보장할 수도 있다는 뜻이다. 따라서 평소 상대방에게 호감을 줄 수 있는 방법과 기술에 대해 인지하고 이를 실천할 필요가 있다. 언제 어디서나 호감 가는 인상을 심어주기 위한 습관을 체화하는 것이 중요하다. 호감은 당신의 성공으로 이끌 수도 있는 강력한 무기이기 때문이다.

명품이미지에 승부를 걸어라

"명품"

"짝퉁"

"명품이미지"

〈명품〉 듣기만 해도 괜히 기분 좋아지는 말이다. 명품이란 상품 자체가 자기 스스로에게 부여하는 가치이자, 실질적인 사용가치를 웃도는 흉내 낼 수 없는 고고한 분위기를 지닌 물건, 아주 귀하고 값진 물건을 말한다. 무조건 비싸다고 명품이 아니라 비싼 값어치를 하는 것이 진정한 명품이다.

사람은 누구나 명품 하나쯤은 가지고 싶어 한다. 명품이 가지는 그 가치 때문이다. 명품을 가지면 없는 사람도 있어 보이는 것 같은 효과를 가져 온다. 이런 명품은 모든 사람의 이목을 끌고 부러움의 대상이다. 어떠한 대가를 지불하고서라도 갖고 싶은 것이 명품이다. 그 자체로 빛이 나며 명품을 지닌 사람에게도 가치를 부여하기 때문이다.

이런 명품은 비단 상품에만 적용되는 것은 아니다. 사람에게도 명품이 있다. 가는 곳마다 사람들을 끌고 다니는 사람, 상대방의 이목을 끄는 사람, 부러움의 대상이 되는 사람들이 있다. 빛이 나고 광채가 난다. 아우라(Aura)가 상당하다. 내공, 외공이 느껴진다. 그 앞에서 서면 위압감을 느끼기도 한다.

그 사람의 명품이미지 때문이다. 상대방에게 명품이미지를 심어주는 것은 성공의 시발점이자 명품인맥을 구축하기 위한 시금석이다. 특히 사람과의 첫 만남에서 명품이미지로 승부해야 한다. 명품이미지로 승부해야만 호감을 얻을 수 있을 뿐 아니라 더 발전적인 관계로 나아갈 수 있다. 여기서 말하는 명품이미지는 단순한 개념이 아니라 복합적인 개념이다. 단순히 외면의 아름다움을 말하는 것이 아니다. 내면의 아름다움까지도 갖추고 있는 이미지가 명품이미지이다. 밝은 얼굴표정, 호감 가는 미소, 단정한 헤어스타일, 밝고 부드러운 음성, 깔끔한 옷차림, 부드럽고 따뜻함을 전해주는 눈뿐 아니라 긍정적인 사고방식, 상대의 말을 잘 듣는 경청의 자세, 따뜻한 마음씨 등 이 모든 것들이 어우러졌을 때 명품이미지가 형성된다.

어떤 대가를 지불하고서라도 만나고 싶은 명품이미지로 승부하라. 그것이 당신이 해야 할 일이다. 사람과의 만남에서 명품이미지로 승부하는 당신은 진정한 명품 중의 명품이다. 또 만나고 싶고 헤어진 후에도 진한 여운이 남은 사람으로 되어야만 당신이 원하는 성공, 명품인맥을 거머쥘 수 있다. 지금부터라도 명품이미지를 만들어 보는 것은 어떠한가? 명품이미지로 승부해야만 살아남을 수 있다. 명품이미지를 남기지 못하면 명품인맥으로 발전하기 어렵다.

첫인상에 올인하라

“이왕이면 다홍치마”
“보기 좋은 과일이 먹기도 좋다.”

사람은 첫인상이 그 무엇보다 중요하다. 한 번 나쁜 인상을 심어주면 만회하기란 결코 쉽지 않다. 만회하기 위해서는 엄청난 노력을 해야 하거나 또는 평생 만회할 기회를 갖지 못하고 헤어질 수 있다. 그 때 심어진 첫인상을 간직한 채로 말이다.

“보기 좋은 과일이 먹기도 좋다.”고 하듯이 “이왕이면 다홍치마”이다.

만일 당신이라면 외형상 보기 좋고 먹음직스러운 빨간색의 사과와 윤기도 없고 맛없어 보이는 상처 난 사과, 두 개의 사과 중 하나를 골라야 한다면 어떤 사과를 선택하겠는가? 당연히 맛있어 보이는 전자의 사과일 것이다. 그 이유는 간단하다. 첫 눈에 맛있을 것 같다는 이미지를 심어 주었기 때문이다.

사과를 고르는데도 이러한데 하물며 사람이야 말해 무엇 하겠는가. 첫 만남에서 훌륭한 매너, 호감 가는 인상, 좋은 느낌, 거기다가 성격까지도 좋은 사람과 어떤 매력도 느끼지 못하는 사람. 이들 두 사람을 만났다면 그리고 두 사람 중에 한 사람을 선택해야 한다면 누구를 선택하겠는가? 당연히 전자일 것이다.

첫인상으로 그 사람의 성격, 인격 등 모든 면을 파악할 수는 없다. 어떤 사람은 첫 만남에서는 별로였는데 자주 만나다 보면 묘한 매력을 느끼는 “볼매”도 있다. 첫 만남에서는 좋은 매너, 호감 가는 인상, 편안한 말투, 상대방을 배려하는 모습 등 뭔가 하나 나무랄 것 없는 좋은 첫인상을 주었지만 만나면 만날수록 다시는 만나고 싶지 않은 “진상”들도 있다. 그 속을 어찌 다

알겠는가. 하지만 첫인상이 좋은 사람에게 눈길 한 번 더 가는 것은 어쩔 수 없는 노릇이다.

"사람은 겉모습으로 판단해도 기본적으로 아무 문제없다."

미국 캘리포니아대학교(UCLA)의 심리학자 알버트 매러비안(Albert Merhrabian) 교수가 한 말이다. 위의 말처럼 첫 인상을 통해 그 사람의 모든 모습을 다 파악할 수는 없다 해도 이를 통해 많은 정보를 얻을 수는 있다. 표정을 보고 어렴풋이나마 그 사람의 과거를 엿 볼 수 있고, 옷 입는 모습을 보고, 그리고 말하는 모습을 보고 그 사람의 인격을 가늠해 볼 수 있다.

"사람은 외모보고 판단하면 안 된다."

많은 사람들이 하는 말이다. 하지만 뒤집어 생각해 보면 이 말은 많은 사람들이 그 사람의 외모를 보고 판단한다는 뜻이기도 하다. 따라서 첫인상에 올인하라. 보면 볼수록 묘한 매력을 발산하는 사람이 되어야 한다. 만남의 첫 5초가 그 사람의 운명을 결정한다고 했다. 첫인상이 가장 중요한 이유이다.

1. 초두효과(Primacy effect)

첫 만남에서 첫인상이 좋지 않으면 불이익을 당할 수 있다. 심하게 말하면 첫 만남에서 어떤 인상을 심어주느냐에 따라 성공과 실패가 판가름 날 수 있다는 말이다.

A. "양 대리는 똑똑한 친구야. 일도 정말 똑 부러지게 잘해. 거기다가 모든 일에 최선을 다하지. 또 성실하기까지 하지 뭐야!" "그런데 겪어 보니까 부정적인 면이 좀 있어. 또 말도 좀 많아."

B. "양 대리는 겪어 보니까 부정적인 면이 좀 있어. 또 말도 좀 많아." "하지만 똑똑하기는 해. 일도 정말 똑 부러지게 잘하고. 거기다가 모든

어떤 느낌으로 다가오는가?
A와 B중 어느 쪽이 더 긍정적으로 다가오는가?

A가 왠지 모르게 더 긍정적인 느낌으로 다가올 것이다. 사실은 A와 B. 둘 다 똑같은 말이다. 단지 앞과 뒤 순서만 바뀌었을 뿐이다. 하지만 느낌은 완전히 다르다. 어떤 말을 먼저 들었는가에 따라 그 사람에 대해 갖게 되는 인상이 크게 달라지는 것. 이것을 〈초두효과〉라 한다.

첫 만남에서 사물이던 사람이던 간에 먼저 받은 정보가 뒤에 받은 정보보다 더 큰 영향을 미친다는 것이다. 상충되는 서로 다른 두 개의 정보가 있다면, 먼저 받은 정보가 뒤에 받은 정보보다 첫인상 형성에 더 큰 영향을 미친다. 사람은 먼저 받았던 이미지를 일관성 있게 유지하려는 반면 첫 이미지와는 다른 정보가 들어오면 배척하는 경향을 갖기 때문이다.

따라서 평소 좋은 이미지를 갖고 있는 양 대리가 지각을 하면 "어제 늦게까지 일 했나!"라고 긍정적으로 생각한다. 하지만 이와는 반대로 평소 부정적 이미지를 심어준 양 대리가 지각을 하면 "아이고 어제 또 술 퍼 마셨군." "하는 짓 하고는. 왜 맨 날 저 모양 저 꼴인지 몰라."라고 부정적으로 해석한다. 그러므로 첫 만남에서 어떤 "첫인상"을 심어주느냐가 중요하다.

2. 빈발효과(Frequency Effect)

"자주 만나야 정 든다."

왕래가 없는 형제보다 피 한 방울 섞이지 않은 이웃사촌이 낫다는 말이 있다. 이것은 자주 보는 것만으로도 호감도가 증가하는 것을 말한다. 첫인상이 좋지 않더라도, 단지 자주 노출시키는 것만으로도 좋은 이미지로 바꿀 수 있다.

“아우 저 왕재수, 다시 보고 싶지 않아.”
“아우 저 싸가지, 꿈에 나타날까봐 두렵다.”

이런 사람들의 경우 첫 만남에서 좋은 이미지를 줄 리 만무하다. 그런데 어쩔 수 없이 자주 만나야 하는 관계라면, 그리고 이를 빌미로 자주 만나다 보면 처음 나쁜 이미지는 온데간데없이 사라지고 점차 좋은 인상으로 바뀌는 경우가 많다. 자주 볼수록 사람이 달라 보이고 인상이 달라지는 것이다. 이렇듯 단지 잦은 만남을 통해서만이 명품인맥을 만들 수 있다. 따라서 명품인맥을 형성하기 위해서는 자주 만남의 기회를 갖는 것이 중요하다.

3. 부정성효과(Negativity effect)

“그 여자는 말이야. 얼굴은 예쁜데 싸가지가 없어.”

이 말에는 두 가지 의미를 갖는다. “얼굴이 예쁘다.”는 좋은 말과 “싸가지가 없다.”는 나쁜 말을 동시에 내포한다. 하지만 좋은 말과 나쁜 말을 동시에 포함하고 있을 때 좋은 말보다는 나쁜 말이 전체 이미지를 결정하는데 중요한 역할을 한다. 사람은 본래 긍정적인 것보다 부정적인 것에 더 민감하게 반응하고 쉽게 받아들이는 경향이 있기 때문이다. 한 번 받아들인 부정적 이미지는 더 마음 깊이 각인된다. 따라서 첫 만남에서 긍정적 이미지로 첫인상을 형성하는데 온 힘을 쏟아야 한다. 부정적인 이미지는 평생 갈 수 있다.

4. 후광효과(Halo effect)

“예쁜 여자는 착할 것 같다.”
“하나를 보면 열을 안다고 뭐든 다 잘해.”
“저 여자는 예쁘기만 한 줄 알았더니 일도 잘하네.”
“SKY 명문대 졸업생은 하나를 하더라도 뭔가 달라도 달라.”
“외제 최고급차를 타고 레스토랑에 가면 대우가 달라진다.”

예전에 이런 광고도 있었다.

"○○이 만들면 다릅니다."

이런 상황을 후광효과(Halo effect)라고 한다. 후광효과는 어떤 사람이 갖고 있는 한 가지 좋은 이미지나 매력 때문에 다른 특성들도 좋게 평가되는 것을 말한다. 어떤 사람의 일반적인 평가가 그 사람의 특정적인 부분에 확대되는 것. 이것이 후광효과(Halo effect)이다. 그러므로 좋은 인맥을 넘어 명품인맥을 구축하고자 한다면 좋은 이미지, 명품이미지를 구축하는데 심혈을 기울일 필요가 있다.

5. 악마효과(Devil effect)

"싼 게 비지떡"
"못 생긴 사람은 지저분할 것 같다."
"지저분한 사람은 일도 못할 것 같다."
"못 생긴 여자는 성질도 더러울 것 같다."
"못생기고 험상궂은 남자는 성격도 괴팍할 것 같다."

후광효과와는 반대로 부정적 인상 때문에 다른 긍정적 이미지까지도 부정적으로 평가받는 것, 즉 첫 만남에서 잘못 형성된 좋지 못한 이미지나 고정관념 때문에 상대방에 대한 전체적인 인상을 형성하는데 있어 부정적인 영향을 미치는 것을 말한다. 첫 만남에서 보여 지는 한 사람의 단면으로 전체의 수준으로 확대해석하여 평가하는 것이다. 사람은 만나는 순간 호감을 형성해야지만 또 다른 미래를 기약할 수 있다. 사람에 대한 호감 없이 또 다른 만남은 이어지지 않는다. 따라서 첫 만남에서 긍정적 이미지, 좋은 인상을 심어주어야 한다. 명품인맥을 만들고 싶다면 지금 만나는 모든 사람을 대할 때 첫인상에 올인하라.

6. 방사효과(Radiation effect)

왠지 어울리는 것 같아 보이지는 않지만 연인처럼 느껴지는 두 남녀가 팔

장을 끼고 다정하게 이야기 하며 걸어가고 있다. 이 때 주변 사람들이 두 남녀를 손가락으로 가리키며 몰래 소곤거린다.

왜 일까?

남자가 못생긴데다가 험상궂기까지 하다. 그런데 옆에 있는 여자는 8등신에 엄청난 미인이다.

A : 얘, 저 남자 좀 봐.

B : 누구?

A : 키 크고 예쁜 여자랑 함께 걸어가고 있는 저 남자 말이야.

B : 저 남자가 왜?

A : 저 남자 말이야. 능력 있나봐. 돈도 많고.

B : 왜! 무엇을 보고 그런 말을 해?

A: 팔 장끼고 가는 저 여자 좀 봐라.

B : 여자가 왜!

A : 키도 크고 너무 예쁘잖아.

B : 그래서?

A: 그래서는 뭐가 그래서야. 어떻게 저런 남자가 저런 여자하고 사귀냐! 말도 안 되지. 남자가 능력이 있거나 돈이 많은 거지.

주변에서 간혹 목격할 수 있는 장면이다. 이 사례가 말하고자 하는 것은 무엇일까? 극단적인 사례이기는 하지만 이 사례가 전하고자 하는 메시지는 간단하다. 별 볼일 없어 보이는 그렇고 그런 남자가 예쁜 여자랑 다니면 그 남자에게가 뭔가 다른 특별한 게 있을 것이라고 여긴다는 것이다. 이처럼 그 사람이 가진 명품이미지 때문에 그 사람에 대한 사회적 지위나 자존심이 높여지는 것을 방사효과라 한다. 그 사람의 명품이미지 때문에 그 사람의 사회적인 지위나 가치를 높게 평가하는 것이다. 따라서 명품인맥을 형성하고자 한다면 긍정이미지를 심어주는 것이 우선이다.

"판사들이 누구에게나 공평하게 판결을 내린다고는 하지만 실제로는 재판 중에 미소 짓는 피고인에게 더 가벼운 형량을 선고 한다." 미국의 과학저널리스트인 대니얼 맥닐(Daniel McNeill)의 저서 〈얼굴〉에서 나오는 내용이다.

몇 년 전 어느 날 일이다. ○○○에 강의하러 갔다. 여느 때와 마찬가지로 강의를 마친 후, 강의 평가를 해 달라는 설문을 하였다.

다른 곳에서와 마찬가지로 내심

"열정적이다."
"감동적이다."
"강의가 재미있다."

이런 대답을 기대하고 있었다.

역시나 다들 괜찮은 반응, 꽤 긍정적인 반응이었다. 그런데 예상치 못한 설문지 한 장을 들고 순간 미동도 할 수 없었다. 한 마디로 표현해서 "둔기로 머리 한 대 제대로 맞은 느낌" 대충 그런 느낌이었다. 다른 말은 없고 오직

한마디였다.

"야 ○○자식아. 제발 좀 웃어라."
"어떻게 2시간 내내 인상 쓰면서 강의를 하냐?"
"아 열나 짜증나!"

　지금도 생생하게 기억난다. 그 때 처음으로 깨달았다. 강의하면서 전혀 웃지 않고 있다는 사실을 말이다. 필자는 강의를 주업으로 하는 사람이다. 필자의 비전은 청중들에게 재미와 감동, 유익함을 전달하는 "대한민국 최고의 전천후명강사"가 되는 것이다. 하지만 웃는 것 하나도 제대로 실천하지 못하는 강사가 무슨 즐거움을 줄 수 있을까 하는 의문이 들었다. "즐거움을 주지 못하는 강사는 명강사가 될 자격이 없다."는 생각을 했고, 그리고 결심했다. 다른 건 몰라도 "최소한 두 시간이 되었든, 8시간이 되었든 강의 내내 미소만은 잃지 않는 강사가 되자."

　그 때부터 "웃음 5개년 프로젝트"에 돌입했다. 길을 걸어 다니면서도, 등산 할 때도, 책상에 앉아서 책을 읽을 때도, 강의 자료를 만들 때도 사인펜을 입에 물고 웃는 연습을 했다. "하하하하하하하하" 큰 소리로 웃기 시작했다. 아내도, 아이들도, 주변 사람들도 다 미쳤다고 했다. 하지만 매일매일 반복했다.

왜? 절실했으니까.

　처음에는 잘 되지 않았다. 입에 경련이 일어났다. 미소 짓는 것 자체가 너무 힘들고 어려운 일이었다. 하지만 포기할 수 없었다.

"하루아침에 되는 것이 아니구나!"
"웃는 것도 연습이고 습관이구나."

하는 것을 느꼈다. 그렇게 하루가 지나고, 2일, 3일, 1 년, 2 년 그리고 지금은 7 년여의 시간이 흘렀다.

어떻게 변했을 것 같은가?

사람들이 나만 보면 "뭐가 그리 기분 좋냐?"고 물어 본다. 강의 듣는 2시간 내내, 8시간 내내 어떻게 처음부터 끝까지 웃을 수 있느냐고 묻는다. 그리고는 강의를 듣는 내내 기분이 좋았다고 말한다. 엄청난 변화이지 않은가? 하늘과 땅 차이이다. 그 변화의 정도를 몸으로 실감하고 있다. 웃지 않으면 차갑게 느껴지던 얼굴이 지금은 호감형으로 바뀌었다.

"친근하다."
"부드럽다."
"정말 보기 좋다."

심지어는
"잘생겼다."
는 말까지 듣는다.

이런 말을 들을 때마다 나도 모르게 웃음이 나온다. 긍정적인 말을 들으니 기분이 좋아지고 행복해진다. 그래서인지 몰라도 자꾸 웃음이 나온다. 실없는 사람이라는 소리 들어도 좋다. 미친놈이라는 소리 들어도 좋다. 나는 오늘도 행복하다. 특별히 달라진 것은 별로 없는 것 같다. 단지 잘 웃는 것 빼고는. 하하하하하하하하하.

〈미소는 호감을 형성하는 가장 중요한 문〉

소문만복래(笑門萬福來).

"웃으면 문으로 만 가지 복이 들어온다는 말이다."

웃으면 복이 들어오고, 웃는 얼굴에 침 뱉지 못하는 법이다.

모든 만남의 시작에 있어서 가장 중요한 것은 첫 느낌이며, 첫인상을 좌우하는 핵심적인 요소는 바로 스마일이다. 웃음은 사람과 만났을 때 가장 잘 통할 수 있는 방법이다. 첫인상, 이미지를 좋게 할 수 있는 강력한 동인이다. 상대방과 좋은 관계, 행복한 관계를 만들 수 있는 가장 좋은 방법이기도 하다. 미소는 사람의 호의를 이끌어 내는 기적을 일으킨다. 미소 짓는 사람이 그렇지 않은 사람보다 더 유쾌하고, 더 사교적이고, 더 매력적이고, 더 유능하고, 더 정직하다는 평가를 받는다는 사실에서도 알 수 있다. 가벼운 미소 한 번 짓는 것만으로도 닫혀있던 마음의 문을 활짝 열어젖힐 수 있고 높은 호감도를 심어 줄 수 있다.

상대에게 미소 짓는 것은 다음과 같은 의미를 내포한다고 할 수 있다.

마음으로부터 "당신을 만나니 정말 반갑군요."
"당신을 만나니 정말 기분이 좋네요."
"당신을 만나니 정말 행복하군요."
"당신을 정말 좋아합니다."

미소 짓는 행동으로부터 즐거움이 나오고 미소 때문에 행복이 태어난다. 그러므로 얼굴에 고민이 있는 사람이라면 선천적인 얼굴 자체가 아니라 후천적인 표정, 특히 미소와 웃음으로 첫인상의 승부수를 띄우는 게 좋다. 미소는 상대방의 호의를 이끌어 내는 기적을 가져온다. 지금부터 명품인맥을 만들고 싶다면 밝은 표정으로 웃어라. 이렇게 말이다. 푸하하하하하하하하하.

〈웃음의 효과〉

일소일소 일노일노(一笑一少 一怒一老).
"한 번 웃으면 한 번 젊어지고 한 번 화를 내면 한 번 늙는다."

웃음의 중요성에 대해 단적으로 표현하고 있다.

중국에는 "웃지 않는 자와는 장사를 하지 마라."는 속담도 있고, 동의보감을 보면 "웃음이 보약보다 좋다."고 한다. 또한 "하루 15초간 웃으면 2일 더 오래 산다."고 한다. 사람들을 폭소 비디오를 보게 하고 사람들 혈액조사를 했더니 병균을 막는 항체가 200배 증가하였다는 연구결과도 있다. 이렇듯 웃음은 많은 사람들에게 영향을 끼치고 실제로 잘 웃는 사람은 잘 웃지 않는 사람보다 오래 산다.

웃음의 효과를 좀 더 구체적으로 알아보도록 하자.

1. 웃음은 호감을 형성하는데 많은 도움을 준다. 웃음은 상대방에 대한 의심하는 마음을 없애주고, 편견의 벽을 허물며, 사람에게 편안함을 준다. 좋은 인상을 심어주고 상대로 하여금 호감과 편안한 기분이 들도록 해 준다. 그러므로 웃음은 원만한 성품의 필수조건이다.

2. 웃음은 감정이입의 효과가 있다. 기분이 좋지 않음에도 불구하고 웃으면 기분이 좋아지고 행복해진다. 행복하기 때문에 웃는 것이 아니라 웃기 때문에 행복해진다는 말을 실감할 수 있다. 또한 웃음은 자신만 기분이 좋아지는 것이 아니라 상대방의 기분까지 즐겁게 한다. 웃음은 우울한 감정을 치유할 수 있는 특효약이다.

3. 웃음은 실적을 향상시키는데 도움이 된다. 세일즈맨들은 고객을 만나서 대화와 설득의 과정을 거쳐 자신이 원하는 결과를 얻기 위해 노력하는 사람들이다. 이들 세일즈맨들 가운데 실적이 좋은 세일즈맨을 자세히 살펴보았더니, 그들에게 발견되는 몇 가지 공통된 특징이 있었는데 그 중 하나가 바로 항상 웃음을 유지한다는 것이다. 고객과 대화할 때 항상 긍정적인 표정으로 고객을 바라본다는 특징이 있다. 미소 띤 세일즈맨은 그렇지 못한 세일즈맨들보다 더 많은 판매실적을 올린다고 한다. 이렇듯 웃음은 일의 능률이 오르

게 하고 그에 따라 실적이 향상된다.

4. 웃음을 통해 마인드컨트롤을 할 수 있다. 기분이 슬프고 우울할 때 한바탕 크게 웃는 것만으로도 기분이 전환할 수 있다.

5. 웃음은 서로의 관계를 원만하고 부드럽게 만들어 주는 효과가 있다. 사람들은 웃는 사람을 좋아하고 호감을 갖게 되면 주변에 많은 사람들이 몰려온다. 웃음은 긴장을 풀어주고 친근감을 주어 많은 친구를 사귀게 도와준다.

6. 특히 웃음은 건강에 좋다. 웃음을 통해 면역력이 증가하고 스트레스도 확 날려 버릴 수 있다. 웃음은 높은 혈압은 내려주고, 낮은 혈압은 높여준다. 웃음은 소화를 돕고, 노폐물의 제거를 돕는다. 웃음은 심장을 부드럽게 안마해주어, 혈액순환을 돕는다.

밝은 표정과 호감도 형성의 관계

사람은 망각의 동물이다. 자신이 편리한대로 생각하고 망각해 버린다. 무엇인가 시도하려고 마음먹었다가도 잘 되지 않으면 자신이 유리한 쪽으로 해석하고는 이내 포기해 버리는 것이 사람이다. 그리고는 그것을 합리화 시킨다. 이러한 일련의 과정을 계속 반복하다 보면 또 다시 예전의 나쁜 습관으로 회귀할 가능성이 높다.

필자도 그러했다. 밝은 표정을 만들어 보겠다고, 미소 짓는 얼굴을 만들어 보겠다고 확고한 결심을 했지만 말처럼 쉽게 되지 않았다. 한 번, 두 번, 세 번. 번번이 실패와 포기를 반복했다. 그래서 어쩔 수 없니 생각해낸 방법이 거울이라는 도구를 사용하는 것이었다.

"나의 성공을 보장하는 이미지 거울"

이것이 무엇일까?

필자의 책상에는 거울이 하나가 놓여 있다. "나의 성공을 보장하는 이미지 거울"이라고 이름 지었다. 망각하지 않고 지속적으로 실천하여 하나의 좋은 습관을 들이기 위함이다. 남자가 무슨 거울이냐고 비난할지도 모른다. 필자는 멋을 낼 줄 모른다. 그다지 외모에 신경 쓰는 편도 아니다.

단지 상대방에게서 이런 정도의 평을 들으면 그것으로 만족한다.

"깔끔하다."
"보기 좋다."
"괜찮아 보이는데."

하지만 표정만큼은 양보하고 싶은 마음이 없다. 표정의 중요성을 누구보다 절실히 깨달았기 때문이다. 앞에서 말한 것처럼 필자는 항상 무표정한 얼굴을 하고 있었고, 세상에 대한 불만과 불평이 가득한 얼굴, 차가운 표정을 짓고 있었다. 그러니 필자에게 다가와 말을 거는 사람이 있었겠는가. 업무적인 것을 제외하고 개인적으로 다가오는 사람이 별로 없었다.

하지만 지금은 상황이 완전히 바뀌었다. 항상 웃는 얼굴, 밝은 표정을 지으려고 노력한다. 사실 책상에 앉아서 장시간 일을 하다 보면, 책을 읽다보면, 강의 자료를 만들다 보면, 그리고 어떤 일에 완전 몰입해 있는 무아지경에 빠지다 보면 나도 모르는 사이에 표정이 굳어진다.

그 때 "나의 성공을 보장하는 이미지 거울"을 사용한다. 거울을 보며 씨~익 웃는다. 그럴 때마다 다시금 기분이 좋아지고 정신이 맑아지는 느낌을 받고 한다. 1일, 2일, 1년, 2년 계속 연습하고 반복했다. 이제는 내 몸의 일부가 되었다. 입가에 항상 미소가 머물러 있고 무의식 속에서 자동으로 반응한다. 항상 긍정적인 표정, 밝은 표정, 웃는 표정, 행복한 표정을 짓는 습관으로 형성되어 있기 때문이다.

〈밝은 표정 만드는 방법〉

사람은 모두 자기만의 색채를 연출하는 표정이 있다. 그 표정은 그 사람을 반영하는 마음의 거울이요, 첫인상을 결정하는 중요한 요소이기도 하다. 그렇기 때문에 사람에게 표정은 매우 중요하다. 첫인상과 표정은 떼어내려고 해도 떼어낼 수 없는 불가분의 관계임을 인식할 필요가 있다. 긍정적인 표정, 호감 가는 표정을 형성하라. 상대방과의 첫 만남에서 나로부터 어떤 표정이 나가느냐 하는 거 중요하다. 그것이 상대방에게 주는 나의 첫 이미지이기 때문이다. 나에게서 긍정의 표정이 나가는지, 부정의 표정이 나가는지 점검해야 한다. 행복한 표정, 웃는 표정, 기분을 좋게 하는 표정, 마이너스 기운을 플러스 기운으로 바꾸는 표정을 만들어야 한다.

그렇다면 어떻게 밝은 표정을 만들 수 있을까?

1. 의식적으로라도 억지로라도 밝은 표정을 짓는다.
2. 시간이 날 때마다 손가락을 사용하여 입 주변 얼굴을 가볍게 톡톡톡 두드린다.
3. 손가락을 사용하여 입 주변 근육을 가볍게 마사지한다.
4. "개구리 뒷다리" 발음하면서 입 꼬리를 위로 올리는 연습을 반복적으로 한다.
5. 입 꼬리를 올린 상태에서 위이를 살짝 보인다.
6. 입에 사인펜 등을 무는 것도 하나의 좋은 방법이다.
7. "하하하하" 큰 소리로 웃는다.
8. 김치, 치즈, 시금치, 치즈와 같은 단어를 사용하여 웃는 연습을 한다.
9. 평소에 "사랑해." "고마워." "감사해."와 같은 긍정적 언어를 자주 사용한다.

이러한 방법으로 연습과 끊임없는 반복을 통해서 나도 모르는 사이 웃는 얼굴, 밝은 표정으로 바뀐다. 얼굴 표정이 밝게 바뀌는 순간 당신의 삶과 인생이 완전히 바뀐다. 웃는 얼굴만으로도 상대방에게 호감을 줄 수 있다.

진심을 담아 정중하게 인사하라

"어떠한 경우라도 인사는 부족하기보다 지나칠 정도로 하는 편이 좋다."

인사의 중요성에 대해 세계적인 대문호 톨스토이가 한 말이다. 인사는 인간관계에서 말 또는 태도로 상대방에게 존경, 친애, 우정을 표시하는 것을 말한다. 인사는 인간관계를 원활하게 해줄 뿐 아니라 예절의 첫 번째 기본임과 동시에 사람됨의 인상을 결정짓는 첫 관문이기도 하다. 따라서 그 중요성은 말로 다 표현하기 어렵다.

"여보, 좋은 아침. 잘 잤어."

아침 기상과 함께 환한 미소로 맞이하는 아내 또는 남편이 있다면?

"아빠, 안녕히 주무셨어요."

아침 기상과 함께 환한 미소로 맞이하는 아들과 딸이 있다면?

"안녕하세요, 부장님. 좋은 아침이에요."
"안녕, 양 대리. 좋은 아침이야."

출근길 사무실에 활짝 웃으면서 밝은 목소리로 누군가 맞아준다면?

여러분도 경험해 보았을 것이다. 기분이 좋아진다. 하루가 즐겁다. 일이 즐겁고 기분 좋은 마음으로 다른 사람을 대한다. 좋은 반응이 온다. 그래서 더욱 기분 좋고 즐거운 하루가 된다. 반갑게 맞아주는 그 사람에 대한 이미지가 좋아진다.

공감하는가?

동네에 ○ ○ ○ 네 집 아들이 있다고 가정하자.
길을 가다 그 아이를 만났다.
그런데 당신을 보고 인사 하지 않은 채 자기 갈 길을 간다.

당신은 그 아이에 대해 어떤 생각이 들까?
대부분은 이렇게 생각할지 모른다.

"아니 쟤는 왜 이렇게 예의가 없어."
"왜 이렇게 싸가지가 없어."
"뉘 집 자식인지 몰라도 자식 교육 참 잘 시켰다."
"애비가 누구야? 자식교육 하나 제대로 못시키고. 쯧쯧쯧"

그런데 이 아이는 예의가 없는 것이 아니라 단지 다른 것에 정신이 팔려 당신을 못 봤을 수 있다. 아니면 당신이 못 보는 사이 이미 인사를 했을 수 있다. 하지만 인사하지 않은 그 모습 때문에 이 아이는 한 순간 예의 없고 싸가지 없는 아이가 되었고, 부모를 자식교육도 제대로 시키지 못하는 사람으로 욕 먹이고 말았다. 인사 하나 때문에 말이다.

이와는 반대로 길에서 ○ ○ ○ 네 집 아들을 만났는데, 아주 예의바르게 인사를 잘한다면? 이렇게 말하거나 생각할 것이다.

"애가 됐어."
"고놈 참, 교육 잘 받았네."
"어쩜 저렇게 예의가 바르지."
"고놈 참 기특하네."

두 예는 극단적이기는 하지만 그 차이는 하늘과 땅 차이이다. 한 번의 인사만으로도 다음과 같은 많은 메시지를 전달할 수 있다.

"예의바르다."
"호감이 간다."
"사람 괜찮다."
"매너 있다."

인사는 인간관계에서 가장 기본 중에 기본이다. 인사는 상대방을 존중하고, 인정하는 것이다. 사람은 존중받고, 인정받고 있다는 느낌을 받으면 기분이 좋아지고 고마워한다. 자기를 존중하고, 인정해 주는 사람에 대한 호감이 상승하고 그 사람을 좋아하게 된다. 따라서 인사는 인간관계를 원활하게 해 주기 위한 행위이다. 그렇기에 절대 소홀히 할 수 없는 것이 인사이다. 사소한 것 같지만 절대 사소하지 않은 모든 것이다.

또한 타인과 나를 차별화할 수 있는 최대의 무기이자, 나를 두드러지게 만드는 하나의 행위이며, 나를 매너 있고, 예의바른 사람으로 만들어 준다. 지금 이 순간부터 진심을 담아 인사를 해보자. 인사만 잘해도 좋은 사람이 된다.

더불어 인사를 한다는 것은 마음의 문을 먼저 여는 것이고, 상대에게 호감이 있다는 것을 보여주는 것이다. 호의와 사랑의 표시이기도 하다.

"나는 당신과 사이좋게 지내고 싶습니다."

　　　　　　　　　　"그러니 우리 친하게 지내요."

　　상대방과 관계를 향상시키고 싶다면 껄끄러운 관계의 문을 열고 친밀감을 형성하고 싶다면 내가 먼저 다가가 인사하라. 그 사람이 진짜 멋진 사람이다. 인사를 잘해서 손해 보는 일은 절대 없다. 인사는 사람과의 관계를 시작하는 첫 단추이다. 인사는 밑천이 들지 않는 공짜장사이다.

〈인사하는 원칙〉

　　정성과 호의, 감사의 마음을 전하는 것이 인사이다. 인사라고 해서 모두 다 같은 인사가 아니다. 그저 머리만 끄덕이는 인사, 입만 벌려 건성으로 하는 인사는 인사가 아니다. 인사는 온전히 마음을 담아야 하고, 진심을 담아 상대방의 눈을 쳐다보면서 하는 것이 진짜 인사이다. 따라서 인사를 하려면 제대로 해야 한다. 그냥 아무 생각 없이 했다가는 오히려 화를 입거나 큰 낭패를 볼 수도 있다.

　　그렇다면 좋은 인사법은 어떻게 하는 것일까? 인사에도 원칙과 법칙이 있기 마련이다. 한 번 인사를 하더라도 제대로 배우고 익혀 실천해 보는 것이 필요하다.

　　첫째, 인사는 먼저 본 사람이 하는 것이 가장 좋다. 아랫사람은 윗사람을 존경하는 마음을 담아서, 윗사람은 아랫사람을 사랑하는 마음을 담아서 인사해야 한다. 특히 상사나 나이가 많은 경우 권위의식 때문에, 대우를 바라는 마음에 먼저 다가가 인사하는 것을 주저하게 된다. 하지만 권위의식을 버리고 먼저 다가가 내가 먼저 인사하는 순간 관계는 더욱 발전할 수 있다. 먼저 보는 사람이 다가가 인사해 보자. 인사는 나이가 많건 적건, 직위가 높건 낮건 먼저 본 사람이 하는 것이 원칙이다.

　　둘째, 인사는 마주칠 때마다 하는 것이 좋다. 하루에 열 번을 만나던 백 번을 만나던 만날 때마다 인사해야 한다.

“그만 해라. 하루에 인사 한 번이면 충분하다.”

말은 그렇게 해도 만날 때마다 인사하는 사람에게 좋은 인상, 호감 가는 이미지를 갖는 것은 당연하다. 예절바른 사람이라는 소리를 듣고 싶다면 만날 때마다 인사하는 것이 좋다.

셋째, 인사는 웃으면서 하는 것이 좋다. 웃지 않는 얼굴로 인사하는 것은 인사가 아니다. 웃으면서 하는 인사는 상대방을 두 배, 세 배 즐겁게 해 준다.

넷째, 인사는 밝은 목소리로 하는 것이 좋다. 퉁명스럽고 무뚝뚝한 목소리보다는 밝은 목소리로 인사하는 것이 좋다. 밝고, 큰 목소리도 인사를 하면 자신감이 있어 보이고 매사 적극적인 사람이라는 느낌을 줄 뿐만 아니라 상대방의 호감을 살 수 있다. 반대로 퉁명스럽고 무뚝뚝한 인사는 마지못해 하는 인사로 들릴 수 있다.

다섯째, 인사는 큰 목소리로 하는 것이 좋다. 들릴 듯 말듯 기어들어가는 목소리로 인사하는 것은 오히려 안 하느니만 못한 결과를 가져온다. 자신감이 없어 보이고 소극적이고 소심한 느낌을 준다.

여섯째, 인사는 눈과 얼굴을 보면서 하는 것이 좋다. 눈을 보지 않고 하는 인사는 인사가 아니다. 눈을 보지 않고 입과 목으로만 인사하는 사람들이 의외로 많다. 특히 식당에 갔을 때 우리가 흔히 목격하는 장면이다. 마치 로봇에 입력해 놓은 기계처럼 인사를 한다. 입으로 “어서 오세요.” “안녕히 가세요.” “다음에 또 오세요.” 인사하고 있지만 정작 눈과 얼굴을 보면서 하는 인사는 거의 없다. 지금부터라도 눈과 얼굴을 보면서 인사하는 연습을 해 보자.

일곱째, 인사는 상대방이 보지 않아도, 인사를 받지 않아도 하는 것이 좋다. 인사를 해도 인사를 받지 않는 사람들이 있다. 인사를 했는데도 불구하고 인사를 받지 않으면 인사하는 사람의 입장에서야 기분이 좋을 리 없다. 그렇다고 인사하는 것을 멈추어서는 안 된다. 인사를 계속 하다보면 미안한 마음이 들게 마련이다. 결국 서로 인사를 주고받는 관계로 발전할 수 있다.

여덟째, 인사는 제대로 정식으로 하는 것이 좋다. 복도에서, 화장실에서, 계단에서 하는 인사법이 다를 것이다. 안하려면 모를까 이왕 하는 거 제대로 정식으로 하는 것이 좋다.

아홉째, 인사는 일어서서 하는 것이 좋다. 책상에 앉아서 일을 하더라도 잠시 잠깐 일어서서 인사를 해 보자. 그것이 상대방에 대한 예의이다.

대화를 잘 이끌어 가는 능력이 중요하다

"말 한 마디로 천 냥 빚 갚는다."
"촌철살인(寸鐵殺人)"

모두 대화의 중요성의 강조한 말이다.

사람은 만나는 순간부터 끊임없이 대화를 시도한다. 말로 표현하지는 않을지라도 그의 표정, 헤어스타일, 옷차림 등을 바라보면서 그 사람에 대한 감정과 느낌으로 대화를 시작한다. 그런 다음 악수를 하고 대화를 하면서 서서히 그들 판단하고 평가하기 시작한다. 이런 과정들이 모두 대화의 사이클이다. 모든 인간관계는 대화로 시작해서 대화로 끝난다 해도 과언이 아니다. 관계를 좋게 하는 것도 대화요, 단절시키는 것도 대화다. 결국 관계의 행복과 불행 또한 말에서 시작된다 할 수 있다. 따라서 상대방과 좋은 관계를 이어가기 위해서는 무엇보다도 대화를 이끌어 가는 능력이 중요하다.

대화를 잘 이끌어 가는 능력이 중요한 이유는 모든 사람이 첫 만남에서 상대방에게 호감 가는 인상을 주지 못하는데 있다. 상대방에 대한 호감과 비호감의 감정은 첫 만남의 순간에서 출발해 불과 4초밖에 걸리지 않는데, 4초면 엄청 짧은 순간이다. 하지만 그 짧은 4초의 시간이 그 사람의 전체 이미지형성에 영향을 미친다. 하지만 첫 만남에서 호감을 주지 못했다 하더라도 그렇게 걱정할 필요는 없다. 상대방과의 대화를 통해 이를 만회할 수 있는 기회가 있기 때문이다. 만약 첫 만남에서 좋지 못한 첫인상을 주었다면 대화를 통해 4분 이내에 긍정적인 이미지로 전환시킬 수 있어야 한다. 그렇지 않으면 처음에 형성된 나쁜 이미지를 만회하는데 무려 40시간이 걸린다. 이것이 444법칙이다.

어떤 관계든 간에 – 부부관계, 친구관계, 학교 선후배관계, 직장에서의 관계 – 관계가 좋지 못하면 가장 먼저 나타나는 현상이 서로 말이 없어지는 것이다.

인간관계도 역시 마찬가지이다. 서로 관계가 나빠지면 가장 먼저 나타나는 현상이 대화가 없어지는 것이다. 대화가 단절되면 인간관계는 그것으로 끝이다. 누군가에게 말을 한다는 것은 그 사람에게 대한 관심과 흥미가 있다는 것이고, 알아가고 싶다는 의미인 것이다. 대화가 단절되면 죽은 관계가 된다. 따라서 상대방에 호감을 얻을 수 있도록 대화를 이끌어가는 능력이 무엇보다 중요하다.

<공감과 호감을 형성하는 대화법>
그렇다면 상대방과 공감하고 호감을 형성하는 대화는 어떻게 하는 것일까?

첫째, 상대방으로부터 호감을 얻기 위해서는 대화할 때 무엇보다 잘 들어야한다. 대화는 잘 듣는 것으로 시작하는 것이 좋다. 잘 듣는다는 것은 나를 내려놓고 상대방의 관점에서 바라보는 것이고, 상대방에게 초점을 맞추는 것이다. 상대방에 대한 배려요, 존중하는 마음이다. 상대방의 말에 존경하는 마음으로 귀 기울여 듣는 자세가 신뢰감 형성의 가장 중요한 요소이고, 신뢰감이 형성되었을 때 비로소 진정한 명품인맥으로 발전한다. 따라서 대화의 70%는 상대방의 말을 듣는 것에 할애하는 것이 바람직하다.

둘째, 상대방으로부터 호감을 얻기 위해서는 대화할 때 상황에 맞는 질문을 할 줄 알아야 한다. 첫 만남에서 상대방의 기분 같은 것은 안중에도 없고 자기 하고 싶은 말에만 열중하는 사람들이 있다. 자기자랑을 늘어놓기도 하고 자신의 의견과 조금만 틀려도 핏대를 세우기도 한다. 이들은 자기중심적인 사람들로 이미 상대방은 존재하지 않는 사람일 뿐이다. 이런 사람과는 더 이상 말을 섞고 싶지 않은 것이 사람 마음이다. 자기 할 말만 하는 이런 대화는 오히려 관계를 더욱 악화시키는 결과를 초래한다.

반면에 말하는 것보다는 적절하게 질문스킬을 구사하는 사람들이 있다. 처음부터 끝까지 대화가 끊어지지 않도록 상대방을 배려하는 자세를 취한다. 질문은 상대방에 대한 호감의 표현이고, "나는 당신에 대해 알고 싶은 것이 많습니다."라는 관심의 표시이다. 상대방에 대해 궁금한 점이 많다는 것이기도 하다. 사람이라면 누구나 자신에게 관심과 호감을 표시하는 사람을 좋아하는 법이다. 이렇게 첫 만남에서 질문을 통해 관심을 표현하는 것만으로도 상대방에게 호감을 줄 수 있다. 질문을 통해 호감을 형성하는 것이 중요한 이유는 호감을 형성해야 만이 좀 더 친밀한 관계, 신뢰할 수 있는 관계로 나아갈 수 있기 때문이다. 이제부터 대화를 잘하는 것은 언변이 좋은 것이 아니라 질문을 잘하는 것임을 인식하자.

그렇다면 어떻게 하는 것이 질문을 잘하는 것일까? 첫 만남에서 상대방에게 효과적으로 질문을 잘 하기 위해서는 몇 단계로 구분해서 하면 더욱 좋을 듯하다. 첫 대면 시에는 상대방과 거리감을 해소할 수 있는 가벼운 질문으로 시작하는 것이 좋다. 다짜고짜 개인적인 질문으로 시작하면 상대방은 당황하거나, "이 사람 뭐야?"하고 당신을 경계할 수 있다. 친숙함을 이끌어 낼 수 있는 날씨도 좋고, 식사 이야기도 좋고, 근황이나 안부를 물어 보는 것도 좋은 질문대화법이다.

일단 대화가 시작되면 상대방이 관심과 흥미를 끌만한 내용의 질문이나 상대방의 관심사에 대해 또는 흥미를 갖고 있는 것으로 질문을 하는 것이 바람직하다.

대화가 끊어짐이 없도록 끊임없이 질문을 던져라. 상대방이 말을 많이 할 수 있도록 이야기 거리를 제공하는 사람이 인정받는다. 질문은 대화를 흥미진진하게 만든다. 대화의 20%는 상대방에게 질문하는데 할애하는 것이 좋다.

셋째, 상대방으로부터 호감을 얻기 위해서는 상대방과 대화할 때 상대방 말에 공감하고 인정하는 행동 또는 공감의 말을 하는 것도 중요하다. 대화를 하면서 상대방의 말에 "기쁘면 기쁘다." "슬프면 슬프다." "당신 말이 맞다."와 같이 상대방에게 동조하고 있다는 표현을 해야한다. 기쁠 때 같이 기뻐하고, 슬플 때 같이 슬퍼하는 감정을 공유하는 것도 중요하다. 상대방의입장에서 내 말을 이해하고 있는지, 공감을 하고는 있는지, 표현해줄때 고마움을 느끼고 서로 동질감을 형성할 수 있다. 따라서 상대방의 말에 귀 기울여 듣고 그의 말을 인정하는 행동이나 말을 해보자.

넷째, 상대방으로부터 호감을 얻기 위해서는 상대방과 대화할 때 눈맞춤(아이컨택)을 하는 것이 좋다. 사람은 눈을 바라보는 그 자체만으로도 관심과 존중 받고 있다고 느낀다. 더불어 눈맞춤(아이컨택)을 하는 것은 신뢰감을 심어 줄 수 있는 가장 좋은 방법이기도 하다. 하지만 상대방 눈을 쳐다보는 것이 그리 쉬운 일만은 아니다. 자칫 잘못하면 버릇없고, 건방지고, 도전적이라는 인상을 심어 줄 수 있다. 따라서 눈을 바라보는 것이 어색하면 미간을 보고, 그것도 어색하면 인중을 보고, 인중을 보는 것도 어색하면 목 주변을 보는 것도 좋은 방법이다. 이도저도 어색하면 얼굴 전체를 바라본다고 생각하면 마음이 편해진다. 다만 주의할 점은 적극적으로 눈맞춤을 하되 너무 뚫어지게 바라보는 것은 금물이다. 대화를 하면서 적절하게 상대방 눈을 응시하면 호감을 형성할 수 있다.

다섯째, 상대방으로부터 호감을 얻기 위해서는 상대방과 대화할 때 맞장구 쳐주는 자세가 필요하다. 즉각적인 반응을 하는 것이 필요하다는 말이다. 맞장구를 치는 것은 내가 상대방이 말을 잘 듣고 있다는 표시이다. 상대방 말을 잘 듣고 있다는 표시 하나만으로도 나에 대한 호감도는 상승할 수 있다.

그렇다면 어떻게 맞장구를 치는 것이 좋을까?
1. 맞장구는 입으로 한다. "좋아. 좋아." "잘했어."와 같은 말을 한다.
2. 맞장구는 손으로 한다. 손으로 상대방 말에 동조하는 표시를 할 수 있다.
3. 맞장구는 머리로 한다. 머리를 끄덕끄덕하는 행동은 상대방을 존중한다는 표시이다.
4. 맞장구는 눈으로 한다. 상대방 눈을 보는 것도 하나의 맞장구이다.
5. 맞장구는 마음으로 한다. 기쁨과 슬픔, 행복을 마음으로 느끼는 것도 맞장구이다.
6. 몸을 앞으로 당기면서 한다. 몸을 앞으로 당기는 것은 상대방 말에 관심이 있다는 것을 표현하는 것이다.
7. 결국 맞장구는 온 몸으로 하는 것이라 할 수 있다.

여섯째, 상대방으로부터 호감을 얻기 위해서는 대화를 준비하라. 대화에도 준비가 필요하다. 첫 만남을 해야 하는 거라면 어떤 말로 이야기를 풀어가야 할지 미리 생각해 두어야만 상대에게 강한 인상을 남겨 더 효과적인 결과를 얻을 수 있다.

대화에 강한 사람이 성공한다. 아무리 높은 위치에 있어도 사람들을 자신이 원하는 곳으로 이끌어 갈 수 없다면 성공을 보장할 수 없다. 아무리 좋은 목표와 계획을 가지고 있다 할지라도 사람들을 참여시킬 대화기술이 부족하다면 무용지물이다.

결국 대화를 효과적으로 이끌어 가는 기술은 자신이 원하는 것을 성취하기 위한 가장 강력한 도구인 것이다. 대화를 잘 이끌어 가는 능력은 당신을 성공의 길로 인도하는 등불이다.

진심을 담아 칭찬하라

칭찬이란 존중과 인정의 말로서 사람의 행동, 특성 또는 성과가 좋다고, 훌륭하다고 말하거나 높이 평가하는 것을 말한다. 즉 상대의 존재를 인정하는 행위와 언어, 그 모든 것이다.

〈끌리는 사람은 1%가 다르다〉에 나오는 일화를 소개하고자 한다.

앞을 보지 못하는 한 아이가 있었다.
교실에서 수업 받고 있는데,
갑자기 쥐 한 마리가 나타났다.

찍찍찍찍찍찍찍찍찍찍.

교실 여기저기 사방을 휘젓고 다녔다.
교실은 순식간에 아수라장이 되었다.
아이들은 너무 놀란 나머지 고함도 지르고, 울기도 하고
의자 위에도 올라가고, 책상 위에도 올라갔다.

그러다가 갑자기 쥐가 어디론가 숨어 버렸다.
순간 모든 것이 멈춘 듯 교실 안은 조용해졌다.

그 때 선생님이 한 소년에게 혹시 쥐가 어디 있는지 아느냐고 물었다.
한 소년이 귀를 기울이더니

"선생님, 쥐가 저쪽 구석 탁자 밑에 숨어있어요."

쥐는 결국 잡히고 말았다.

그 때 선생님이 앞을 보지 못하는 이 소년에게 이렇게 말을 한다.

"○○○야, 넌 우리 반의 어떤 아이도 갖지 못한 능력을 가지고 있어."
"바로 너의 특별한 귀란다."

이 앞을 보지 못하는 한 아이가 바로 미국 명예의 전당에 오른 맹인가수 스티비 원더(Stevie Wonder)이다. 선생님의 한 마디의 격려와 칭찬이 결국 스티비 원더의 인생을 완전히 바꾸어 놓았다. 이것이 칭찬의 힘이다. "칭찬은 고래도 춤추게 한다."

행태 심리학자인 매슬로우는 인간의 욕구를 생리적 욕구, 안전의 욕구, 소속감과 애정의 욕구, 존경의 욕구, 자아실현의 욕구로 5단계로 구분하여 설명하고 있다. 인간의 5단계 욕구 중에서 존경의 욕구는 4번째 단계로 상위 단계에 해당한다. 사람들은 기본적으로 타인에게 "존경받고 싶은 욕구" "인정과 칭찬받고 싶은 욕구"가 있다. 이러한 사람들의 다양한 욕구를 충족시켜 줄 수 있는 것이 바로 칭찬이다.

칭찬은 다음과 같은 의미를 포함한다.

"나는 너를 인정한다."
"너는 가치 있는 사람이다."
"너는 소중한 사람이다."

진심을 담은 칭찬 한 마디가 인생에 결정적인 역할을 한다. 사람은 솔직하고 진지한 칭찬을 들으면 감동을 받는다. 칭찬을 하면 상대방 기분이 좋아지고, 상대방 기분이 좋아지면 나에 대한 이미지가 좋아진다. 서로 좋은 호감을 유지하면 좋은 관계로 발전한다. 더불어 칭찬을 들으면 의욕이 생기고 인정받았다고 느낀다. 할 수 있다는 자신감이 생기고 칭찬을 한 사람에 대해 호의를 갖는다. 주위를 밝게 해주고 남을 성장시키기도 한다.

칭찬하는 방법

1. 켄 블랜차드의 칭찬 10계명

〈경호〉의 저자인 경영컨설턴트 켄 블랜차드는 칭찬의 10계명을 다음과 같이 제시한다.

① 칭찬할 일이 생겼을 때 즉시 칭찬해라.
② 잘한 점을 구체적으로 칭찬해라.
③ 가능한 한 공개적으로 칭찬해라.
④ 결과보다는 과정을 칭찬해라.
⑤ 사랑하는 사람을 대하듯 칭찬해라.
⑥ 거짓 없이 진실한 마음으로 칭찬해라.
⑦ 긍정적으로 관점을 전환하면 칭찬할 일이 보인다.
⑧ 일의 진척 상황이 여의치 않을 때 더욱 격려해라.
⑨ 잘못된 일이 생기면 관심을 다른 방향으로 유도해라.
⑩ 가끔씩 자기 자신을 스스로 칭찬해라.

2. 스펜서 존슨의 1분 혁명

1분이라는 짧은 시간에 아이에게 꾸중하고 칭찬하는 방식으로 아이를 변화시킬 수 있다.

〈누가 나의 치즈를 옮겼을까〉의 저자인 경영컨설턴트 스펜서 존슨의 칭찬방법이다.

아이들의 행동이 올바르지 못할 경우 3단계로 구분하는 칭찬방법이다.
1. 30초 동안 꾸짖되, 구체적으로 지적하고 아빠의 감정을 분명히 말해
   준다.
2. 10초 정도는 긴장감을 조성하기 위해 잠시 침묵한다.
3. 그런 다음 20초 동안 감정을 가라앉히고 사랑을 표시한다. 행동은 잘
   못됐지만 아이 자체는 착하다는 암시를 줘야 한다. 이 모든 것을 1분
   안에 끝내야 한다.

아이가 올바른 행동을 했을 때도 마찬가지이다.

1. 30초 동안 행동에 대해 구체적으로 칭찬한다.
2. 10초 동안 잠시 침묵을 유도해 아이들이 흐뭇한 감정을 갖도록 한다.
3. 20초 동안 아이를 껴안아주는 등의 긍정적인 제스처를 취하면서 칭찬
   을 끝낸다.

스펜서 존슨은 이처럼 짧은 시간인 1분 동안에 아이를 크게 바꿀 수 있음
을 강조하며 1분 혁명을 제안했다.

3. 심리학자들의 칭찬 기법

사람을 가장 기분 좋게 하는 것이 칭찬이며, 인간은 누구나 칭찬 받고 싶
어 한다. 심리학자들은 다음과 같이 칭찬하라고 제안하고 있다.

① 즉시 칭찬해라.

칭찬거리가 있을 때는 미루지 말고, 그 자리에서 바로 해라. 칭찬거리를
모았다가 나중에 하면, 즉시 칭찬한 것에 비해 효과가 떨어진다.

② 구체적으로 칭찬해라.

애매모호하게 칭찬하지 말고 구체적으로 칭찬해라. 영업 실적, 아이디어
제공, 헌신적 지원 등 행동에 대해 어떤 점이 좋았는지를 구체적으로 말해주

는 것이다.

③ 공개적으로 칭찬해라.
여러 사람이 있을 때는 아무 말이 없다가, 나중에 혼자 있을 때 조용히 칭찬하면 도리어 효과가 감소된다. 가급적 많은 사람 앞에서 공개적으로, 그리고 공식적으로 칭찬해라.

④ 화끈하게 칭찬해라.
이번에는 잘했지만 너무 자만하지 말라거나, 옥에 티가 있었다거나 하는 말은 하지 말고, 이왕 하는 칭찬이라면 화끈하게 해라. 그래야만 칭찬받는 사람의 감동이 높아지는 법이다.

⑤ 보상과 함께 칭찬해라.
말로만 칭찬하는 것도 좋지만, 작은 선물이나 인센티브를 제공하면 더 큰 효과를 볼 수 있다.

4.칭찬을 잘하는 비결 6가지
상대방의 경계심을 누그러뜨린 다음 적절한 칭찬으로 말문을 열고자 한다면, 반드시 아래의 비결에 정통할 필요가 있다.

① 성심성의껏 준비하고 상대에게 몰입해라.
칭찬도 준비가 필요하다. 작은 칭찬이라도 일단은 시작하라. 매일 칭찬거리를 찾다 보면 나중에는 사소한 칭찬거리라도 눈에 보인다. 그 사람에 대해 칭찬해야 한다면 정성을 다해 준비해야 하고, 수시로 상대의 행동, 외모, 말투, 표정, 소유물 등에 대한 칭찬거리를 찾아야 한다. 이는 오롯이 상대방에게 집중하고 몰입했을 때 가능하다.

② 초면일 경우, 성과나 소지품을 칭찬해라.
처음 만나는 경우 될 수 있으면 상대방의 인품이나 성격을 논하는 것을

피하라. 그들이 과거에 이룬 성과나 소지품 등 눈에 보이는 구체적인 사물을 칭찬하는 것이 가장 바람직하고 안전하다. 만약 처음 만난 자리에서 "당신은 참으로 좋은 사람이네요"라는 칭찬을 한다면, 그들은 마음속으로 "오늘 처음 만났는데, 내가 좋은 사람인지 어떻게 알지?"라고 생각하며 당신을 경계하고 의심할 수도 있다.

③ 배후에서 칭찬해라.

뒤에서 다른 사람을 통해 하는 칭찬이 직접 마주하고 칭찬하는 것보다 효과적이다. 칭찬의 고수들 다른 사람의 입을 빌려 칭찬의 메시지를 전한다. 제3자의 입에서 뜻하지 않은 누군가가 당신의 능력에 무척 감탄하더라는 말을 들었을 때, 당신은 기쁘지 않겠는가? 기쁜 마음과 동시에 자신을 칭찬했던 그 사람에 대해 좋은 인상을 갖게 될 것이 분명하다. 독일의 한 재상을 자신에게 반발심을 갖고 있는 부하가 있을 경우, 계획적으로 타인 앞에서 그 부하를 아낌없이 칭찬했다. 그 후, 그는 열정을 다하는 충성스러운 부하를 또 하나 얻게 되었다고 한다.

④ 상대에 대한 새로운 정보를 입수해라.

칭찬을 하는 데 있어서 남들이 듣지 못한 새로운 정보는 무엇보다도 큰 힘이 된다. 위대한 장군은 타인이 자신의 전략과 모략에 대해서 칭찬하는 것에 별다를 관심이 없다. 이미 자타가 공인하는 그의 용맹과 전술을 다시 말하는 것은 사족과 마찬가지이기 때문이다. 그러나 누군가가 그가 최근에 기르기 시작한 수염에 대해서 한 마디를 건넨다면, 아무리 무뚝뚝한 장군이더라도 기쁜 미소를 보이며 수염에 대해 말문을 열게 되지 않겠는가. 자신이 임무인 군사 지휘 외에도 또 다른 자신의 일부가 다른 사람에게 인정받게 되는 순간, 그는 무한한 만족감을 느끼게 되기 때문이다.

⑤ 칭찬으로 질책해라.

백화점의 한 의류 코너에서 생긴 일이다. 한 직원의 서비스 태도가 형편없다는 고객들의 건의가 잇달아 접수되자, 코너 매니저는 교묘한 언술로 문제를 해결해 나갔다. 그는 질책보다 칭찬이라는 칼을 뽑아 든 것이다. "한 고객님께서 당신의 서비스를 받고, 참으로 상냥하고 친절했다며 감사하다는 말씀을 전했습니다. 앞으로도 계속 그런 모습을 보여주기 바랍니다. 당신의 예의 바른 태도는 보는 사람을 절로 기분 좋게 만들거든요."

뜻밖의 칭찬을 들은 그 직원은 무척 흐뭇해했고, 매니저가 뽑은 칭찬의 칼은 머지않아 놀라운 효과를 발휘했다. 의류코너에서 근무하는 직원들의 서비스 태도가 점점 좋아졌을 뿐만 아니라, 얼굴에 늘 웃음을 띠며 밝게 고객들을 대한 덕분인지 판매 실적도 나날이 높아 갔다. 사람들은 자신에게 아무리 도움이 되는 말이라도 심리적으로 "너는 이러저러한 결점이 있는데 꼭 고쳐야 해."라는 말을 들으면 반발심을 갖기 마련이다. 자신도 이미 인정하는 부분이기 때문이다. 만약 당신이 상대방에게 지시를 내리는 상황이거나 행동에 영향력을 발휘하고 싶다면, 상대의 결점은 다음 기회로 넘겨두고 그의 장점에 대해서 칭찬하라. 자신을 알아주는 사람에게 상대는 대화의 채널을 열게 되며, 자신의 단점이 상대에게 피해를 줄 것이라고 자각하는 순간 스스로 단점을 고쳐나가려는 피드백을 보여줄 것이다.

⑥ 존경심을 표함으로써 칭찬해라.

자존심이 강하고 무뚝뚝한 사람일수록 존경심을 강조하며 칭찬하라. 대기업에 근무하는 이 부장은 칼날처럼 서슬이 퍼렇고 업무 처리에 철두철미해서 부하 직원들도 늘 어려워하는 상사이다. 하루는 협력사의 김 대리가 이 부장을 찾아왔다. 물론 김 대리는 이 부장의 성격에 대해 주변사람들로부터 전해들은 바가 있었다.

그는 이 부장을 만나자, 업무 이야기보다는 우선 담배 한 대를 권하며 분위기를 부드럽게 풀어 나갔다. 그러면서 다음과 같이 인사를 건넸다. "이 부장님이 호인이라는 말씀은 주변에서 이미 듣고 있었습니다. 부하직원들을 각별히 챙기는 것은 물론이고 회사 외부사람들까지도 철저하게 관리하신다는 말씀을 들은 적이 있는데, 역시 성공하는 사람은 뭔가 다르다는 것을 알게 됐습니다. 이 부장님과 같은 상사를 모실 수 있다면 참으로 행운이겠는데요." 서슬 퍼런 이 부장의 얼굴에 잔잔한 미소가 퍼지는가 싶더니, 김 대리에게 찾아온 용건을 물었다. 마침내 분위기가 부드럽게 풀리기 시작했으며, 그 결과 김 대리는 일을 순조롭게 진행시킬 수 있었다. 김 대리가 이 부장의 마음을 열 수 있었던 비결은, 적절한 칭찬으로 분위기를 풀었던 "대화 속의 첫인상" 때문이다.

냉철하고 무뚝뚝한 사람일수록 자신을 존경하는 상대를 고맙게 생각한다. 그는 상대방이 자신에 대해 갖고 있는 존경심에 실망감을 주지 않기 위해, 자신에게 없는 부분까지 만들어 가며 상대를 배려하려 애쓴다. 어렵다고 느껴지는 사람일수록 상대로 하여금 존경받는다는 느낌을 갖게 하라. 그 마음이 전해지면, 상대는 진실한 마음으로 당신을 도울 것이다.

사람은 긍정적으로 말하는 사람을 좋아한다

"나는 할 수 있다."고 말하는 사람

Vs

"나는 할 수 없다."고 말하는 사람.

두 사람이 있다고 가정한다면, 당신은 누구에게 더 끌릴 것 같은가?

전자일 것이다. 사람들은 긍정적으로 말하는 사람에게 끌리고 그런 사람을 좋아한다.

"나는 소중해."
"나는 할 수 있어."
"나는 뭐를 하던 성공할 거야."
"멋진 미래가 나를 기다리고 있어."

긍정적인 사람들은 자주 이런 말들을 자주 사용한다. 실제로 긍정적인 말을 자주 반복하여 사용하다 보면 점점 긍정적인 사람으로 변해간다.

반면에

"나는 할 수 없어."
"나는 능력이 없어."

이것은 부정적인 사람들이 흔히 사용하는 말들이다. 부정적인 말을 자주 사용하면 실패를 향해 나아간다. 이것이 세상의 이치이다.

말에는 힘이 있고 생명이 있다. 입 밖으로 나오는 순간 살아 숨 쉬고 나에게 다가와 영향을 끼친다. 그리고 나를 지배하기 시작한다. 그러므로 한 마디 말을 하더라도 당신에게 도움이 되는 말을 하는 것이 좋다. 긍정의 말을 하면 긍정이 나를 지배하고, 부정의 말을 하면 부정이 나를 지배하기 시작한다. 신기하게도 사람의 뇌는 당신이 하는 말에 그대로 반응한다. 긍정과 부정을 인식하지 못하고 입력하는 대로 그대로 받아들이기 때문이다.

"오늘 모든 일이 다 잘 될 거야!"
"오늘하루 나에게 좋은 일만 일어 날 거야!"

아침에 눈을 뜨자마자 긍정적인 말로 하루를 시작해 보라.

그러면 어떤 일이 벌어질 것 같은가?

놀라운 일이 벌어진다. 내입에서 나도 모르게 룰루랄라 즐거운 휘파람 소리가 나오고, 미소가 번진다. 괜시리 웃음이 나온다. 출근하는 발걸음이 가볍고, 하루가 즐겁다. 신나고, 행복하고, 에너지가 넘친다.

이처럼 사람이 하는 말에는 엄청난 힘이 숨어 있다. 가능하다면 긍정적으로 말하는 습관을 들이는 것이 좋다. 본인을 위해서도 그렇고 타인을 위해서도 그렇다.

다음 내용은 에모토 마사루의 〈물은 답을 알고있다.〉에 나오는 실험내용이다. 의미 없이 내뱉는 한 마디의 말이 얼마나 중요한지 일깨워주는 실험이다.
컵에 물을 받아 놓고 컵에 담겨있는 물을 향해 다음과 같은 말을 외쳤다.

"사랑합니다.' "고맙습니다." "감사합니다." "행복합니다." "훌륭합니다."

그리고 영하 5도의 온도에서 급속 냉각하고 얼음을 절단하여 초정밀 카메라로 촬영을 하였다. 어떻게 변하였을 것 같은가? 아름다운 육각형의 결정체로 변했다.

반면에 다른 컵의 물을 향해

"죽일 놈." "썩을 놈." "악마" "전쟁"

그리고 영하 5도의 온도에서 급속 냉각하고 얼음을 절단하여 초정밀 카메라로 촬영을 했다. 어떻게 변하였을 것 같은가? 일그러진 무서운 모양으로 변했다.

이 실험이 말하고 있는 것은 말에는 생명력이 있다는 것이다. 무심코 내뱉은 말은 살아서 움직인다. 그리고 누군가 가슴에 박혀서 영향력을 행사한다. 좋은 말이든 나쁜 말이든 자신의 의지와 상관없이 말에 생명을 부여하게 되기 때문에 그 말이 그대로 나에게 영향을 미친다.

"긍정의 말을 하라." 그러면 긍정이 나를 지배한다.
"사랑의 말을 하라." 그러면 사랑이 나를 지배한다.
"행복의 말을 하라." 그러면 행복이 나를 지배한다.
"축복의 말을 하라." 그러면 축복이 나를 지배한다.
"감사의 말을 하라." 그러면 감사함이 나를 지배한다.

사람은 긍정적인 사람에게 끌리고 그런 사람을 좋아한다. 그런 사람과 오랫동안 좋은 인연을 만들어 가기를 희망한다. 지금부터라도 좋은 인맥을 명품인맥을 만들고 싶다면 만나는 사람마다 부정적인 말 대신에 긍정적인 말을 사용해 보는 것은 어떤가? 사람은 긍정적인 사람을 좋아하는 법이다.

호감 받는 사람의 조건 –
자기긍정 & 타인긍정

1997년 IMF 시절, 주가지수가 270까지 떨어졌을 때 필자는 이때다 싶어 뭉칫돈을 들고 주식시장에 뛰어 들었다. 하지만 결국은 적잖은 금전적 손실을 봐야했고 상당한 빚도 떠안게 되었다. 욕심이 화를 불렀다. 빚을 갚아야 했기에 직장생활을 하면서도, 야간과 주말에 다른 일을 해야 했다. 몸도 힘들고 마음도 지쳐갔다. 생각은 부정적인 방향으로 흘렀고 생각이 부정적이다 보니 긍정적인 말이 나올 리 만무했다. 입에서 나오는 말은 거의 비평이고, 비난이고, 불평이었다. 하는 일마다 꼬였다. 제대로 되는 일은 하나도 없었다. 어찌 보면 당연한 결과였다. 이런 나의 모습이 직장생활에도 그대로 투영되었다.

이러한 생활이 3년 정도 이어지면서 직장에서도 좋지 못한 평가를 받았다. 결국 2002년 2월, 드디어 올 것이 오고야 말았다. 회사로부터 권고사직을 당한 것이다. 절망했고 무엇을 해 먹고 살아야 할지 앞날이 캄캄했다. 상상해 보라. 상당한 빚도 있다. 그런데 직장을 잃었다. 이 때 나에게 딱 맞는 말이 설상가상이었다. 그때 필자의 나이가 36살 이었다. 36살의 나이에 회사에서 잘린 것이다. 아이들한테는 어떻게 말해야 하고, 아내한테는 어떻게 설명해야 한단 말인가?

한편으로는 억울했다.

왜 내가 잘려야 한단 말인가? 다른 사람들도 나와 별반 다른 것 같지 않은데. 왜 나만? 내가 잘린 이유가 나의 잘못이 아니라 다른 사람의 잘못, 세상의 잘못, 그리고 모든 원인이 내가 아닌 외부의 환경 탓으로 돌렸다.

그런데 곰곰이 생각해 보니 잘릴 만 했다. 내가 사장이라도, 내가 상사라도 나를 제일 먼저 잘랐을 것 같다.

왜?

이유는 간단했다. 정신은 온통 다른 데 팔려 있고, 지각하는 횟수가 잦아지고, 비평에, 비난에, 불평하기 일쑤다. 얼굴은 항상 굳어 있다. 누가 좋아하겠는가?

긍정적으로 생각하고, "하면 된다." "할 수 있다."는 생각으로 바꾸기 시작했다. 처음에는 잘 되지 않았다. 그래도 부정적인 생각이 떠오를 때마다 그것도 잠시 잠깐 "내가 이러면 안 되지." "너는 할 수 있어." "잘되게 되어 있어."라고 긍정적인 주문을 외웠다.

그런데 거참 희한한 일이 벌어진다. 단지 생각 하나 바꾸었을 뿐인데 기분이 좋아진다. 세상이 다 좋아 보인다. 상대방도 다 좋아 보인다. 색안경을 끼고 세상을 바라볼 때는 세상이 온통 둔탁하게 보이더니만 투명안경을 끼고 나니 세상이 온통 형형색색의 아름다운 세상이 되었다. 이제 모든 것이 달라졌다. 나를 좋게 생각하고 나 자신을 긍정하니 세상도, 타인도 모두 긍정적으로 보인다.

좋은 인간관계를 가진 사람들은 자기 자신을 긍정적으로 바라볼 뿐 아니라 타인을 긍정적으로 바라보는 사람들이다. 자신을 부정하거나 타인을 부정하는 사람은 결코 성공할 수 없으며 원만한 인간관계를 만들지 못한다. 자기긍정과 타인긍정을 실천하는 사람은 비교적 쉽게 다른 사람들과 정서적으로 가까워지고 편안함을 느낀다. 혼자 지내거나 남들이 나를 받아들이지 않는다고 해서 걱정하지 않는다. 다만 "다를 뿐이다."고 생각한다.

1. 자기부정 & 타인긍정

반면 자신을 철저하게 부정하는 사람들이 있다. 모든 일에 부정적이고 소극적이며 자신의 가치를 부정한다. 자신의 장점보다는 단점을 더 크게 부각시키고 결국 스스로를 자학하는 결과를 초래한다. 이런 사람들은 열등감에 싸이게 마련이다. 이런 사람은 타인과의 관계에서 위축될 수밖에 없고 자신감을 상실하는 결과를 초래한다. 따라서 이런 사람은 타인과 좋은 관계, 행복한 관계, 즉 명품인맥을 만들지 못한다. 자신을 다른 사람에 비해 열등하게 보고 다른 사람과 대등한 입장에서 바라보지 않기 때문이다.

2. 자기긍정 & 타인부정

또한 어떤 사람은 자기긍정이 너무 강해 자부심을 넘어 자만으로 이어지는 경우가 종종 있다. 자신이 다른 사람들에 비해 뛰어나다는 지나친 우월의식이나 교만한 태도를 보이고 자기주장이 너무 강하다. 상대방의 의견을 존중하기 보다는 자신의 주장만을 내세우고, 근본적으로 상대방에게 대한 존경심이 희박하기 때문에 명품인간관계를 형성하는 것은 곤란하다.

3. 자기부정 & 타인부정

자기와 타인 모두를 부정적으로 보는 관계이다. 자기를 부정하는 사람은 타인도 부정하는 경향을 보인다. 자기 부정적인 사람들은 타인과의 관계에 민감한 반응을 보인다. 상대가 무슨 말을 하건, 무슨 행동을 하건 이상한 쪽으로 확대해석하는 경향을 보이는 것이다. 이들은 심한 좌절감에 사로잡혀 공격적이며 파괴적인 행동을 보인다. 이 세상의 모든 것을 부정적으로 보기 때문에 희망이 없는 삶을 살게 된다. 자기 부정적인 사람과 타인 부정적인 사람은 전혀 매력을 찾을 수 없다. 명품인맥을 만들고 싶다면 자기부정, 타인부정의 관계로는 불가능하다.

4. 자기긍정 & 타인긍정

자신과 타인 모두에 대해서 긍정적인 태도를 갖는다. 나 자신의 존재가치
는 물론 다른 사람의 존재가치와 존엄성을 인정하게 된다. 이러한 자세를 갖
고 있는 사람은 가식이 아닌 진정한 인간관계를 형성하게 된다.

필자는 긍정의 힘을 믿는다. 긍정적 사고만 있어도 반은 성공이다. 사람
은 믿는 대로 되기 때문이다. 긍정적인 사람은 어디를 가도 환영 받는다. 그
가 가진 긍정의 에너지 때문이다. 그러므로 자기긍정과 타인긍정의 관계를
만들어 나가야 한다. 이것이 명품인맥을 만드는 가장 좋은 방법 중 하나이다.

일상의 소소한 것에도 감사함을 표현하라

세계적 스테디셀러 작가이자 교사인 할 어반(Hal Urban)은 그의 저서 〈할 어반의 위즈덤 10〉에서 감사함에 대해 다음과 같이 말하고 있다.

"세상에서 가장 행복한 사람들은 가장 많이 가진 자들이 아니라 가지고 있는 것에 대해 가장 많이 감사하는 사람들이다."

사람들은 일상의 소소함 속에서 감사함을 표현하지 못한다. 옆에 당연히 있어야 할 것으로 간주해 버린다. 그리고 그러한 것들에 대한 감사함을 모른다. 숨 쉬는 공기가 그렇고, 마실 수 있는 물이 그러하며, 늘 옆에서 같이 하고 있는 사람들이 그러하다. 공기에 감사함을 느끼고, 마실 수 있는 물이 있음에 감사하고, 가족이 있음에 감사하고, 친구가 있음에 감사하며, 건강한 몸을 가지고 있음에 감사해야 한다. 이러한 사소한 것들에 감사함을 표현하는 사람만이 명품인맥을 만들 수 있다.

감사는 특정 대상을 향해 고맙게 여기는 마음이다. 감사는 왠지 모르게 가슴을 포근하게 해 주는 말이다. 우리는 누군가로부터 "감사합니다."라는 말을 듣는 순간 마음의 치유를 받고 있는 느낌, 사랑이 전해지는 느낌을 경험한다. 이렇듯 누군가에게 감사함을 전하는 그 자체만으로도 지친 마음에 삶의 의욕을 불어 넣고 희망과 행복을 전할 수 있다. 가슴 벅찬 느낌을 전해

줄 수 있고, 신바람을 일으킬 수 있다. 사람들은 이런 사람을 좋아한다. 좋아하는 것에 그치는 것이 아니라 전적으로 따르고 신뢰한다. 그리고 존경한다.

감사는 축복의 언어이자 사랑의 언어이다. 희망의 언어이자 사랑의 언어라 할 수 있다. 감사함을 표현하는 것은 곧 자신을 축복하는 일이자 당신과 함께 동행 하는 모든 사람들과 더불어 살아가는 것이다. 모든 것에 감사함을 느끼고 그 감사함을 적극적으로 표현하자. 이 책을 읽는 이 순간 옆에 있는 누군가에게 이렇게 표현해보는 것은 어떨까?

"손을 내밀어 주셔서 감사합니다."
"함께 동행해주셔서 감사합니다."
"사랑을 가르쳐 주셔서 감사합니다."

처음에는 어색하거나 낯 간지럽고 불편할 수 있다. 상대방이 거리감을 두거나 오해할 수 있다. 무슨 꿍꿍이가 있는 것은 아닌가 하고 색안경을 끼고 볼 수 있다는 뜻이다. 처음해보는 것이니 당연한 일이다. 하지만 만나는 매순간마다 진심을 담아 감사함을 표현하다보면 그 진심이 전달될 것이다. 감사함을 표현하는 것도 하나의 습관이고 태도이다.

그렇다면 어떻게 해야 할까? 매일 다음과 같은 일련의 행동을 하는 것으로부터 시작할 수 있다.

첫째, 먼저 자신에 대해 감사함을 표현해 보자. 상대방에게 감사함을 표현하기 이전에 자신에 대한 감사표현이 먼저이다. "사랑해 ○○야." "고마워 ○○야." "감사해 ○○야." "오늘도 열심히 살아줘서" 아침에 일어나 거울을 보면서, 그리고 하루 일과를 마치고 잠자리에 들기 전 자신을 향해 감사함을 표현해보자.

둘째, 감사편지 또는 감사일기를 써 보자. 1년 365일 하루에 한 가지씩이라도 감사편지를 써 보자. 처음에는 감사할 거리를 찾기가 어려울 수 있으나 지속적으로 찾는 노력을 하다보면 사소한 것이라도 감사할 일, 감사할 대상이 생각날 것이다. 실제로 미국 켄트스테이트대학의 스티븐 토퍼 박사가 학생들을 대상으로 감사편지를 쓰는 프로그램을 진행한 결과 대부분의 참가자들이 편지를 쓴 뒤 행복감과 만족감을 느꼈다고 한다. 토퍼 박사는 감사편지 쓰기가 우울증을 감소시키고 면역력 증가, 성적 향상 등의 효과를 가져왔다고 설명했다.

셋째, 상대방에 대한 감사함을 표현하자. 감사함을 표현하는 것은 상대방으로부터 호감을 받는 가장 좋은 방법이다.

특별한 이유 없이 기뻐하고 감사하고, 그저 웃고 또 다시 감사할 뿐. 그래서 나는 오늘 하루도 더욱 감사함을 느낀다. 지금 이 시간 잠시잠깐 글 쓰는 것을 멈추고 K본부의 개그콘서트 〈감사합니다〉 동영상을 보면서 가슴 따뜻함을 느끼고 있다. "감사합니다." "감사합니다." 영어로는 "땡큐" 중국어로는 "쉐쉐" 일본어로는 "아리가토"라고 하지요. 말로만 듣고 있는데도 가슴 따뜻해지고 웃음이 절로 나온다.

뒤 담화는 인간관계에 치명타이다

"뒤다마 까지마." "뒤에서 호박씨 깐다."

이 말은 사람을 속이고 뒤에서 은근히 남을 비방하거나 욕할 때 우리가 사용했던 말들이다.

어떠한 경우라도 타인을 비방하거나 험담하는 것은 절대 금물이다. 관계를 망치는 지름길이다. 누군가와 관계를 단절하고 싶다면 뒤에서 그를 험담하고 비방해 보라. 효과 만점일 것이다. 하지만 역효과 또한 만만치 않다는 것을 인식해야 한다. 누군가를 향해 비난의 화살을 날리는 순간, 당신의 인격에 금이 가고 사람들은 당신의 사람됨에 의구심을 품을 수 있다.

몇 년 전 일이다. 필자도 뒤에서 누군가를 향해 뒤 담화를 한 경험이 있다. 모 구청 여성 센터에서 스피치 토요강좌를 진행한 적이 있었다. 그날은 2시간 일정으로 외부 강사님 "특강"이 있는 날이었고, 특강 주제는 "셀프리더십과 커뮤니케이션"이었다. 그런데 어찌된 영문인지 2시간 내내 강의라기보다는 스팟(Spot)과 게임을 위주로 강의를 진행했다. 강의가 끝난 후, 수강생 한 분이 나를 찾아와 "저 강사님, 오늘 강의 어떠셨어요?"라고 물었다.

필자는 아무 생각 없이 느끼는 그대로 솔직하게 대답했다.

"제가 만약 강사라면 저는 저렇게 준비하지는 않겠습니다."

그렇게 말한 것이 화근이었다.

필자가 말한 내용상 오해의 소지는 있었으나, 그 분을 험담하거나 비방하려는 의도는 전혀 없었다. 하지만 나의 의도와는 상관없이 좋지 않은 말이 돌고 돌았다.

"어떻게 강사라는 사람이 다른 강사를 험담하고 비방할 수 있느냐?"
"인격이 의심스럽다."

그 부주의한 한 마디 말로 인해 많은 비난과 질타를 받았다. 그 때를 생각하면 지금도 등에서 식은땀이 흐른다.

그 때 깨달았다. "타인에 대한 어떠한 부정적인 이야기도 해서는 안 되겠구나!" 특히 당사자가 없는 자리에서는 말이다. 그 말을 전한 사람이 한 없이 원망스러웠다. 누가 그랬는지는 몰라도 그 말을 전한 사람과는 다시는 말을 섞지 않겠다고 다짐하기도 했다.

"내 의도는 그게 아니었는데. 어떻게 그렇게 전할 수 있지?"
"최소한 나한테 어찌된 영문인지 확인해봐야 하는 거 아니야!"
약간의 분노 같은 감정도 있었다.

하지만 지금은 오히려 그분에게 감사함을 느낀다. 만약 그 때 이 소중한 교훈을 얻지 못했다면 지금도 어디선가 남을 향해 칼날서린 뒤 담화를 하고 있을지 모를 일이다. 그 때 전화 했어야 했는데. 차마 용기가 나지 않아 잘못을 구하지 못했다. 그 뒤로는 어떠한 일이 있어도 뒤 담화는 하지 않는다. 누군가에 대한 어떠한 평가도, 코멘트도 하지 않는다. 설령 칭찬이라 하더라도 누군가에 대해 말을 할 때는 신중에 신중을 기한다. 생각하고 또 생각한다. 상대방이 받아들이기에 따라서는 칭찬도 오해의 소지가 있을 수 있기 때문이다. 이 기회에 지면을 통해서나마 누가 되었다면 그 분에게 진심으로 용서를 구한다.

사람 사는 세상은 다양한 사람들이 사는 세상인지라 말도 많고 탈도 많다. 사연 한두 개 안 가진 사람이 없고 불평불만 한두 개 없는 사람 없다. 그렇다손 치더라도 절대 타인을 비방하거나 험담하지 마라. 나의 경험에 비추어 보건데 뒤 담화는 인맥형성에 치명타이다.

흔히 직장인들의 회식자리에서 주요 안주는 "직장상사"인 경우가 많다. "직장상사"를 안주 삼아 오징어 씹듯이 험담을 하고 칼로 난도질 해버린다. 그것도 모자라 "그 자식" "저 자식"하며 입에 담을 수 없는 욕지거리를 퍼붓기도 한다. 이렇게 하면 잠시 잠깐 스트레스가 풀린다. 웃고 떠들고 속이 뻥 뚫린다. 시원하다 못해 속이 후련하다. 하지만 그것도 잠깐. 왠지 모르게 가슴 한 구석이 찜찜하다. 공감하는가?

뒤 담화는 상대에게 인격적 모독을 느끼게 한다. 이것은 명백한 언어폭력이다. 언어폭력은 주먹보다 더 아프고 칼보다 더 날카롭다. 피부에 난 상처는 시간이 지나면 치유되지만 마음에 새겨진 상처는 쉽사리 치유되지 않는 법이다. 자신에 대한 실망감과 상실감, 의욕상실로 이어질 수 있다. 우울증에 빠지기도 하고 좌절감을 느낄 수 있다. 상대방에 대한 분노, 수치심, 불쾌감이 극에 달할 수 있다. 뒤 담화로 인한 그 아픈 상처가 평생 갈 수 있고 자살로 이어지기도 한다. 이렇듯 상대방을 향해 날리는 날 서린 뒤 담화는 당신 자신과 상대방을 파멸로 이끌 수 있다.

굳이 뒤 담화를 해야 한다면 부정적이고 타인을 파멸로 이끄는 부정적 뒤 담화 대신에 칭찬과 격려의 말을 해보자. 뒤에서 누군가 나를 칭찬한다는 사실을 알게 된다면 어떤 감정일까? 그 사람을 진심으로 좋아하게 되지는 않을까? 관계가 빠른 속도로 급진전되지는 않을까?

긍정적 뒤 담화는 서로의 관계를 긍정적인 방향으로 강화시키고 타인을 성장시킨다. 그 사람이 달리 보일 것이고 진심으로 좋아하게 될 것이다. 그동안에 가슴에 쌓여있던 모든 좋지 않았던 앙금들이 눈 녹듯이 사라질 것이다. 더불어 이런 긍정적 뒤 담화는 개인의 관계뿐만 아니라 조직의 분위기도 좋게 만드는 힘이 있다.

지금 이 순간 이 시간부터라도 명품인맥을 형성하고 싶다면 부정적 뒤 담화 대신 긍정적 뒤 담화를 실천하는 것이 좋을 듯싶다. 칭찬과 격려의 말은 내가 있는 자리에서 듣는 것보다 내가 없는 자리에서 그리고 누군가의 입을 통해 전해지면 칭찬이 더 효과적이다.

관심은 사랑으로 오르는 계단의 문이다

　관심은 내가 만나는 사람들에게 마음이 끌려 집중하고 주의를 기울이는 것을 말한다. 관계의 기본은 관심이다. 관심 없이 시작되는 관계는 존재하지 않는다. 관심이 있다는 것은 그 사람에 대해 흥미가 있다는 것이고, 그 사람에 대해 알고 싶은 점이 많다는 것이며, 그 사람과 지속적으로 대화하고 싶고 더불어 그 사람에게 집중하고 싶다는 의미이다.

　〈참 좋은 이야기〉에 나오는 관심의 힘에 대한 양파실험을 소개하고자 한다.

　한 초등학교 교실에서 양파 키우기 실험을 했다. 세 개의 양파 중 하나는 교실 안쪽에 두고 아이들이 매일 사랑한다는 말과 칭찬을 해 주었고 다른 양파에게는 매일 미워하는 말과 부정적인 에너지를 보냈다. 또 다른 양파는 아예 관심조차 두지 않았다. 얼마가 지난 후, 사랑과 관심을 받고 자란 양파는 싱싱하고 튼튼하게 잘 자랐지만 미움을 받고 자란 양파는 잎이 틀어지고 보기 싫은 모습이 되었다. 더욱 놀라운 것은 무관심했던 양파는 잎도 시들시들해지고 뿌리도 썩어 있었다. 또다시 아이들은 시들해지고 썩은 양파를 되살리기 위해 미운 양파와 무관심한 양파에게 매일 사랑과 칭찬의 말을 해주기 시작했다. 그렇게 일주일이 지나자, 죽어가던 양파가 새롭게 살아났다.

이 양파 실험이 우리에게 던지는 메시지는 분명하다. 관심의 힘이다. 죽어 가던 양파를 새롭게 살아나게 만든 것은 결국 작은 사랑과 관심이었다.

인간관계도 이와 마찬가지이다. "사람은 자기 자신에게 관심을 보이는 사람에게만 관심을 보인다." 인간관계의 불문율이다. 지속적인 관심의 표현이 명품인맥 관리의 비결이라면 비결이다. 사람은 관심과 주목을 받고 싶어 하는 존재이기에, 나에게 관심을 표현하는 사람에게 마음과 관심이 가는 것은 당연지사이다. 명품인맥을 만들고 싶다면 내가 먼저 순수한 관심을 표현하는 것이 좋다. 처음에는 별로였던 사람도 지속으로 관심을 갖고 호감을 표시하면 연인관계로, 친구관계로, 든든한 사업파트너 관계로, 그리고 평생을 함께 할 동반자의 관계로 발전할 수도 있다. 관심은 사람의 마음을 움직이는 힘을 가지기 때문이다.

이 순간부터 상대방에 대한 순수한 관심을 가져보자. 아주 작은 관심이라도 좋다. 상대에 대한 뜨거운 관심과 상대의 욕구를 파악하려는 끊임없는 노력이 결국 사람을 움직인다. 혹시 아는가? 지금 이 순간에도 무관심한 당신 때문에 서운한 감정을 억누른 채 누군가는 남몰래 눈물을 훔치고 있을지 모른다. 무관심한 당신 때문에 언성을 높이고 한 바탕 한바탕 싸움이 벌어지고 있을 지도 모른다. 깜빡 잊고서 지나친 아내의 생일 때문에, 결혼기념일 때문에 말이다. 맞는가?

만약 그대가 어떤 사람을 사랑하고 싶다면
그 사람의 어깨 위에 소리 없이 내려앉는 한 점
그 먼지에게까지도 지대한 관심을 부여하라.
그 사람이 소유하고 있는 가장 하찮은 요소까지도
지대한 관심의 대상으로 바라볼 수 있을 때
비로소 사랑의 계단으로 오르는
문이 열리기 때문이다.

소설가 이외수 선생의 산문집 〈그대에게 던지는 사랑 그물〉에 나오는 내용이다. 사랑의 계단으로 오르는 문은 상대방에게 지대한 관심을 보일 때 비로소 열린다. 누군가에게 관심을 갖는 것은 그 자체만으로도 행복이요, 아름답고 의미 있는 일이다. 상대방에게 관심을 갖게 되면 그 사람의 외면적인 모습뿐 아니라 내면의 모습까지도 볼 수 있게 된다. 그렇게 되었을 때 진정 상대와 하나가 된다. 상대방과 하나가 될 수 있을 때라야 진정한 명품인맥으로 발전한다.

마음을 움직이는 힘, 배려-
작은 배려가 큰 인맥을 형성한다

배려란 다른 사람의 입장에서 그 사람이 바라는 것을 존중해 줄줄 아는 마음이요, 상대방의 마음을 헤아리는 것이다. 배려는 사람의 마음을 움직이는 힘을 가지기에 한 번의 배려를 실천하는 것만으로도 명품인맥을 형성할 수 있다.

앞을 못 보는 사람이 밤에 물동이를 머리에 이고, 한 손에는 등불을 들고 길을 걷고 있다. 그와 마주친 지나가는 사람이 묻는다.

"정말 어리석은 사람이군요.
앞을 보지도 못하면서 등불은 왜 들고 갑니까?"

앞을 못 보는 사람이 말한다.

"당신이 나와 부딪히게 않게 하려고요."
"이 등불은 나를 위한 것이 아니고 당신을 위한 것입니다."

　　침묵의 성자로 알려진 인도의 영적 스승인 바바 하리다스가 쓴 〈성자가 된 청소부〉 등장하는 일화이다. 이 일화가 말하고자 하는 것은 나를 먼저 생각하기 이전에 타인의 마음을 먼저 생각하는 배려심이 얼마나 중요한지에 대해 말해 준다.

　　명품인맥을 만들고자 한다면 먼저 상대방을 배려하라. 배려는 상대방을 사랑하고 존중할 때, 상대방을 이해하려 노력할 때, 그리고 공감하고자 하는 마음이 생겼을 때 비로소 그 힘을 발휘한다. 그러므로 상대를 배려하는 마인드, 배려를 실천하려는 자세가 필요하다. 올바른 인간관계, 명품인맥을 구축하기 위해서는 나의 이익보다는 상대를 먼저 배려하는 것이 중요하다. 사람은 작은 배려를 실천하는 사람에게 끌리고 그들에게 감동받는다.

　　사람들은 배려 받고 있다고 생각할 때, 어떤 느낌을 일까?

　　첫째, 존중받고 있다는 느낌이 든다.
　　둘째, 기분이 좋아진다.
　　셋째, 상대방에 대한 호감도가 상승한다.
　　넷째, 그 사람에 대한 관심도가 높아진다.
　　다섯째, 애정이 깊어진다.
　　여섯째, 신뢰감이 형성 된다.
　　일곱째, 정신적 공감대가 형성 된다.
　　여덟째, 긍정적인 분위기가 형성 된다.

　　2006년 6월 온라인 취업사이트 〈사람인〉과 리서치전문기관 〈폴에버〉에서 1,985명의 직장인을 대상으로, 가장 존경하는 상사는 어떤 유형의 상사인가?라는 설문조사를 했다. 이 설문조사 결과 "배려심이 있고 인격 있는 상사"가 36.9%로 가장 좋아하는 것으로 나타났으며, 다음으로 "리더십이 있는 상사"가 23.8%, "부하직원을 믿어 주는 상사"가 13.2%, "자기계발을 꾸준히 하는 상사"가 12.1%, "업무 능력이 뛰어난 상사"가 11.3% 순으로 나타났다.

　위에서 보는 것과 같이, 이제 배려는 공존을 위한 절대 원칙이다. 상대방의 관점에서 이해하고 공감하는 것 그리고 존중하는 것. 그것이 사람의 마음을 움직이는 힘이요, 관계를 더욱 강화시키는 정도이다. 여러분은 명품인맥을 만들고 싶은가? 그렇다면 상대방의 입장에서 배려를 실천해 보자.

인정하면 기적이 일어난다

필자는 대학 졸업 후 몇 군데 회사에서 근무를 했고, 한 때는 인정받는 속된말로 잘 나가던 시절도 있었다. 필자는 ○○자동차, 본사 판촉팀에서 근무하다 인사발령을 받아 동대문구 장안평에 위치한 경인북부지역본부에 근무한 적이 있다. 지금도 가끔 그 시절이 생각나고, 그립기도 하다. 나의 회사 생활 황금기였다. 혹시 몰라 그 분들 이름은 밝히지 못하지만, 그 곳에서 근무하면서 이○○과장을 만났고, 박○○이사를 만났다.

그런데 그 시절 나에게 주어지는 업무의 양이 상상을 초월했다. 특히 박○○이사는 꼭 퇴근 시간만 주면 상당한 일거리를 주었다. 자기는 퇴근하면서 말이다. 그리고 퇴근 하면서 한 마디 덧붙인다.

"내일 아침까지 필요한 자료야."

환장하고, 미치고, 팔짝 뛸 노릇이다.

"내일 아침까지 필요한 자료라면서 이제 준단 말이야."
"저녁 6시 넘었는데."
"이제 퇴근할 시간인데."

"나보고 어쩌라고."

짜증도 나고 화도 나고 열도 받았다. 상당한 스트레스로 다가왔다. 그럴 때마다 입에서는 나도 모르게 육두문자가 툭툭 튀어 나왔고, 불평불만이 많을 수밖에 없었다. 하지만 어쩔 수 없이 해야 했다. 새벽 한 두시는 기본이었고, 세 네 시까지 한 적도 많았다. 그 당시 필자의 집은 지하철 사당역 근처 서울특별시 관악구 남현동, 예술인마을에 위치하고 있었다. 집에 택시 타고 들어가면 네 시, 다섯 시였다. 눈만 살짝 붙이고 다시 나와 근무해야 했다. 주말에도 나와서 일해야 했다. 너무 힘들고 고달팠던 나날의 연속이었다.

그런데 기억하는가?

그 시절이 필자의 "회사생활 황금기였다."고 말했다는 사실 말이다.

왜였을까? 그 이유는 무엇일까?

매일 같이 새벽 한두 시까지 기본으로 일하고 주말에도 일해야 했는데 회사생활 황금기라니. 약간 어패가 있다 싶을 것이다.

그것은 다름아닌 "인정" 해 주는 것에 있다.

잘난 척 하는 것은 아니지만 그 당시 필자는 어느 정도의 실력을 갖춘 분석력의 소유자였고, 기획력도 뛰어났다. 이 책을 읽고 있다면 아시겠지만, 나름 설득력도 있었다. 특히 타사 ○○자동차 회사와 경쟁해야 했기에, 경쟁사 대비 자사 자동차의 우수한 점, 특장점 등을 세세하게 비교하는 자료, 판촉자료, 마케팅자료, 소책자 카탈로그 등을 만들어 지역본부에 있는 자동차 세일즈맨들에게 배포하였는데 그 일을 필자가 맡아서 했다.

박○○이사는 필자가 만든 이 자료들을 가지고 본사에 들어가서 발표하곤 했다.

"나는 지역본부에서 이러이런 것들을 열심히 하고 있습니다. 그러니 잘 봐
주세요."라고 경영진에게 자기 자신을 홍보하기 위한 것이었다.

발표하고 와서는 필자에게 반응 좋았다면서, 이렇게 말하곤 했다.

"수고했어."
"반응 좋았어."
라는 말을 하곤 했다.

이말이 그것이 필자에게 커다란 영향을 미쳤다.

필자가 만든 자료가 좋은 반응을 일으켰다.
하루는 마케팅 팀의 후배에게서 전화가 왔다.

"양 선배. 앞으로 그런 자료 있으면 먼저 연락 좀 해 주세요."
"본사 마케팅팀 뭐하느냐고 욕바가지로 먹었어요."

솔직히 말해서 정말 기분 좋았다. 인정받고 있다는 느낌 때문이었다. 그
동안의 힘들고 고달팠던 모든 일들이 한 순간에 싸악 사라졌다. 박○○이사
에 대한 모든 원망도 한 순간 눈 녹듯이 녹아내렸다. 그리고 다음과 같이 느
꼈다.

"남에게 인정받는 다는 것이 바로 이런 기분이구나."

오히려 박○○이사에게 고마운 마음도 들었다. 그 뒤에 어땠을 것 같은
가? 새벽 한 두시까지 일을 해도 불평불만 없이 휘파람 불면서 룰루랄라 콧
노래 부르면서 즐거운 마음으로 일했다.

이것이 바로 인정의 힘이다. 상대방을 인정하면 그들을 감동시킬 수 있다. 그들의 마음을 사로잡을 수 있다. 명품인맥을 만드는 길은 먼 곳에 있는 것이 아니다. 상대방을 인정하는 한 마디의 말이, 한 번의 행동이 사람의 마음을 움직인다. 상대방을 인정하면 그 길이 열린다.

내가 그의 이름을 불러 주기 전에는
그는 다만 하나의 몸짓에 지나지 않았다.
내가 그의 이름을 불러 주었을 때
그는 나에게로 와서 꽃이 되었다
내가 그의 이름을 불러 준 것처럼
나의 이 빛깔과 향기에 알맞은
누가 나의 이름을 불러다오
그에게로 가서 나도 그의 꽃이 되고 싶다
우리들은 모두 무엇이 되고 싶다
나는 너에게 너는 나에게
잊혀 지지 않는 하나의 눈짓이 되고 싶다

김춘수 시인의 〈꽃〉이라는 시다. 사람은 누구나 인정을 받으면 기분이 좋아진다. 기분이 좋아지면 상대방에 대한 이미지가 좋아진다. 그러면 결국에는 관계가 좋아진다. 진심이 담긴 한 마디, 상대의 가치를 인정해 주는 따뜻한 말 한 마디가 험악했던 관계를 반전시키고 인생마저도 성공의 길로 이끄는 힘이다. 진정 명품인맥을 만들고 싶다면 상대방을 인정하는 말 한마디 건네 보는 것은 어떨까?

사랑으로 포용하고 감싸 안아라

옛날 어느 마을에 며느리를 구박하고 못살게구는 시어머니가 있었다. 며느리는 시어머니를 빨리 죽게 해 달라고 매일 기도했다. 매일 기도하던며느리는 결국 하는 수 없이 유명 점쟁이를 찾아갔다.

"저희 시어머니를 빨리 죽게하는 방법 좀 알려주세요."

점쟁이는 시어머니가 가장 좋아하는 음식이 무엇이냐고 물었다.

"인절미요."

점쟁이는 다음과 같이 말했다.

앞으로 100일 동안 단 하루도 빠짐없이 사랑과 정성을 들여 인절미를 만들어서 시어머니에게 드려라.

"그러면 100일 후, 틀림없이 병에 걸려 죽을 것이다."

집으로 돌아 온 며느리는 찹쌀을 사랑과 정성을 들여 씻어 인절미를 만들어 시어머니에게 드렸다

그러나 시어머니는 처음에는 먹지 않았다. 몇일이 지나서야 며느리에게 먼저 먹이고 난 다음 시어머니도 먹기 시작했다.

20일 경과, 며느리의 정성에 감복하여 고부간의 관계가 점점 좋아지고 시어머니는 며느리에게 칭찬을 하기 시작했다. 30일, 40일, 50일, 60일이 지나면서 시어머니는 며느리에 대한 욕 대신에 더 많은 칭찬과 사랑을 주었다. 시간은 점점 흘러 이제 10일 후면 시어머니가 죽게 된다고 생각하니, 괜히 걱정되고 슬퍼진 며느리는 점쟁이를 다시 찾아갔다.

"돈은 달라는 대로 드리겠습니다."
"제발 우리 시어머니 어떻게 하면 살릴 수 있을까요?"

점쟁이는 빙긋이 웃으며 말했다. 미운 시어머니는 이미 90일 전에 죽었다.

"앞으로도 지금과 같은 지극한 정성과 사랑으로 떡을 해드리거라."

이는 옛날 우화에 불과하지만 결국 사랑과 정성이 담긴 행동이, 그리고 사랑을 담은 칭찬의 말 몇 마디가 고부간의 갈등을 해결하고 사랑을 나누는 관계로 발전시키는 역할을 한 것이다.

고부간의 갈등뿐 아니라 모든 관계도 이와 동일하다. 사랑은 모든 것을 치유해 줌과 동시에 기적을 만들어 내는 신비한 명약과도 같다. 사랑만큼 위대한 말이 이 세상에 또 있을까? 그래서 사랑은 인간관계의 핵심이다.

당신이 만나는 모든 사람을 사랑으로 대하고 진심으로 보살펴라. 사랑으로 상대방을 칭찬하고, 위로해 주라. 사랑을 베푸는 사람은 마음을 움직일 수 있다. 그들 주변에는 많은 사람들이 모여 들게 되어 있다. 그리고 사람들

은 이런 사람을 좋아한다. 존경하고 믿고 따른다. 사랑이 있는 곳, 그 곳에
부와 성공이 있고, 명품인맥이 있다.

호감은 외모에서도 풍겨난다

"외모는 중요하지 않으며 마음이 중요하다."
"얼굴 뜯어 먹고 사냐? 사람 됨됨이가 중요하지."

사람들이 흔히 하는 말이다.

사람은 뭐니 뭐니 해도 성격 좋고, 인품이 훌륭하며 마음씨 예쁜 게 최고이다. 하지만 실상은 꼭 그렇지만도 않다. 말은 그렇게 하면서도 사람들은 외모를 중요시 여기는 경향이 있다.

그렇다고 필자는 외모지상주의자는 아니다. 필자도 잘 생긴 얼굴은 아니니 말이다. 평범하기 짝이 없다. 또한 잘 생기고 예쁘게 생긴 사람에게 혹하고 유혹되는 그런 속물은 더더욱 아니다. 하지만 어쩌랴? 잘 생기고 예쁜 외모를 가진 사람에게 눈이 한 번 더 가는 것을. 또 많은 사람들이 그렇게 생각하고 판단하는 것을. 이것은 사람의 본능이다. 외모도 뛰어난 데 성품까지 좋다면야 두말할 것도 없다. 이건 금상첨화다. 요즘 유행하는 시쳇말로 "엄친아"일 것이다.

"소개팅 성공, 호감 가는 〈첫인상〉이 지름길."
"대학생 93%, 외모가 성공 영향 미친다."

"외모가 경력 성공에 두뇌만큼 중요"
"21세기는 외모가 경쟁력이다."

신문지상이나 텔레비전에서 자주 들었던 말들이다. 이렇게 외모에 대해 극단적으로 중요시하는 풍조를 빗대어 "외모지상주의"라고 입방아 찧는 모양이다. 실력이 중요한 것이지 "외모를 중시하는 사회가 잘못되었다."면서, 세상이 어찌 이 모양 이 꼴로 돌아가는지 모르겠다고 한숨 쉬고 혀를 찬다. 하지만 비판할 필요는 없다. 당신도 타인을 판단할 때 첫 번째 기준은 눈에 보이는 외모이지 않은가.

사람을 만나는 순간 상대방의 성격, 성품, 됨됨이를 파악할 수 있는 방법은 없다. 이 모든 것이 파악이 된다면 얼마나 좋을까? 최소한 사기를 당하거나 억울한 일을 당하지는 않을 것이다. 첫 만남에서 상대방에 대해 모든 것을 알 수 없기에 어쩔 수 없이 눈에 보이는 제한된 정보로 판단할 수밖에 없다. 즉, 외모가 상대방에 대한 판단의 기준이 되는 것이다. 그렇기에 호감 가는 외모가 무엇보다 중요하다. 호감 가는 외모를 연출함으로써 상대방에게 "나는 이런 괜찮은 사람입니다."라고 호소할 줄 알아야 한다. 사람들은 당신의 외모로 당신의 인격에 대해 이러쿵저러쿵 평가하기 때문이다.

캘리포니아주립대학(UCLA) 심리학 교수인 앨버트 매러비안(Albert Mehrabian) 교수는 "사람은 겉모습으로 판단해도 기본적으로 아무 문제없다."고 했다. 어쩐지 외모를 잘 가꾸는 사람은 일도 잘 할 것 같고, 능력도 더 있을 것 같고, 자기관리가 철저할 것 같은 느낌이 든다. 그렇게 했을 때라야 당신은 사람들로부터 호감을 얻을 수 있다.

현대사회에서 능력은 기본이다. 능력이 제일 우선되어야 하는 것은 당연하다. 하지만 외모도 분명 실력이다. 다른 사람과 구별되는 경쟁력이자 차별화 요소이다. 만약 당신이 면접장에 앉아 있다면 외모가 면접에 당락을 결정할 수 있다는 사실에 이견을 달지 못할 것이다. 이는 어제 오늘 일이 아니다.

과거 중국 당나라도 외모가 관리 선발기준이었고, 조선시대의 인재판별기준이라는 신언서판(身言書判)에서도 외모가 첫째 조건이었다. 외모에서 별다른 인상을 주지 못한다면 좋은 호감을 줄 수 없다. 이제 외모도 능력만큼 중요하다는 사실을 인식하고 매력적인 외모를 가꾸는데 심혈을 기울일 필요가 있다.

1. 얼굴

많은 사람들이 얼굴이 잘 생긴 "꽃미남" "얼짱"스타일의 화려한 외모를 가진 사람이 일반적으로 사회생활에서 더 유리하다고 말한다. 얼굴이 잘 생기거나 예쁜 사람이 그렇지 못한 사람보다 더 매력적이고 끌리는 것도 사실이다. 나도 모르게 그 사람을 향해 눈길이 자꾸 갈뿐 아니라 호감도가 상승하고 말이라도 한 번 걸어보고 싶어진다. 최근 불고 있는 "얼짱신드롬"이 이를 반영한다. 그렇다고 성형수술까지 할 필요는 없다. 당신의 얼굴을 매력적인 얼굴로 가꾸면 된다. 단순히 잘생긴 얼굴보다는 매력적인 얼굴이 더욱 중요하다.

그렇다면 매력적인 얼굴이란 어떤 얼굴일까?

매력적인 얼굴이란 밝은 표정을 말한다. 밝고 환하게 웃을 줄 아는 시원한 입을 가진 얼굴을 말한다. 더불어 신선하면서도 상대방에게 상쾌한 느낌을 줄 수 있는 눈도 포함한다.

2. 헤어스타일

사람의 전체적인 이미지에서 헤어스타일이 주는 이미지는 상당히 크다. 머리가 너무 길거나 헝클어져 있다면 매우 심각한 문제이다. 지나치게 염색을 하거나 화려한 헤어스타일 또한 문제이다. 때로 상황에 따라서는 너무 톡톡 튀는 개성 넘치는 헤어스타일도 마이너스 요소일 뿐이다. 결론적으로 말하면 가장 좋은 헤어스타일은 단정한 느낌을 주는 헤어스타일이다. 남성이든 여성이든 간에 깨끗하고 단정한 느낌을 주는 이성에게 더 큰 호감을 느낀다. 미팅이나 소개팅에 나갔는데 머리가 떡 져 있거나, 꽁지머리를 하고 있다면 어떤 느낌이 들까? 머리가 너무 길거나 헝클어져 있다면, 비듬과 같은 이물질이 있다면, 그리고 머리에 기름기이 있다면 최악의 첫 이미지로 기억될 수 있다.

3. 올바른 자세

외모가 뛰어난 사람은 남들보다 몇 발 더 앞서 갈 수 있다는 이점이 있다. 하지만 자신의 외모만 믿고 아무런 능력개발도 하지 않는 사람은 "빛 좋은 개살구"에 불과하다. 외모에 근거한 호감은 분명 일시적이기 때문에 생명력이 길지 못하다는 말이다. 이러한 외적인 호감도가 더욱 빛을 발하기 위해서는 올바른 자세를 길러야 한다. 외적인 호감도에 올바른 자세를 갖추고 있는 사람은 그야말로 금상첨화다. 삶에 대한 진지한 자세, 자긍심, 실력을 기르는 것이 중요하다. 자신감 있고 당당한 자세, 태도 또한 반드시 길러야 할 덕목이다.

4. 첫인상과 복장의 상관관계

필자는 예나 지금이나 양복을 제외하고 드레스셔츠는 스스로 다림질해서 입는다. 맞벌이 하는 아내의 수고를 덜어주기 위해서였다. 잘 알겠지만 드레스셔츠는 매일 같이 갈아입어야 하기 때문에 그 양이 만만치 않다.

오래 전 ○ ○ ○ 외국계 회사에서 근무할 때 일이다. 매일 같이 갈아입어야 하는 드레스셔츠를 다림질하기가 귀찮았다. 그래서 검정색 드레스셔츠를 나흘 연속으로 입고 다닌 적이 있다. 목 부분도 검정색이고, 모든 부분이 검정색이니 때가 탈 일도 없었다. 사흘 째 되던 날, 필자와 꽤 친했던 A여성 팀장님이 다가와 조심스럽게 말했다.

A팀장 : 혹시 셔츠가 하나 밖에 없으세요?
필자 : 아뇨. 왜요?
A팀장 : 아 네. 사흘을 똑같은 드레스셔츠를 입고 다녀서요.
필자 : 네. 사실 드레스셔츠를 매일같이 다림질하려니 귀찮아서요.

A팀장 : 그런데 그거 아세요?

필자 : 뭘요?

A팀장 : 그렇게 입고 다니니까 좀 추해 보여요. 없어 보이기도 하구요. 와 이프는 뭐 하나? 그런 생각도 좀 들어요.

복장의 중요성에 대해 많은 것을 느끼고 생각할 수 있는 기회를 제공해 주었던 필자의 실제 사례이다. 복장에 대해서만큼은 별 관심이 없었던 필자였지만, 이 사건 이후로 복장에 대해 서서히 관심을 가지기 시작했다. 복장의 중요성에 대해 깨달았다고 하는 표현이 정확하다. 당연한 일이지만 그 뒤로는 매일 드레스셔츠를 갈아입는다. 엄청난 고가는 아니지만 감당할 수 있는 선에서 드레스셔츠와 넥타이도 이름 있는 브랜드를 사서 사용하고 있다. 더불어 벨트 하나쯤은 좋은 브랜드를 구입하여 착용해도 괜찮겠다 싶어 유명 브랜드를 사용하고 있다. 고가의 양복은 아니지만 단정하고 깔끔한 복장을 하고 다니면서부터 평가 자체가 달라지지 시작했다. 역시 "옷이 날개다."라는 말이 딱 들어맞는 말이다.

2009년 4월 28일, EBS에서 〈인간의 두 얼굴〉이란 제목으로 옷차림에 따라 첫인상이 어떻게 달라지는지, 사람을 만날 때 옷차림이 얼마나 중요한지 느끼는 실험을 했다. 허름한 옷을 입은 남자가 쇼윈도우 케이스에 서 있다. 여성들에게 남자를 평가해 달라는 질문에 대부분 부정적인 답변이었다.

"공장에서 수리하는 사람"
"만두가게 하는 사람"

"만약 저 사람이 데이트 신청을 한다면 어떻게 하겠는가?" 라는 질문에 대부분 다음과 같이 대답했다.

"저 싫어요."
"사양 할래요."

"저 도망갈래요."

반면 똑같은 사람이 허름한 옷을 벗어 던지고 고급스러운 양복을 입고 쇼 윈도우 케이스에 서 있다. 여성들에게 남자를 평가해 달라는 질문에 다음과 같이 대답했다.

"변호사. 변호사나 의사처럼 보이시는데."
"첫인상이요? 약간 부잣집 아들. 그런 느낌인데요."
"부티나 보이는데."
"자신감 있고 유머도 있고."

똑같은 사람인데 옷만 바꾸어 입었을 뿐이다. 그런데 결과는 엄청나다. 이 것이 옷차림의 중요성이다. 이렇듯 복장은 첫 만남에서 첫인상을 결정을 하 는데 상당히 중요한 역할을 한다. 마음이나 사람 됨됨이가 중요한 것이지 복 장이나 외모가 뭐 그리 중요하냐고 대수롭지 않게 여길 수 있다. 하지만 뭘 모르고 하는 소리이다. 하나만 알고 둘은 모르는 전근대적인 사고방식이다. 옷 잘 입는 것도 실력이기 때문이다. 옷 하나로 상대방의 호감을 살 수 있다 는 것은 엄청난 실력이다. 그렇다고 굳이 비싼 옷을 사서 입으라는 말은 아니 다. 상대방으로 하여금 왠지 모르게 끌림이 있는 단정하고 깔끔함을 주는 옷 차림이면 족하다. 옷 잘 입는 것도 실력임을 인식했으면 하는 바람이다.

7장.
친밀감을 주는 명품인맥 관리의 기술

친밀감은 정서적으로 아주 가깝고 친근한 감정이다. 친밀감은 인간관계에 아주 중요한 요소이다. 누구와도 쉽게 어울릴 수 있는 능력은 성공과 직결되기 때문이다. 사람은 마음과 마음이 통하면 친해질 수 있다. 즉, 이심전심(以心傳心)의 관계가 된다. 친밀감이 형성되지 않은 관계는 사상누각에 불과하다. 이런 관계는 한 점의 바람으로도 무너진다.

하지만 마음과 마음이 통하는 관계가 되면 어떤 어려움과 시련이 다가와도 함께 헤쳐 나갈 수 있는 힘이 생긴다. 친밀감이 형성되어 마음이 통하면 무엇이 문제이겠는가. 서로 친해지면 내가 무슨 말을 해도 무슨 행동을 해도 거리낌이 없다. 용서가 된다. 눈만 봐도 척하면 척하는 사이가 되는 것이다.

이러한 친밀감은 그렇게 쉽게 형성되는 것은 아니다. 지속적인 만남을 통해 형성되는 것이다. 사람은 자주 만나는 것만으로 친밀감이 상승한다. 명품인맥을 형성하고자 한다면 가장 중요한 것은 자주 만나야 한다는 것이다. 지속적으로 자주 만남을 가져야 호감도 생기고, 친근감도 높일 수 있고 그랬을 때 명품인맥이 형성된다.

친밀감을 형성하는 가장 좋은 방법은 먼저 다가가 마음의 문을 여는 것이다. 사람은 누구나 처음 만나면 서먹서먹하고 어색하다. 말을 안 하기도 어색하고 말을 하자니 이 또한 이상하다. 그래서 서로 어색한 침묵만이 흐른다. 여러분도 경험해 보았을 법한 장면이다. 하지만 내가 먼저 마음의 문을 열고 상대방을 이해하면 친밀한 관계로 나아갈 수 있다.

공통분모를 찾아라

상대방과 친밀감을 쉽게 형성하는 사람들의 가장 큰 특징은 먼저 상대방과 자신과의 공통분모를 찾으려고 노력한다는 것이다. 그들은 사돈에 팔촌을 동원하고, 지역과 출신학교는 물론이고 심지어는 군대가 어딘지, 육군인지, 공군인지, 해군인지를 가지고 공통분모를 찾으려 한다. 더 심한 경우에는 같은 성(性)씨를 연결하고 조상이 누구인지 연결시키려 한다.

왜 그럴까? 왜 이런 행동들을 할까?

이것은 친밀감을 형성하기 위한 하나의 과정이기 때문이다. 한 번 만났지만 자주 만난 것 같은 느낌을 주기 위해, 그리고 나의 이미지를 확실하게 심어 주기 위해 공통분모를 활용하고자 하는 것이다. 이것으로 이야기꽃을 피울 수 있다. 팔은 안으로 굽는 법이다. 상대방과의 공통분모를 찾아보자.

우리나라만큼 각종 향우회나 출신학교 동창회 모임이 많은 나라도 없다. 또 지역을 강조하고 혈연을 강조한다.

"○ ○ ○ 향우회"

"○ ○ ○ 전우회"

"○ ○ ○ 학교 동창회"

"○○○ 산악회 모임"
"우리가 남이가"
"우리 친구 아이가"

이는 친밀감을 느끼는 우리만의 정서적 감정 때문이다. 명품인맥을 만들고 싶다면 그들과의 유사성을 찾는 노력이 필요하다. 사람은 사소한 공통점에도 호감을 갖는다. 상대방과의 공통분모를 찾고 함께 공유하는 것만큼 친밀감을 향상시키는 것은 없다. 이것이 호감의 핵심이다.

사람은 서로 비슷한 감정을 공유하거나 나와 비슷한 행동을 하는 경우에 쉽게 친해진다. 태초부터 그리고 동서고금을 막론하고 사람은 비슷한 사람끼리 통하고 모이게 되어 있다. 고향, 출신학교, 출생지역, 군대, 회사, 직업 그리고 축구와 같은 스포츠, 등산과 같은 취미활동, 가치관, 생각, 신념 등이 서로 같을 때 동질감을 느끼고 친밀감이 상승한다. 따라서 상호 어떤 공통점이 있는지 점검하고 찾고 공유하는 노력이 필요하다.

미국 역사상 가장 위대한 지도자로 꼽히는 프랭크린 D. 루스벨트 대통령. 그는 약속 후, 상대방과 교감할 수 있는 공통점을 찾은 사람으로 유명하다. 어떤 누구와 만나기로 약속을 하면 그 사람의 직업, 취향, 관심사 등을 미리 파악하고 그가 관심과 흥미를 가지고 재미를 느낄만한 주제에 대해 자료를 찾고 그 공통분모를 통해 상대방 마음을 사로잡았다고 한다.

인간관계를 지속적으로 유지하기 위해서는 상대방과 공통의 관심사나 화제를 찾는 것이 무엇보다 중요하다. 누군가와 좋은 관계를 맺으려면 먼저 공통분모를 찾아라. 상대방과의 공통분모를 찾는 것은 상대방을 존중하는 것이고, 배려하는 것이고, 그 사람에 대한 관심 표현이다. 이렇게 고민하고, 공통분모를 찾는 사람은 어디를 가든 항상 환영받는다.

이름을 기억하라. 그리고 이름을 불러주어라

대학교 1학년 때의 일이다.

필자는 전북대학교 상과대학 무역학과 87학번이다.

인원이 130명이다 보니, A반, B반으로 나뉘었고, 필자는 B반이었다.

첫 개강 하던 날의 설렘을 지금도 잊을 수 없다. 대학 생활이 어떠할지, 어떤 친구들을 만나게 될지 못내 궁금하였다. 더불어 모든 환경이 낯설었기에 어색하기도 했다.

긴장되고 설레는 마음으로 자리에 앉았다.

교수님이 들어오신다.

이름을 한 명 한 명 부르기 시작한다.

○○○.

"네"

○○○.

"네"

○○○.

"네"

교수님이 이름 부를 때마다 필자는 뒤를 돌아보기도 하고, 옆을 보기도하고, 앞을 보기도 했다. 누가 누구인지 확인하고, 친구들 얼굴과 이름을 연결시키기 위해서였다.

그리고
"아, 쟤 이름은 ○ ○ ○ 구나."

한 명씩 한 명씩 이름을 외우기 시작했다.
하루, 이틀, 삼일, 사흘, 나흘, 닷새.
일주일이 지나고 모든 친구들의 이름을 외웠다.

드디어 다음 주, 월요일 아침.
만나는 친구에게 이름을 부르면서 인사를 했다.

"○ ○야, 안녕."
"좋은 아침."

어떤 일이 벌어졌을 것 같은가?

"어떻게 내 이름을 알아."
"어, 실은 교수님이 이름 부를 때, 네 이름을 외웠어."

다들 똑같은 반응, 하나 같이 놀란다.
어떻게 자기 이름을 외웠느냐며 물어 본다.
그것도 단 몇 일만에.

"미안하다. 친구야."
그런데 "니 이름은 뭐야?"
"어, 내 이름은 양평호야."
"우리 앞으로 4년 동안, 아니 군대 3년까지 하면 7년이네."
"잘 지내보자."
"그래. 잘 지내보자."

친구들하고 급속도로 친해졌다. 그리고 그 인연을 지금도 이어오고 있다. 상대방하고 친밀감을 유지하고 싶다면 상대방 이름을 기억하라. 그리고 그 이름을 불러 주라. 사람은 누구나 자신이 가치 있는 사람, 중요한 사람이라고 생각한다. 그 가치를 부여하는 것이 이름을 기억하고 불러 주는 것이다.

사장님이 사무실을 순시할 때, 전혀 예상치 않았는데 내 이름을 기억하고 불러 준다면 당신은 어떤 생각이 들겠는가? 날아갈 듯이 기쁠 것이다. 감동할 것이다. 회사를 위해 이 한 목숨 바치겠다고 다짐할지 모른다.

몇 십 년이 지났는데도 내 이름을 잊지 않고 기억해준 동창이 있다면, 당신은 어떤 느낌이 드는가? 나를 기억하고 있으며 내 이름을 정확히 불러 주었다는 것만으로도 충분히 고마운 마음이 들 것이다.

반면 상대방은 나를 아는 체 하는데 정작 나는 그가 누구인지 모르는 경우, 패닉 상태에 빠진다. 그리고 머리가 복잡해진다.

"어디서 봤더라?"
"아, 미치겠네."
"누구지?"

"대학교 친구인가?"
중학교, 고등학교 친구인가?"
"아니면 군대 동기? 전 직장 동료?"
"아니야. 아냐."
"거래처 사람인가?"

그래도 오리무중이다.
"아, 도대체 누구야?"
전혀 기억이 나질 않는다.

그 사람이 이야기 하면

"어 어, 그래. 그래. 반갑다."

맞장구쳐 보지만 도대체 누구인지 기억이 안 난다. 그 자리를 빨리 벗어났으면 하는 마음에 대충 얼버무린다. 이야기 하다 보면 대충 중학교 친구인지, 고등학교 친구인지, 대학교 친구인지, 군대 동기인지는 알겠는데 도무지 이름이 기억나지 않는다.

그렇다고 차마 "너 이름이 뭐야?" 하고 물어볼 용기가 나지 않아 이름도 못 물어 본다. 끝까지 이름을 부르지 않은 채, 씁쓸한 감정을 가지고 돌아섰다.

돌아서면서도 "아, 쟤 이름이 도대체 뭐지?"하면서 고개를 갸우뚱 한다.

그러면서 "에이 몰라. 아휴 머리아파."라고 혼잣말 했던 기억이 있을 것이다. 필자도 그런 적이 있다. 그럴 때마다 결심했다. 앞으로는 이런 일 절대 만들지 않겠다고!고 말이다.

그리고 집에 와서 중학교. 고등학교. 대학교 졸업사진을 찬찬히 훑어본다. 그가 누구인지 졸업앨범에서라도 발견하면 "아, 그래. 이 친구였구나." 하고 안도하지만, 그 곳에도 없으면 미치고 환장하고 팔짝 뛸 노릇이다.

〈이름을 잘 기억하는 방법〉
상대방을 만날 때마다 이름을 외우는 습관을 기르는 것이 중요하다. 그렇다면 어떻게 쉽게 이름을 기억할 수 있을까?

먼저, 이름을 반드시 외우겠다는 결심하라, 그리고 행동으로 실천하는 자세가 중요하다. 얼굴 생김새, 말투 등의 특징을 기억하고 상대방 이름을 외우려고 노력해야 한다. 그리고 다음에 만났을 때는 그 사람 이름을 부를 수 있어야 한다.

"○ ○ ○씨, 안녕하세요. 반갑습니다. 다시 만나 뵙고 싶었습니다. 처음 만났을 때, 우리가 이런 얘기 했었죠? 그 때 정말 얘기 즐거웠습니다."

둘째, 상대방 얼굴과 이름을 일치시켜야 한다.이를 위해서는 먼저 잘 들어야 한다. 필자가 대학교 1학년 때 했던 것처럼, 얼굴을 자세히 보고 특징을 살피면서 이름을 외우면 도움이 된다.

셋째, 이름을 들은 후에는 반복해서 외치는 것이 도움이 된다. 명함을 받았다면 명함을 보며 확인하는 자세가 필요하고, 집에 돌아와서도 명함을 바라보며 얼굴과 이름을 일치시키는 작업이 필요하다. 더불어 그 사람의 얼굴이나 전체적인 이미지, 신체조건등을 떠올리면서 말투가 어떠했는지 얼굴표정은 어떠했는지 등 다른 특징과 함께 연상하는 것도 도움이 된다.

넷째, 더 중요한 것은 이제부터이다. 헤어진 후 그것으로 끝나는 것이 아니라 추가적인 노력이 필요하다. 그 사람에 대한 명함파일을 만들어 이름, 전화번호, 직장, 직급, 그날 입었던 옷, 나누었던 이야기 등을 세세하게 적으면 나중에 만났을 때 도움이 된다.

사람은 자신의 이름을 불러 주는 것을 좋아한다. 존중받고 있다는 느낌, 인정받고 있다는 느낌이 들기 때문이다. 이제부터라도 명품인맥을 만들고 싶다면, 이름을 기억하고, 그의 이름을 불러주라. 당신에 대한 호감도가 상승한다. 빠른 속도로 친밀감을 유지할 수 있다.

적절한 스킨십을 활용하라

사람들이 관계를 맺으면서 좀 더 친숙한 관계로 발전할 수 있도록 연결 고리 역할을 하는 것은 많다. 사람마다 다르기 때문에 무엇이 옳다고는 말할 수는 없다. 마음이 따뜻해지는 훈훈한 덕담을 건넬 수 있고, 배려를 통해 친밀감을 형성하는 방법도 있다. 하지만 친밀감을 형성하는 방법으로 스킨십만큼 좋은 것도 없다.

필자는 청중들 앞에 서서 강의를 하는 강사이다. 강의를 하면서 느낀 점이 있다면 강의의 성공과 실패는 강의 시작 5분 이내에 판가름 나는 경우가 많다는 것이다. 이와 같은 이유로 필자는 강사와 청중과의 공감대를 형성하고 청중과 청중의 친밀감을 형성하는 데 많은 공을 들인다. 이 때 활용하는 것이 스킨십이다. 효과 만점이다.

서로 함께 동참할 수 있는 게임을 진행하고, 건강박수도 치고, 건강체조도 함께 한다. 어깨를 주물러 주기도 한다. 눈을 쳐다보고 악수하면서, "안녕하세요." "반갑습니다."하고 인사하게 한다. 그리고 포옹하면서 격려의 말, 덕담의 말을 하게 한 다음 등을 토닥토닥 두드려 주는 스킨십을 활용한다. 청중들끼리 하이파이브도 하게 한다. 이렇게 시작하면 즐거운 분위기 속에서 시작할 수 있다. 스킨십을 활용하면 친밀감을 높이는데 도움이 된다.

2011년 8월 19일 MBC에서 〈엄마품의 기적, 캥거루케어〉가 방송되어 큰 반향을 일으켰다. 스킨십의 중요성을 대변하고 있는 프로그램이었다. 특히 호주의 제이미라는 아이의 이야기가 가슴에 와 닿았다. 〈2010년 3월 호주 시드니의 병원〉에서 산모 케이트는 몸무게 900g의 쌍둥이를 출산했다. 하지만 쌍둥이 남자아이 제이미가 숨을 쉬지 않아 출생 20분 만에 사망선고를 받았다. 케이트와 남편은 아이를 보내고 싶지 않았다. 어쩔 수 없이 아기와 마지막 인사를 나누기 위해 아기를 자신의 맨가슴 위에 올려 작별인사를 나누었다. 그런데 그 때 사망한 줄 알았던 아기의 호흡이 돌아왔고, 두 시간 동안 엄마의 품에 안겨있던 아이는 안정적인 호흡과 함께 생명을 찾게 되었다. 그 후 지금까지 건강하게 자라고 있다.

요즘 기업들의 아침풍경이 바뀌고 있다. 딱딱한 책상에 앉아 회의 하는 대신에 자리를 박차고 일어나 서로 눈을 쳐다보고 활짝 웃으면서 이렇게 외친다.

"사랑합니다."
"고맙습니다."
"감사합니다."
"당신 때문에 행복합니다."
"당신 멋져."
"오늘 하루도 즐겁고, 신나고, 활기차게"
"아자 아자 아자 파이팅"

서로 악수하고 포옹한다. 포옹하면서 등을 토닥토닥 두드려 주기도 하고 가슴 따뜻해지는 덕담과 칭찬의 말을 건네기도 한다. 하이파이브 하면서 "파이팅"을 외치기도 한다. 요즘 기업들에서 목격되고 있는 풍경들이다. 이것이 최근에 화두로 떠오르는 펀경영, 펀리더십의 실체요, 스킨십경영, 감성경영의 전형적인 예라 할 수 있다. 이렇게 스킨십을 활용함으로서 회사분위기가 바뀌고 하루 종일 즐거운 분위기 속에서 일할 수 있게 된 것이다. 일의 능률이 향상되는 것은 당연한 결과이다.

　사람을 만날 때 적절하게 스킨십을 활용해 보자. 무조건 껴안으라는 것이 아니다. 누군가를 만나면 밝은 목소리로 활짝 웃으며 인사하고, 진심이 담긴 악수를 하는 것도 스킨십이다. 악수를 하더라도 상대방에게 진심이 담긴 악수를 하는 것이 좋다. 악수는 친밀감을 높일 수 있는 좋은 방법이다. 하지만 너무 성의 없이 하거나, 너무 꽉 쥐거나, 손가락으로 장난을 치는 악수는 오히려 안 하느니만 못하다. 더불어 악수와 함께 포옹하는 것도 친밀감을 형성하는 좋은 방법이다. 처음에는 어색할지 모른다. 하지만 시간이 차츰 지나면 습관이 될 것이다. 그리고 하이파이브를 하는 스킨십도 친밀감 형성에 도움이 된다. 상대방과 좀 더 친밀한 관계를 형성하고 싶다면 적절한 스킨십을 활용해 보라. 친밀감을 높이는데 많은 도움이 된다.

행복한 유머리스트가 되라

유머란 사전적 의미로 찾아보면 "우스개" "해학" "익살"이다. 이를 달리 표현하면 "남을 웃기는 말이나 행동"으로 정의할 수 있다.

요즘 대세는 유머이고 재미있고 웃기는 사람이 환영받는 세상이다. 이를 반영하듯 기업에서도 펀경영, 펀리더십이 도입되고 있다. 이제 직원들의 기를 살리지 않고서는 조직을 운영하기 힘든 시대가 된 것이다. 직원들의 기를 살리고 살아 움직이는 조직을 만들기 위해 반드시 필요한 것이 유머이다. 유머는 신바람 나게 일할 수 있는 분위기를 만들고, 조직의 성공과 실패를 가늠하는 중요한 요소이다.

최근 모 그룹에서는 유머에 관련된 결과를 발표했는데, "유머가 없는 사람보다 유머가 풍부한 사람을 우선적으로 채용하고 싶다."는 질문에 〈매우 그렇다 26%〉, 〈그렇다 50%〉라고 답했다. "유머를 잘 구사하는 직원이 그렇지 않은 직원보다 일을 더 잘한다고 믿는다."는 질문에, 〈매우 그렇다 17%〉, 〈그렇다 58%〉로 답했다. 또한 "유머가 생산성 향상에 도움이 되느냐?" 질문에 〈매우 그렇다 23%〉, 〈그렇다 57%〉로 답했다. 이렇듯 유머는 조직의 능률을 향상시키고 생산성 향상에 많은 도움을 준다.

이렇듯 유머는 비단 조직과 기업에만 필요한 것이 아니다. 인간관계에서도 매우 중요한 역할을 차지하는 것이 유머이다. 유머는 부정적인 사람도 긍정적으로 변화시키는 힘을 가지고 있고, 빵 터지는 한 마디의 유머가 썰렁한 분위기를 한 순간에 날려버린다. 딱딱하고 경직된 분위기를 풀어주는 역할을 하는 것도 예상치 못한 타이밍에 나오는 유머이다. 잔뜩 긴장하고 있는 상대방의 긴장을 풀어줄 수 있고, 순간 기분이 우울하다가도 그가 던진 유머 한 마디에 폭소를 자아내고, 기분이 좋아지는 것도 유머의 힘이다. 유머는 당신에 대한 긍정적인 호감을 가져다 준다.

이러한 이유때문인지 유머를 잘 사용하는 사람 주변에는 사람들이 많이 모인다. 그들과 함께 있으면 재미있고 즐겁기 때문이다. 부정적인 생각이 긍정적인 생각으로 바뀌고 행복함을 느끼기 때문이다. 대화를 하건, 영업을 하건, 발표를 하건, 유머를 적절히 사용할 수 있다면 이야기 주도권을 쥐고 있는 것과 다름없다. 유머가 곁들여 지면 당신에 대한 호감도를 넘어서 친밀감을 향상시킨다.

하지만 유머를 자유자재로 구사할 수 있는 능력을 가지고 태어난 사람은 많지 않다. 선천적으로 타고난 재능보다는 후천적 노력으로 유머능력을 향상시킬 수 있다. 유머도 학습하고 개발하면 가능해지는 하나의 기술이다. 하나의 유머를 외우는 것에서 시작하는 것이 좋다. 하나의 유머가 쌓여 일정 수준에 도달하면 그 때는 당신이 유머를 만들어 내는 것이 아니라 유머가 유머를 낳는다. 즉 유머를 응용하고 활용할 수 있는 능력이 된다는 말이다. 처음 시작할 때는 메모해서 암기하는 것도 좋은 방법이다. 꾸준히 노력하고 시간을 투자하면 유머를 자유롭게 구사할 수 있는 능력을 기를 수 있다.

이와 같이 유머의 순기능은 많다. 그렇다 하더라도 잘못 사용하면 오히려 화를 부를 수 있는 것이 유머이다. 그러하기에 유머를 사용하더라도 상황을 잘 구별할 줄 알아야 한다.

첫째, 과도한 성적인 내용의 유머를 하거나 상대방을 조롱하는 것처럼 들리는 유머를 하는 것은 금물이다. 자칫 상대방의 기분을 상하게 할 수 있다.

둘째, 너무 지나친 유머는 오히려 가볍다, 천박하다는 인식을 심어줄 수 있다. 대화 중간 중간에 약간의 지루함이 느껴질 때, 분위기를 전환하고자 할 때 사용하는 것이 효과적이다.

셋째, 서론이 너무 길면 안 된다. 언제 웃어야 할지 감이 안 잡힌다.

넷째, 내가 재미있는 유머 하나 해 줄게 라든가, 자기가 먼저 웃는 것도 금물이다. 자칫 초를 칠 수 있다.

다섯째, 스토리텔링을 하듯이 재미있게 감칠맛 나게 표현해야 한다. 밋밋한 표현, 책을 읽는 것과 같은 유머는 오히려 썰렁함을 가중시킬 뿐이다.

유머는 상대방과 친해질 수 있는 가장 좋은 방법이다. 지금부터라도 하루에 한 가지 유머라도 그것이 많다면 일주일에 한 가지 유머라도 암기해 보자. 그리고 적용해 보자. 가까운 아내나 남편, 자녀들, 그리고 친구들에게 먼저 검증받는 것이 좋다. 그렇게 하면 점차 당신의 유머 실력은 늘어난다. 유머 실력이 늘어나는 만큼 인맥도 늘어나고 친밀한 관계를 만들 수 있다.

<유머감각을 향상시킬 수 있는 있는 방법>
첫째, 태어나면서부터 유머감각을 가지고 태어나는 사람은 없다. 얼마든지 후천적 노력으로 유머감각을 키울 수 있다. 미리 안 된다고 겁을 내거나 포기하지 말고 끝까지 시도해 보는 인내가 필요하다. 자주 사용하고 주변 사람들에게 적용하다 보면 자연스럽게 늘어나는 것이 유머감각이다. 하루에 하나, 그것이 많으면 일주일에 하나의 유머를 외워서 적용해 보는 것은 어떤가? 당신은 남을 웃길 수 있는 끼를 충분히 가지고 있다.

둘째, 이미지트레이닝을 통해 자신의 긍정이미지를 강화하는 것도 좋은 방법이다. 상대방을 웃기고 있는 자신의 모습을 그려보고, 그로 인해 행복해 하는 사람들의 모습 또한 그려 볼 수 있다. 이로 인해 자신감이 생긴다.

셋째, 책 속에 있는 유머보다는 자신의 생활 속에서 발견되는 유머가 더 효과적일 수 있다. 유머를 하는 이유도 상대방과의 친밀감, 공감대를 형성 하고자는 하는 것이다. 억지로 유머를 만들면 오히려 더 썰렁해 질 수 있다. 실제 경험한 일을 바탕으로 친밀감을 형성할 수 있는 소재를 선택하도록 해 보자.

넷째, 요즘 텔레비전 예능프로그램을 보면 "개인기"가 대세다. 개인기 한 두 개쯤은 갖추고 있어야 물고 물리는 예능세계에서 살아남을 수 있고, 개인 기가 없으면 예능에서 찬밥 신세가 된다. 개인기는 코믹함을 자극하는 요소 이고, 코믹함을 자극하는 개인기 하나가 상대방을 행복하게 만든다. 그러므 로 상대방의 행동이나, 말, 자세 등에 대해 자세히 살피는 것으로 시작해야 한다.

다섯째, 유머는 내가 먼저 웃는 것으로부터 출발한다. 설령 상대방을 웃 기는 재주가 없다하더라도 상대방이 유머를 할 때 아주 큰소리로 박장대소 하면서 웃어주는 자세, 오버액션(과장된 행동)이 필요하다. 당신의 이미지가 달라질 뿐 아니라 호감을 넘어 고마움을 느끼게 된다. "쟤, 왜 이렇게 오버하 고 난리야."라는 생각과 반응 대신에 당신에게 감사함을 느낄 것이다.

여섯째, 사람과 사물. 이 모든 것 하나에도 유머가 숨어 있는 경우가 많 다. 간판 하나도 유머가 될 수 있으며, 사람들의 표정 하나도 유머가 될 수 있다. 따라서 항상 유머와 연관 지어 생각하는 습관을 들이는 것이 좋다.

일곱째, 유머를 잘하기 위해서는 시중에 나와 있는 유머 서적을 통째를 외우는 것도 좋은 방법일 수 있지만 그 보다 더 중요한 능력은 관찰력이다.

상대방이 무슨 말을 하는지를 잘 파악하고 주변상황과 연계해서 적절한 멘트를 구사할 줄 알아야 한다. 이러한 멘트를 구사할 수 있는 능력은 관찰력에서 비롯된다. 사람이 되었든, 동물이 되었든, 사물이 되었든 그 특징을 잘 파악하라. 관찰력 속에 유머가 숨어 있다.

여덟째, 같은 말이라도 재미있게 표현할 수 있는 연습을 할 필요가 있다. 우리나라 말은 "아"다르고 "어"다르다. 똑같은 말이라도 표현방법을 조금만 달리해도 받아들이는 느낌이 달라진다. 재미있는 느낌, 친근한 이미지로 다가갈 수 있다. 여러 가지 재미있는 표현들을 자주 사용하다 보면 유머감각이 향상 된다.

비평, 비난, 불평하지 마라

"리더의 열정과 낙관주의가 일으키는 파문 효과는 실로 엄청나다. 냉소와 비관주의도 마찬가지다. 리더가 불평하고 비난하면 그의 동료들도 똑같이 행동한다. 나는 내게 '현실주의자'라는 냉정한 단어보다는 낙천주의자의 비현실적인 열망을 주라고 언제나 기도한다."

자메이카 이민자인 아버지 2세로 태어나 흑인 빈민가에서 성장한 흑인 최초 국무장관이 된 콜린 파월의 말이다.

어떠한 경우라도 비평, 비난, 불평하는 것은 인간관계에서 해서는 안 되는 금기사항이다. 아무리 이해득실을 따져보아도 득이 되는 것은 하나도 없다. 효과적으로 비평, 비난, 불평하는 기술 또한 존재하지 않는다. 상대방을 향한 비평, 비난, 불평의 말들은 아예 하지 않은 것이 가장 좋은 방법이다.

"자네 머리는 장식용이야?"
"자네는 참 이기적인 사람이야."
"이것도 보고서라고 작성했나?"
"너는 왜 매일 그 모양 그 꼴이냐?"
"너는 자식이 아니고 원수다. 원수!"
"야, 이런 바보 같은 자식아! 이것도 일이라고 했어!"
"굼벵이도 구르는 재주가 있다고. 자네가 웬일이야?"

평상시에 나도 모르게 하는 비평, 비난, 불평의 말들이다. 무심코 던진 비평, 비난의 말 한 마디가 비수가 되어 누군가의 가슴에 꽂히고 평생 지워지지 않는 상처가 된다. 감정이 있는 사람이라면 누구나 비평이나 비난, 험담을 들으면 기분이 나빠진다. 단순히 기분 상하는 정도에서 그치지 않고 사람들을 점점 파괴시키고 영혼을 갉아 먹는다. 도를 넘는 험담이나 비난은 한 사람의 인생을 바꿀 수 있을 뿐 아니라 결국은 파멸로 이끌 수 있고, 시간이 흐르면서 없어지지 않고 눈덩이처럼 커져 평생을 괴롭힌다.

　문제는 입만 열었다 하면 밥 먹듯이 비평하고, 비난하고, 불평하는 사람들이 의외로 많다는 사실이다. 이런 사람들은 영혼을 갉아 먹는 "좀비"와 같은 존재들이다. 그들의 이야기를 듣고 있으면 기분이 언짢아지고, 우울해 지고, 짜증이 난다. 그 자리를 피하고 싶고, 그 사람하고 더 이상 말을 섞기 싫어진다. 그러니 누가 그런 사람과 관계를 맺고 싶어 하겠는가? 이런 사람들은 어디를 가도 환영받지 못한다. 어떠한 경우라도 상대방으로부터 호감을 얻을 수 없다.

비평, 비난, 불평의 말 대신에

"잘했어."
"훌륭해."
"대단해."

이와 같은 말을 자주 사용하는 것이 좋다.

　이 사소한 한 마디의 칭찬이 사람의 마음을 움직이고 열정과 긍정을 이끌어 낸다. 명품인맥을 만들고 싶다면 상대를 비난, 비평, 불평하기 보다는 격려와 칭찬, 용기를 주는 말을 할 줄 알아야 한다. 지금 이 순간 결심하라. 그리고 결단을 내려라. 상대방에게 상처가 되는 비난, 비평, 불평의 말 대신에 칭찬과 격려, 용기와 희망을 주는 말로 대신하겠다고 말이다.

〈비평, 비난, 불평과 관련된 속담과 명언〉
　비평, 비난, 불평과 관련된 속담과 명언을 몇 가지 정리해 보았다. 시간 날 때마다 읽어 보기를 권한다. 더불어 책상 모서리에 적어 놓고 되새겨 볼 것을 권하고 싶다. 비평, 비난, 불평의 말들은 아무 짝에도 쓸모가 없으며,

그런 말을 듣고 있는 상대방 뿐 아니라 말하는 자신도 영향을 받는다는 사실을 인식했으면 하는 바람이다.

"험담은 살인보다 위험하다. 살인은 한 사람만을 죽이지만 험담은 반드시 세 사람을 죽인다. 험담을 퍼뜨린 사람, 그것을 부정하는 사람, 그리고 화제가 되어 있는 사람." -탈무드-

"비평, 비난, 불평은 어떤 바보라도 할 수 있는 일이자 대부분의 바보들이 하는 짓이다." -데일카네기-

"남에게 비판을 받고 싶지 않다면 남을 비판하지 말라." -에이브러험링컨-

"들은 이야기라 해서 다 말할 것이 아니다. 눈으로 본 일이라 해서 그것을 다 옮길 것도 아니다. 현명한 사람은 남의 흉이나 비평에 귀를 기울이지 않으며 남의 단점을 찾으려 하지도 않는다. 또한 결코 남의 잘못도 말하지 않는다." -채근담-

"험담은 크게 세 사람에게 상처를 준다. 그 한 사람은 험담을 듣는 당사자이고 또 한 한 사람은 그 말에 맞장구치는 사람이며, 나머지 가장 심하게 상처를 입는 사람은 그 험담을 입에 담아 누군가를 비난하는 바로 그 자신이다." -스페인 속담-

부정적 정서와 작별하고 긍정적 정서로 대체하라

부정적 정서와 작별하고 긍정적 정서로 대체하라

"인상 좋네." "느낌 좋아."의 긍정적 감정
Vs
"밥맛이다." "꼴불견이다."의 부정적 감정

사람은 만나는 순간 오감을 통해 많은 정보를 교환하고 감정을 만들어 낸다. 이 과정을 통해 상대방에 대한 긍정적 감정과 부정적 감정이 형성되는데, 문제는 한 번 형성된 이러한 정서가 인간관계에 많은 영향을 미친다는데 있다. 긍정적 정서가 형성되면 마음과 마음을 나눌 수 있는 친밀한 인간관계로 발전하지만, 부정적 정서가 형성되면 그 자체로 인간관계의 단절로 이어진다. 그러므로 상대방에게 긍정적 정서를 심어주어야 함과 동시에 부정적 정서가 형성되지 않도록 노력해야 한다.

부정적 정서를 형성하는 것으로는 공포와 같은 감정, 서러움, 분개하는 마음(분노), 좌절, 죄책감, 초조한 느낌(불안감), 수치심, 시기, 투기나 질투, 무시, 슬픔, 고독감 또는 외로움 같은 것들이 있다. 일단 부정적 정서가 자신의 내부에 존재하고 있으면 외부의 위협에 노출되는 순간 공격적이고 파괴적인 자세를 취한다. 그리고 부정적 에너지를 만들어 낸다.

필자도 한 때는 부정적 정서들에 지배당했던 시절이 있었다. 주식투자 실패로 빚을 떠안게 되고, 회사에서 권고사직을 당하면서 삶에 의욕을 잃고 희망을 잃었던 적이 있었다. 부정적 정서가 나를 지배할 때까지 아무 것도 할 수 없었다. 문제는 부정적 정서에 지배당하면 당할수록 인생은 꼬이기 시작했고 손대는 일마다 실패하기 일쑤였다. 아내하고 관계도, 아이들하고의 관계도, 주변 사람들과 친구들하고의 관계도 점점 멀어져만 갔다.

별것 아닌 일에 과민반응하고 확대해석 하기도 했다. 내 이야기가 아닌데도 내 처지와 비슷한 이야기를 하면 모두 내 이야기인 것 같고, 그래서 시비 걸고, 그것이 싸움으로 이어졌다. 누가 무슨 말만 해도 일단 시비조로 시작하고, 불평하고 불만으로 가득했다. 모든 것을 부정적인 방향으로 적용하고 반응했다.

하지만 이런 부정적 정서들이 그리 오래 가지 않았다. 필자는 그 당시 욕설을 입에 달고 살았다. 그런 나를 보면서 한심한 눈으로 쳐다보았던 아내의 얼굴을 지금도 잊을 수 없다. 그 때는 몰랐다. 하지만 존 맥스웰 박사의 〈생각의 법칙〉이라는 책이 나의 인생을 완전히 바꾸어 놓았다. "당신의 생각이 인생을 바꾼다."는 메시지였다. 순식간에 책을 읽어 내려갔고, 내 인생에 하나씩 적용해 나가기 시작했다. 제일 먼저 한 것이 운전을 하면서 나도 모르게 쑥쑥 튀어 나왔던 욕설을 없애겠다고 결심한 것이었다. 운전을 하면서 나 자신에게 긍정적 주문을 외웠다.

"양평호는 긍정적인 사람이다."
" 양평호는 창조적인 말만한다."
" 양평호는 희망적인 말만한다."
" 양평호는 꿈을 주는 말만한다."
" 양평호는 용기를 주는 말만한다."

" 양평호는 감사의 말만한다."
" 양평호는 축복의 말만한다."
" 양평호는 사랑의 말만한다."

1일, 2일, 1달, 2달, 6개월 그리고 1년이 지난 후 나도 깜짝 놀랐다. 누군가 앞에서 깜박이도 켜지 않고 갑자기 끼어들기를 하는데 예전 같으면 입에 담지 못할 욕설이 나왔을 것이다.

하지만 나의 반응은 "그럴 수도 있지."였다. 나를 지배했던 부정적 정서를 긍정적 정서로 대체한 것이다. 공포와 같은 감정, 서러움, 분개하는 마음(분노), 좌절, 죄책감, 초조한 느낌(불안감), 수치심, 시기, 투기나 질투, 무시, 슬픔, 고독감, 외로움과 같은 부정적 정서 대신에 기쁨, 희망, 즐거움, 사랑, 배려, 용기, 축복, 감사, 행복과 같은 긍정적 정서들로 대체한 것이다.

당신 내부에 긍정적 정서가 존재하고 있으면 어떠한 외부의 위협에 노출되더라고 파괴적이고 공격적인 자세를 취하는 것이 아니라 항상 긍정적이고 희망적이 자세를 취한다. 그리고 긍정적 에너지를 발산한다.

현재 당신이 부정적 정서에 지배당하고 있다고 생각할지 모른다. 하지만 전혀 걱정할 필요 없다. 긍정적 정서로 대체 가능하기 때문이다. 우리 뇌는 마치 스펀지와 같다. 당신이 주문하는 대로 움직인다. 그리고 그대로 실현된다. 사람의 뇌는 현실과 언어를 구분한 능력이 없다. 또 진짜와 가짜를 구분할 능력도 없다. 특히 부정과 긍정도 구분하지 못한다.

지금 바로 이 순간, 부정적 정서는 쓰레기통에 버리고 발로 차 버려라. 그리고 긍정적 정서를 당신의 뇌에 입력하라. GIGO. Garbage In, Garbage Out. 쓰레기를 입력하면 쓰레기가 나온다는 말이다. 반면 Good In, Good Out. 긍정적인 것을 집어넣으면 긍정적인 결과가 나온다.

다름을 인정하는 순간, 관계가 술술 풀린다

사람들은 모두 다르다. 생김새, 얼굴, 체형, 목소리 등 모두 다 다르다. 생각하는 것도 다르고, 행동하는 것도 다르고, 말하는 방식 또한 다르다. 어디 이것뿐일까? 신념, 가치관, 기준, 원칙 등 그 어느 것 하나같은 것이 없다. 똑같은 사람이 존재한다면 그것은 복제인간이다.

"꼭 저 딴 식으로 말을 해야 하나. 내 마음도 모르고."

"왜 저렇게 밖에 말을 못하지?"

"어떻게 저런 식으로 행동 하지?"

"도대체 이해가 안 돼."

"네가 틀렸어."

자신의 생각과 다르거나 뜻이 잘 맞지 않는 사람들, 가치기준이 다른 사람들에게 흔히 하는 말들이다. 이로 인해 오해와 갈등이 야기된다. 그런데 왜 사람들은 이렇게 말하면 오해와 갈등이 야기된다는 것을 알면서도 자신의 생각, 기준, 가치관에 따라 말하고 행동하는 것일까? 그 이유는 사람들은 모두 다르기 때문이다. 문제는 오해와 갈등 상황이 인간관계를 가로막는 최대의 장애물이라는데 있다. 이 장애물을 극복하지 못하면 친밀한 관계, 신뢰감을 주는 관계로 나아갈 수 없다.

그러므로 친밀한 관계, 신뢰할 수 있는 관계로 나아가기 위해서는 상대방과의 다름을 인정하고 이해하고 받아들이려는 성숙한 자세가 요구된다. 상대방을 이해하지 않으려는 생각, 서로의 다름을 인정하지 않는 태도, 자기는 무조건 옳고 상대방은 무조건 틀렸다고 생각하는 마인드를 버려야 한다.

"You are wrong." "네가 틀렸어"라는 자세가 아니라

"You are different." "너는 단지 나와 다를 뿐이야."는 자세를 가져야 한다.

서로 다름을 인정하고 그에 맞는 관계를 형성해 나가도록 도움을 주는 것이 행동유형, 즉 DISC이론으로 설명 가능하다. DISC이론은 사람의 행동은 성격이 아니라 개인의 외형적 특성을 나타내는 것이고, 인간의 행동은 습관화되어 있어서 특정 행동을 함에 있어서 일정한 패턴을 보인다는 데 근거하고 있다. 사람은 성장하면서 형성된 성격과 행동양식에 따라 생각하고, 말하고, 행동을 하게 되는데, 이러한 특성은 처음부터 끝까지 일관성 있게 이어진다. 이러한 특성 때문에 사람을 만나거나 어떤 일을 하던 간에, 일상생활에서 어떤 것도 의식하지 않는 아주 편안한 상태로 자신을 표현하고, 행동하는 특성을 가지는 것이다. 이것을 행동유형이라 한다.

이러한 행동적 특성을 보이는 것에 대해 미국 콜롬비아대학 심리학 교수인 윌리엄 M 마스톤 (William Mouston Marston)교수는 독자적인 행동유형 모델을 만들어 설명하고 있다. 이러한 사람의 행동을 각각 주도형(Dominance), 사교형(Influence), 안정형(Steadiness), 신중형(Conscientiousness)의 약자를 빌어 DISC의 4가지 형태로 분류하고 있다.

1. "D형"(주도형)

"D형"은 주도형이다. 자의식이 강하고 외향적 성향을 보이며 업무중심적으로 생각하고 행동하는 사람이다. 한 마디로 "나를 따르라"외치는 독불장군형 리더스타일이라 할 수 있다. 리더십이 강하고 카리스마가 있으며, 업무추진력도 대단하다. 목표를 향해 집중하고, 뚜렷한 성과를 보이며, 도전을 받아들이고, 빠르게 결정하는 특징이 있다.

대화하는 방식 또한 독특하다. 전후 사정이야기나 과정 등에 대해서는 관심이 없고 오직 결과에만 집중한다. 따라서 결론부터, 짧게 말하는 특징이 있다.

반면 남을 배려하거나 이해하는 마음은 부족하다. 리더로서 주도권 및 통제력 상실에 대한 두려움을 가지고 있으며, 스트레스 상황이나 다른 사람의 감정 등에서 전혀 무관심하다.

2. "I형" (사교형)

"I형"은 사교형이다. 낙천적이면서 외향적인 사람으로 사람과의 관계를 중시하는 사람이다. 일을 하다가도 누군가로부터 전화가 오면 앞뒤재지 않고 무조건 일을 접고 나가는 사람들이 이 유형에 속한다. 이 사람들은 어디를 가던 분위기를 띠우는 분위기가 메이커이다. 노래방에 가면 탬버린을 들고 머리에 넥타이 두르며 흥을 돋우는 사람들이 "I형"의 사람들이다. 이들은 사교성이 뛰어나 누구하고도 쉽게 친해진다.

반면 타인의 간섭이나 구속받는 것을 싫어하고, 자유로운 영혼이라는 소리를 듣고, 순수한 마음도 가지고 있다. 틀에 얽매이는 것을 싫어하고 자유로운 생각을 많이 하기 때문에 아이디어가 풍부하나 그게 진짜 아이디어인지를 모른다. 혼자 있는 것을 싫어하고 집단과 함께 하는 것을 좋아한다. 따라서 사람들로부터 거부당하는 것에 대한 두려움을 가지고 있다. 정이 많고 눈물이 많은 가슴이 따뜻한 남자들이 대부분 "I형"에 속한다.

더불어 "I형"의 사람들은 이것저것 일을 벌이는 것을 좋아하나 뒷마무리를 잘 하지 못하는 성향을 보인다. 깊은 생각을 안 하기 때문에 "너 개념이 있어? 없어?" "생각 없이 산다."는 이야기를 종종 들을 때도 있다. 대체적으로 책상정리를 못하는 사람들이 대부분 이 유형에 속한다. 업무지시 후에는 지속적으로 피드백을 하는 것이 좋다. 이들은 스트레스 상황에 대처하는 방법에 미숙하다.

이들과 대화할 때는 긍정적인 분위기 속에서 이루어져야 하고 상대방으로부터, 또는 사회적으로 인정받고자 하는 욕구가 누구보다 강하기 때문에 "역시 자네야." "자네가 없으니깐 우리 부서가 잘 안 돌아가네."와 같은 인정의 말, 칭찬을 많이 그리고 자주하는 것이 좋다.

3. "S형" (안정형)

"S형"은 안정형이다. 내성적인 사람으로 사람과의 관계를 중시하는 사람이다. "S형"은 인내심이 강하지만 쉽게 속내를 털어 놓지 않는다. 타인을 배려하고 잘 협력한다. 남의 이야기를 잘 들어주고 고정된 업무를 잘 수행하는 경향이 있다.

반면 변화와 도전 상황에는 민감하게 반응하고 다른 사람과의 대치관계를 죽기보가 싫어하는 형이다. "S형"사람과 대화를 할 때 특징은 칭찬을 해주는 것이 좋다. 다만, 너무 과한 칭찬보다는 가벼운 칭찬을 하는 것이 좋다.

4. "C형" (분석형)

"C형"은 분석형이다. 내성적인 사람이면서 업무 중심적으로 생각하고 행동하는 사람이다. "C형"은 냉철한 분석가 유형으로 수치, 정보, 근거, 이유에 근거해서 일을 처리한다. 원리원칙과 기준, 업무매뉴얼에 나와 있는 그대로 처리하는 경향이 있다. 정확성, 완벽주의 성향을 가지고 있어 꽉 막혀 있고 융통성이 없다는 소리를 듣는 편이다. 일을 꼼꼼하게 처리하고 분석에 능하다.

반면 완벽주의 성향 때문에 일처리가 느리고, 이 사람들과 일을 하면 속 터진다. 업무수행에 대한 비판에 대한 두려움을 가지고 있다. 기다려주고 인내심을 가지는 것이 필요하다. 스트레스 상황에 대해서는 지나치게 비판적인 시각을 가지는 것도 하나의 단점이다.

이들과 대화를 할 때는 이유나, 근거, 데이터가 확실해야 한다. 이들은 머리로 생각하는 지극히 이성적인 형이다.

이렇듯 사람은 모두 다르기 때문에 나와는 생각이 다르고, 말하는 방식이 다르고, 행동하는 방식이 다르다는 사실을 인식하고 받아들인다면, 그리고 상대방을 이해하고 인정한다면 친밀한 관계를 형성할 수 있다. 다름을 인정하는 순간 관계가 술술 풀리는 법이다.

친밀감 높이는 매력적인 목소리를 만들어라

"21세기는 스피치와 리더십의 시대! 스피치와 리더십은 말하는 이의 인격, 실력, 사상, 감정 등을 아우르는 자기표현의 최고점이며, 현대인의 절대적인 무기이자 성공비결이다."

세계적인 석학이자 경영학의 전도사인 피터 드러커 박사의 말이다. 눈에 보이는 시각적인 요소보다 오히려 목소리를 통해 전달되는 이미지가 더 중요하고, 목소리는 많은 것을 담고 있다는 의미라 할 수 있다.

캘리포니아주립대학(UCLA)심리학과 앨버트 매러비안 교수(Albert Mehrabian)는 의사소통에서 어떤 요소가 상대방의 이미지에 가장 많은 영향을 미치는지에 대한 조사를 한 결과, 억양, 음색, 속도, 감탄사와 같은 목소리가 38%, 표정과 몸짓이 35%, 태도가 20%, 언어가 7% 영향을 미치는 것으로 발표했다. 가장 큰 부분을 차지하는 것이 목소리인 것을 감안할 때, 상대방과의 친밀감을 높일 수 있는 매력적인 목소리를 가꾸는 것이 무엇보다 중요하다.

"저 사람 목소리, 정말 깬다. 깨."
"저 사람 목소리는 왠지 믿음이 가."
"저 사람 목소리, 좀 없어 보이지 않냐?"

"저 사람 목소리는 왠지 지적인 느낌이야."

사람의 됨됨이를 떠나 어떤 이유에서인지를 모르겠지만 단지 목소리 하나만 듣고 그 사람에 대해 우리가 평가하는 말들이다.

우리나라의 경우 첫인상 평가를 할 때 3초 딱 3초, 말문을 여는 순간 준비되지 않은 이미지는 목소리를 통해 다른 사람에게 전달된다. 사람의 따뜻함과 부드러움을 발산하는 근원을 살펴보면 의외로 목소리인 경우가 많다. 이런 점에 비추어 볼 때 목소리는 사람과의 만남에서 친밀감을 형성할 수 있는 가장 중요한 요소 중 하나이다. 좋은 목소리는 좋은 첫인상으로 연결되고 더 나아가 친밀감을 높일 수 있다. 그러므로 목소리를 통한 친밀감을 높이는 매력적인 목소리를 만들어야 한다. 목소리를 통해 친밀감을 형성하는 것은 그리 어렵지 않다.

1. 말투 : 권위적인 말투는 자제하고 정확한 음성이면서도 부드럽고 친근한 음성, 친절한 말투를 사용하는 것이 바람직하다.

2. 속도 : 너무 빠르지도 않고 너무 느리지도 않은 속도를 유지해야 한다. 속도가 너무 빠르면 의사 전달이 안 될 뿐 아니라 정신없고 경박해 보인다. 너무 느리면 답답하고 지루함을 느껴 대화에 집중할 수 없게 된다.

3. 크기 : 8음계 "도레미파솔라시도"의 음계 중에서 미파 톤을 사용하여 너무 크거나 작지 않은 목소리이면서 상대방이 들었을 때 약간 기분이 좋아지는 목소리 크기가 좋다.

목소리는 마음의 창과 같다. 목소리를 통해 100%는 아니라할지라도 그 사람의 많은 부분을 파악할 수 있다. 그가 사용하는 단어 수준을 보면, 그가 하는 말 속에 의미를 되짚어 보면 그가 어떤 사람인지, 어떤 사상과 가치관을 가지고 있는지, 어떤 인생관을 가지고 있는지, 지적 수준은 어느 정도 인지 파악이 가능하다는 말이다.

목소리에 세련됨, 교양, 전문성을 담아야 하고, 상대방과 공감하고 배려하며, 마음을 사로잡을 수 있는 따뜻함도 필요하다. 사람의 마음을 움직이고 감동을 줄 수 있는 친절하고 예의바르며, 정중한 목소리도 연출해야 한다. 대상이 누구든 간에 상대방 눈높이에 맞는 말을 해야 하고, 반말조, 명령조의 언어 습관이 있거나 권위적이라면 빨리 고칠 필요가 있다. 외모도 준수하고 옷도 잘 입고 표정도 좋다. 거기다가 목소리까지 좋다면 금상첨화가 아니겠는가?

긍정적 피드백을 하라

대한민국 최고의 MC 강호동.

그는 국민들에게 가장 친근감 있는 연예인 중 한 명이다. 사람들은 왜 그를 거리감을 느끼지 않고 친숙한 이미지로 받아들이는 것일까? 최고의 인기 예능프로그램 중 하나인 〈1박 2일〉을 통해 쌓아온 친숙한 이미지도 한 몫 했지만 그보다 더 중요한 것은 그의 피드백 능력에 있다.

강호동은 피드백의 달인, 긍정적 피드백의 달인이다. 그 육중한 몸에 표현되는 우스꽝스러운 표정, 몸짓, 행동, 말을 보고 있노라면 "정말 대단하다!"것을 느낀다. 상대방의 웃음을 이끌어 내고자 자신의 몸을 던지고 희생하는 그의 모습이 참으로 아름답다. 그의 프로다운 모습에 감탄사가 나오곤 한다. 텔레비전을 통해 전해지는 에너지임에도 불구하고, 그를 보고 있으면 나도 모르게 힘이 난다. 엔도르핀이 샘솟고, 에너지 넘치고, 웃음이 난다. 이것이 국민을 상대로 그가 전하는 긍정적 피드백의 힘이다.

피드백이란 자신이 전달한 메시지에 대한 상대방의 반응이다. 상대방과 이야기를 하고 있는데 아무런 반응을 보이지 않는다면 어떤 기분이 들까?

"내 말에 관심이 없나?"
"기분이 별로 안 좋네."
"내 말이 흥미 없나보네."

이런 감정이 싹트는 순간 상대방에 대한 반감을 갖게 될 뿐 아니라 대화의 문을 닫아 버린다. 대화의 단절로 이어지는 것이다. 대화는 쌍방향 간의 반응이기에 피드백이 없는 인간관계는 있을 수 없다.

반면 자신의 이야기에 적극적으로 호응하고 반응을 보이고 있다면?

"관심이 있다"
"흥미가 있다"
"애정이 있다"

피드백을 주고받는 다는 것은 서로 관심이 있고 애정이 있다는 것을 의미한다. 결국 서로 관심, 애정이 있을 때 친밀감 있는 관계가 형성된다. 상대방과 친밀감을 형성하기 위해서는 서로 적극적인 피드백을 실천하는 것이 중요하다.

상대방과 대화할 때 질문도 하고 적절한 타이밍에 대답도 한다. 적극적으로 눈맞춤을 시도하고 고개도 끄덕끄덕한다. 입으로는 "그래그래" "맞아 맞아" "정말" "그래서?"와 같이 맞장구치고, 몸을 앞으로 숙여 자신의 이야기에 관심이 있다는 반응을 보인다.

이런 상황이라면, 어떤 기분일까?

"기분이 좋다."
"내 말에 관심을 보이네."
"내 말이 그렇게 재미있나?"

대화에 피드백이 더해지면 대화는 더욱 맛깔스러워진다. 관계를 잘 맺는 사람들은 결국 피드백을 잘하는 사람들인 경우가 많다.

부정적 피드백, 무의미한 피드백 대신에 긍정적 피드백을 하면 관계는 더욱 돈독해 진다. 긍정적 피드백이란 상대방의 의견을 존중하고, 배려하고, 격려하는 피드백이다. 상대방을 기분 좋게 하는 피드백이다. 반면 부정적(학대적) 피드백 또는 무의미한 피드백은 인간관계의 적이다. 상대방에게 상처와 절망을 줄 수 있고 점점 더 큰 갈등을 빚어 낼 뿐 인간관계에 아무런 도움이 되지 않는다. 자칫 잘못하면 관계를 해칠 수 있음을 인식할 필요가 있다.

상대방과 친밀한 관계를 유지하고 싶다면 긍정적 피드백을 하라. 긍정적 피드백을 하면 할수록 관계의 친밀감을 높일 수 있다. 이메일, 문자메시지에 답장을 보내는 것도 피드백이고, 누군가 말을 할 때 메모하는 것은 긍정적 피드백이다. 노래 부를 때 박수 치는 것도 긍정적 피드백에 해당된다. 누군가에게 말을 하고, 그 말에 반응하는 상대방의 말, 행동, 제스처, 바디랭귀지, 표정 등의 모든 것이 피드백이다. 그러므로 친밀감을 형성하고 더 좋은 관계로 발전시키고자 한다면 가급적 긍정적 피드백을 해보자.

1. 활짝 미소 짓는다.
2. 밝은 표정을 짓는다.
3. 긍정적 제스처를 한다.
4. 격려와 지지를 보낸다.
5. 인정한다.
6. 칭찬한다.
7. 맞장구 쳐 준다.
8. 고개를 끄덕인다.
9. 밝은 목소리로 말한다.
10. 예의 바르게 인사한다.
11. 긍정적 반응을 보인다.
12. 감탄사를 활용한다.
13. 감사함을 표현한다.
14. 가끔은 과장행동(오버액션)도 도움이 된다.
15. 유머를 활용한다.
16. 코믹함을 구사한다. 등등..

8장.
신뢰감을 주는 명품인맥 관리의 기술

당신은 세일즈맨이다. 당신은 A라는 대형거래처에 회사의 운명이 걸린 중요한 납품계약을 성사시켜야 한다. A대형거래처는 이미 다른 B공급업체와 오랫동안 거래를 해 오고 있다. A대형거래처와 B공급업체는 견고한 신뢰의 관계가 형성되어 있다.

이런 경우라면 당신은 무엇을 할 수 있을까?

엄청난 혁신적인 제품이라면 모를까 공급계약을 성사시키는 것은 불가능하다. 단지 가격덤핑으로 밀어붙인다 해도 역부족일지 모른다. 이미 견고한 신뢰감이 형성되어 있기 때문이다.

신뢰감은 상대방에 대한 절대적인 믿음이다. 이것저것 앞뒤 조건을 재며 만나는 조건부 믿음의 관계는 진정한 신뢰의 관계가 아니다.

그렇다면 이와 같은 신뢰감은 어떻게 형성할 수 있을까?

신뢰감은 하루아침에 이루어지는 것이 아니다. 오랜 시간동안 쌓여 축척된 결과물이 바로 신뢰라는 열매이다. 즉 지속적인 반복을 통해서만 가능한 것이다. 그렇기에 신뢰는 인간관계의 시작이자 끝이라 할 수 있으며 신뢰가 깨지는 순간 관계도 무너진다.

관계에서 상대방을 믿는 것이 최우선이다. 믿음이 없는 관계는 허울 좋은 관계에 불과하다. 상대방과 믿을 수 있는 관계가 되었을 때 두 사람이 하나가 되는 진정한 관계를 만들 수 있다. 이렇게 형성된 신뢰의 관계는 그 무엇으로도 갈라놓을 수 없다.

하늘이 두 쪽 나도 약속은 반드시 지켜라

"됐어. 웃기고 있네."
"네 말은 콩으로 메주를 쑨다 해도 믿지 않는다."
"진짜? 에이 거짓말 하지 말고. 사실대로 말해봐."

약속을 잘 지키지 않는 사람들을 대하는 우리의 태도이다. 그들에게 우리가 하는 반응이자 자주 사용하는 말이다. 상대방이 무슨 말을 해도 믿지 않고 일단 의심부터 하기 시작한다. 이와 같이 한 번 잃은 신용은 어지간한 노력으로는 좀처럼 회복되지 않는다. 설령 어느 정도 회복했다 하더라도 과거 이력 때문에 당신 인생에 불이익으로 다가온다.

반면 "그 사람 말은 보증수표야."
"네가 하는 말은 안 봐도 비디오지. 믿을 수 있어."

약속을 잘 지키는 사람들을 대하는 우리의 태도이다. 무슨 내용인지, 무슨 말을 하는지 끝까지 들어 보지도 않고도 일단 도장부터 찍고 시작한다. 이것이 약속을 잘 지키는 사람과 잘 지키지 않는 사람과의 차이이다.

만약 당신이 그들과 금전적 거래를 해야 한다면, 누구하고 하겠는가? 당연히 후자일 것이다. 이 사람은 하늘이 두 쪽이 나도 약속을 지킬 것이라는 믿음 때문이다.

　몇 년 전 우리은행의 전신인 한빛은행 인터넷망에 다음과 같은 글이 올라와 2만여 직원들 사이에 화제가 되었다고 한다. "아들아! 약속 시간에 늦는 사람하고는 동업하지 말거라. 시간 약속을 지키지 않는 사람은 모든 약속을 지키지 않는다."

　　　　　　　어떻게 생각하는가? 공감하는가?

　어쩌면 반문할지도 모르겠다. 성인군자가 아닌 다음에야 어찌 모든 약속을 다 지킨단 말인가. 하지만 그것은 뭐를 모르고 하는 소리이다. 약속을 어기는 순간부터 인생은 뒤틀리기 시작한다. 아무리 인격적으로 훌륭한 사람이라 할지라도 당신에 대해 잘 모르는 사람과의 첫 만남이라면 당신의 사람 됨됨이가 의심받을 수 있고, 늦어지는 시간만큼 당신의 신뢰도, 신용도가 추락할 가능성이 높다. 약속을 잘 지키지 않은 사람의 입장에서는 약속 어기는 것 자체를 대수롭지 않게 생각할 수 있다. 그리고 기다리는 대부분의 사람들 또한 처음 몇 분간은 "사람이 살다보면 그럴 수도 있지 뭐!"하는 마음으로 너그럽게 기다릴 수 있다. 하지만 10분이 지나고, 20분이 지나고, 30분이 지나면 상황은 달라진다. 점점 화가 나기 시작하고 당신에 대한 부정적인 이미지를 머리에 입력하기 시작한다. 그리고 당신을 도매금으로 평가하기 시작한다.

　　　　　　　　　"못 믿을 사람이구만!"
　　　　　　"무슨 사람이 이렇게 시간 개념이 없어."
　　　　　　"자기만 바쁜가? 나도 바빠 죽겠는데."

　당신은 약속을 어긴 그 한 순간 때문에 개념 없는 사람, 믿지 못할 사람이 된다. 이 때 형성된 당신에 대한 나쁜 이미지는 평생 회복되지 않을 수도 있고, 그 동안 쌓아왔던 공든 탑이 한 방에 무너지는 결과를 초해한다. 신뢰를 주는 첫 출발은 바로 약속이기 때문이다.

　1951년 1월, 수많은 피난 인파 속에서 한 사나이가 가방을 들고 모 은행으로 들어갔다. 그리고는 가방을 열면서 말을 했다.

　사나이 : 여기 빌린 돈 갚으러 왔습니다.
　은행직원 : 빌린 돈을 갚겠다고요? 이 전쟁 통에? 장부가 없을지도 모릅니다. 아마 분실되었을 수도 있어요.
　사나이 : 어떻게 하지? 갚아야 하나, 말아야 하나? 빚을 갚으면 제대로 처리가 될까?

　사나이는 잠시 망설였지만 빚을 갚기로 결심했다. 그리고 은행직원에게 말했다.

　사나이 : 빚 갚을게요. 대신 여기 영수증에 확인도장 찍어 주시겠어요?
　은행직원 : 그러시죠.

　얼마의 시간이 흘렀을까? 사나이는 다시 자금이 필요했다. 그는 부산으로 옮겨간 은행본점을 찾아갔다.

　사나이 : 저 대출 받고 싶어 왔습니다.
　은행직원 : 저희도 상황이 좋지 못합니다. 대출은 어렵습니다.

　사나이는 포기하고 은행 문을 나서는 순간, 자신이 갚은 빚이 제대로 처리되었는지 확인하고 싶었다. 그는 은행직원에게 영수증을 보여 주면서

　사나이 : 제가 얼마 전에 서울에서 빚을 갚았는데, 처리 되었는지 영수증 확인 해 주시겠어요? -사랑에 빚진 자- 내용 중에서

　바로 이 한 장의 종이가 그의 인생을 바꾸어 놓았다. 이것은 그냥 단순한 종이가 아니었다. 이 영수증이 의미하는 것은 간단했다. 이 사람은 어떠한 일

이 있어도 반드시 약속을 지킬 것이라는 믿음의 증표였던 것이다.

그는 이 영수증 한 장으로 신용 있는 사람, 믿을 수 있는 사람임이 증명된 것이다. 결국 필요한 자금을 대출 받았고, 이러한 신용을 바탕으로 많은 사업에 성공했다. 이 사나이가 바로 한국유리주식회사 설립자 최태섭회장이다. 약속을 지킨 그 "정직함"이 커다란 무기로 작용한 것이다.

〈약속의 힘〉
"약속을 지키는 최상의 방법은 약속을 하지 않는 것이다."

나폴레옹의 말이다. 그만큼 약속을 지키는 일이 어렵다는 말이다. 사람들은 살아가면서 이런 저런 크고 작은 약속을 한다. 생사가 걸린 중요한 약속부터 친구끼리 가볍게 술 한 잔 하자는 약속까지. 약속을 하지 않았다면 모를까 약속을 했다면 아무리 사소한 약속이라도 반드시 지켜야 한다. 만약 지킬 자신이 없는 약속이라면 아예 처음부터 하지 않는 것이 바람직하다. 타인과의 약속이든, 자신과의 약속이든, 약속을 지키지 않는 것은 인간관계를 해치는 최악의 방법이기 때문이다.

"야, 괜찮아. 좀 늦어도 돼. 천천히 가."

이렇게 말하는 사람들이 있다. 한두 번 약속 어기는 것은 애교로 봐 줄 수 있다. 한 번의 실수로 눈감아 줄 수 있다는 말이다. 하지만 마치 손바닥 뒤집듯이 약속 어기는 사람들의 경우 문제가 심각하다. 어찌 보면 약속 어기는 것도 일종의 습관이다. 동창회 모임에서 가보면 일찍 오는 사람은 항상 일찍 온다. 친구사이라도 늦을 것 같으면 사전에 미리 연락하고 양해를 구한다. 이런 일련의 행동이 몸에 스며있다. 반면에 모임에 늦게 오는 친구들은 꼭 늦게 나타난다. 이런 사람들은 친구에게서 조차도 믿음을 얻지 못한다.

약속을 지키는 것은 신뢰의 첫발이자, 성공을 보장하는 보증수표이다. 약속을 지키는 것은 상대방을 존중한다는 의미를 담고 있고, 상대방의 시간을 소중하게 생각하고 있다는 뜻이기도 하다. 사람은 누구나 똑같다. 자신을 존중하는 사람과 깊은 관계를 맺고 싶어 한다. 반면 약속을 어기는 것은 신용을 잃는 것이고, 당신은 그 순간 신뢰 없는 사람이 되는 것이다. 약속을 어기는 행동은 상대방을 무시하는 행동이 될 수 있다. "자기 시간만 중요하고 내 시간은 중요하지 않단 말이야."하고 생각할 수 있다. 자신을 무시하는 사람을 좋아할 사람은 아무도 없다.

만약 당신이 수십억짜리 중요한 입찰계약을 하는 발표를 해야 한다면 약속시간을 어길 수 있을까? 한두 시간 전에는 미리 가서 기다리고 있을 것이다. 그만큼 중요하기 때문이다. 이 세상에 지키지 않아도 되는 약속은 없다. 아무리 작은 약속이라고 지키는 것이 사람의 도리이다.

문제는 약속을 대하는 사람들의 태도에 있다. 어떤 사람은 약속을 자신의 목숨처럼 소중히 여기고 모든 약속을 잘 지킨다. 또 다른 사람은 "한 번인데 뭐!" "약속 한 번 어기는 것쯤이야."라고 생각하며 약속 지키는 것을 우습게 생각하는 사람들도 있다. "이런 것쯤이야."하는 태도는 버려야 한다. 밥 먹듯이 약속을 어기는 사람, 약속을 남발해 놓고 지키지 못해 신용을 잃는 사람, 체면상 거절하지 못하고 받아들였다가 약속을 지키지 못하는 사람. 우리 주변에서 흔히 볼 수 있는 사람들의 모습이다. 이런 사람들은 되레 화를 당하는 어리석은 사람들이다.

약속은 상대방에 대한 존중이고 자신의 사람 됨됨이를 나타내는 지표가 된다. 약속을 했으면 무조건 지켜야 하고 지킬 수 없는 약속은 하지도 마라. 자신이 한 약속을 얼마나 잘 지키느냐에 따라 자신의 인생이 달라진다. 약속, 그 속에 명품인맥이 함께 하고 있음을 인식할 필요가 있다.

신뢰감을 쌓을 수 있는 가장 좋은 방법, 경청(傾聽, 敬聽) – 입은 닫고, 귀를 활짝 열어라

2011년 10월 22일의 일이다. 필자가 가끔 나가는 강사들 모임이 있다. 그 강사 모임에 평소 지인으로부터 들어 알고 있던 웃음 유머 분야의 A강사도 참가했다. 모임이 끝난 후 자연스레 뒤풀이로 이어졌다. 1차 뒤풀이 모임이 끝나고 뜻이 맞는 사람끼리 2차 술자리로 다시 이어졌다. 필자는 A강사와 인연 한 번 만들어 볼 요량으로 그 자리에 동석했다. 참석자는 필자와 A강사, 여성강사인 B강사, 마케팅 및 소셜 강의를 하는 C강사였다. 11시 30분경부터 시작한 모임이 새벽 4시까지 이어졌다. A강사는 성격이 시원시원하고 화끈했다. 처음부터 "아우님"하면서 스스럼없이 대하는 모습을 보면서 약간은 신기하기도 했다.

필자는 낯을 가리는 편이라 처음 대면하는 사람과 만나는 자리에서는 말을 많이 하지 않는 편이다. 이 날도 거의 말을 하지 않았고, 다만 중간 중간에 맞장구치고, 반응하고, 묻는 말에 적절하게 대답하는 정도였다. 특히 이 날은 90% 이상 듣기만 했다. 90% 이상 듣기만 한 데는 다 이유가 있었다. 듣고 싶어서 들은 게 아니라 사실은 할 말이 별로 없었다. 처음 만난 사이인데 무슨 할 말이 그리 많겠는가?

그런데 이것이 계기가 되었다. A강사가 나에게 이렇게 말한다.

A강사 : 아우님, 참 신기한 사람이네.

필자 : 왜요?

A강사 : 어떻게 술도 마시지 않으면서 이 시간까지 남아 있을 수 있지?
특히 이렇게 이야기 잘 들어주는 사람 처음이야.

그리고는 다시 말한다. "자네에 대해 더 알고 싶어." "우리 자주 만나세." 필자는 거의 말을 하지 않고 다만 들어 주기만 했을 뿐이다. 맞장구치고 상황에 맞게 적절하게 반응을 보였을 뿐이다. 그런 나를 보고 잘 듣는다고 말한다. 참으로 신기할 따름이다. 그 모습이 꽤나 좋아 보였던 모양이다.

그 때 다시 한 번 느낄 수 있었다. 상대방 기억에 오래 남는 것은 말을 번지르르하게 잘하는 사람, 남을 웃기는 재주를 가진 사람이 아니라 잘 들어주는 사람이라는 것을 말이다. 그 이후로 지속적인 만남을 이어오고 있다. 요즘은 서로 바빠서 자주 얼굴을 보지 못하지만 말이다. 이것이 경청의 힘이지 않을까 싶다.

경청(敬聽, 傾聽)은 "상대방의 말을 존중하는 마음을 갖고 듣는다."는 의미와 "상대방의 말에 귀 기울여 듣는다."는 두 가지 의미를 갖는다. 경청은 상대방의 말을 존경하는 마음을 가지고 귀 기울여 듣는 것이다. 상대방의 말을 잘 들어 주는 것만큼 상대방을 존중하고, 인정하고, 배려하는 것은 없다. 상대방과 신뢰감을 쌓을 수 있는 가장 좋은 방법. 그것은 경청에 해답이 있다.

상배방의 마음을 얻을 수 있는 최선의 방법은 경청이다. 이청득심(以聽得心)이라 했던가. "상대방의 이야기를 존중하고 귀 기울여 경청하면 능히 사람의 마음을 얻을 수 있다."는 말이다. 하지만 침묵을 배우는 데 60년이라는 시간이 걸린다고 했던 공자(孔子)의 말처럼, 듣는 다는 것이 쉬운 것만은 아니다. 그러므로 끊임없는 연습이 필요하다. 경청도 연습임을 인식하고 부단히 노력하는 자세를 취할 때 명품인맥이 당신에게 다가온다.

1. 경청의 힘

  모든 만남은 대화로 시작해서 대화로 끝난다. 이 때의 대화는 상대방의 이야기를 듣는 것으로 시작해야 한다. 서로 자기가 하고 싶은 말만 하면 어떻게 될까? 대화 자체가 불가능해진다. 반면 상대방이 자신의 이야기를 잘 들어주면 어떤 느낌이 들까? 잘 들어주는 것만큼 신나는 일도 없다. 기분이 좋아지고 신바람이 난다. 온 몸에 에너지가 넘치고, 열정이 솟아나고 열변을 토해내게 된다. 이것이 바로 경청의 힘이다. 경청은 사람을 움직이고 감동시키는 힘을 가진다.

  사람은 누구나 자기 말을 잘 들어주는 사람을 좋아한다. 잘 듣는 다는 것은 나를 존경하고, 인정한다는 것이기 때문이다. 내 이야기에 관심과 흥미가 있다는 것이다. "입으로는 친구를 잃고 귀로는 친구를 얻는다."는 말이 있다. 자기 할 말만 하는 사람은 친구가 떠나가고, 상대방의 말을 귀 기울여 듣는 사람에게는 친구가 많이 모인다는 말이다. 이와 같이 경청의 영향력은 실로 대단하다.

  첫째, 누군가 내 이야기를 잘 들어주면 나의 기분이 좋아지고, 상대방에 대한 이미지가 좋아진다. 이미지가 좋아지면 상대방에 대한 호감으로 이어지고 결국에는 믿을 수 있는 신뢰의 관계로 발전한다. 이렇듯 경청은 상대방과 신뢰를 쌓을 수 있는 가장 좋은 지름길이다. 입으로 말하는 것을 조금만 자제하고 귀를 활짝 열어 젖혀라. 귀를 활짝 열고 상대방의 말을 잘 들어 주는 올바른 습관 하나가 평생을 같이 할 인생의 동반자를 얻을 수 가장 좋은 방법이다.

  둘째, 누군가 나의 이야기를 잘 들어주면 기분이 좋아진다. 자신의 말을 잘 들어주는 사람을 싫어할 사람은 아무도 없다. 사람은 모름지기 자신을 존중하고 이해하며 공감하는 사람을 위해 일하는 법이다. 상대방의 이야기를 잘 듣는다는 것은 그의 이야기에 관심 있다는 것이고, 상대방 입장에서는 존중 받고 있다는 느낌을 받을 수 있다. 경청은 상대방의 기분을 즐겁게 해주는 최고의 대화법이다.

셋째, 누군가 나의 이야기를 잘 들어주면 감동 받는다. 영업의 달인, 영업의 신이라 불리는 사람들. 그 사람들의 공통점은 고객의 말을 잘 경청한다는데 있다. 고객과 상담할 때 얼굴에는 환한 미소를 짓고, 눈은 상대방 눈을 주시하고, 고개는 끄덕 끄떡하면서 잘 들어주는 그 자세 하나가 최고의 영업비결인 것이다. 상대방의 이야기를 잘 들어 주는 것이 최상의 감동화법이자 성공을 부르는 대화 습관이다.

넷째, 최강의 설득은 경청에서 시작된다. 누군가 나의 이야기를 잘 들어주면 상대방에 대한 좋은 감정을 갖게 된다. 상대방을 설득하기 위해서는 몇 가지 요소들이 필요한데 그 중 하나가 감성적인 요소이다. 상대방을 설득하고 싶은가? 내가 원하는 결과를 얻고 싶은가? 그렇다면 경청하는 습관을 익히는 것이 필요하다. 경청의 중요성을 인식하고 경청하는 습관을 지녔을 때 상대방을 설득할 수 있는 힘을 지나게 된다.

다섯째, 경청으로 대화의 주도권을 가질 수 있다. 누군가의 이야기를 잘 들으면 상대방의 기분이 좋아질 것이고 그로 인해 나의 이미지 및 호감도가 상승할 것이다. 결국 대화의 주도권을 가질 수 있다.

이와 같이 경청의 영향력은 엄청나다. 하지만 경청하는 습관은 하루아침에 이루어지지 않는다. 공자의 말을 인용하자면 60년이라는 긴 시간이 지난 후에야 터득할 수 있는 멀고도 험난한 길이다. 그렇다고 멈출 수는 없지 않은가? 시작이 반이다. 지금부터라도 시작해 보자.

2. 경청의 단계

"커뮤니케이션을 지배하는 진정한 힘은 입이 아니라 귀에서 나온다. 이제 모든 리더는 자신의 책상 앞에 이런 문구를 붙여야 할 것이다. 경청하라." 코비전 미디어 부회장, 조엘 박스의 말이다.

소인은 오직 말하는데 전념하지만 뛰어난 사람은 듣는데 전념한다 했다. 남들과 다른 차별화를 이루고자 한다면, 뛰어난 사람이 되고자 한다면 보다 경청을 실천하는 자세가 필요하다.

사람은 입이 아니라 귀로 성장한다. "귀가 나를 가르쳤다."는 칭기즈칸의 말을 굳이 인용하지 않더라도 명품인맥을 만들고자 한다면 경청의 수준을 높이는 자세가 바람직하다.

〈성공하는 사람들의 7가지 습관〉의 저자이자 리더십의 대가인 스티븐 코비(Stephen R. Covey)는 그의 저서에서 경청의 중요성을 강조하며 경청의 수준을 다음과 같은 단계로 나누어 설명하고 있다.

1단계 : 상대방의 말을 무시하는 단계이다.

"자네 의견은 안 들어 봐도 뻔해."
"됐네. 됐어."

상대방이 무슨 말을 하던 전혀 관심이 없고 들으려고 하지 않는 태도이다. 듣기 수준은 0%라 할 수 있다. 미성숙한 듣기의 단계이다.

2단계 : 상대방 말을 듣고 있기는 하지만 단지 듣는 척만 하는 단계이다. 듣는 태도라고 말하기 어려운 단계이다. 맞장구 치고는 있지만 그 사람이 하는 이야기가 거의 마음에 남아 있지 않기 때문이다. 미성숙한 듣기의 단계로 듣기 수준은 약 10% 정도이다.

3단계 : 선택적으로 듣는 단계이다. 자신이 듣고 싶은 이야기에는 귀를 쫑긋 세우며 집중하지만 관심이 없는 것은 한 귀로 듣고 다른 귀로 걸러낸다. 상대방의 말에 관심 있는 척 하면서도 오롯이 집중하지 못한다. 대부분의 사람들이 이 단계에 머무른다. 듣기 수준은 약 10% ~ 40% 정도 수준이라 할 수 있다. 이 역시 미숙한 듣기 단계이다.

4단계 : 신중한 경청의 태도를 보이는 단계이다.

"무슨 의미를 담고 있을까?" 생각하는 단계이다.

상대방의 말에 대해 생각하고 이해하면서 듣는 단계이다. 듣기 수준은 약 50% ~ 80% 정도 수준으로 적극적인 경청의 태도라 볼 수 있다. 상대방의 말에 주의를 기울이고 그 말에 총력을 집중해 듣는 자세이다.

5단계 : 상대방의 말에 마음으로 반응하는 단계이다. 공감적 경청의 태도이다. 공감한다는 것은 상대방의 감정과 나의 감정을 일치시키는 것으로 슬프면 "슬프다" 기쁘면 "기쁘다" 등에 대한 감정을 같이 느끼는 것이다. 공감적 경청이란 상대방을 이해하려는 의지를 갖고 들었을 때 공감적 경청의 수준에 이를 수 있다.

이것이 스티븐 코비가 말하는 성공하는 리더가 되기 위한 경청의 자세이다. 공감적 경청의 단계에 이르렀을 때 상대방의 마음을 얻을 수 있고 감동시킬 수 있다. 비로소 진정한 관계를 쌓을 수 있다.

3. 고객감동 123화법

"20세기가 말하는 자의 시대였다면, 21세기는 경청하는 리더의 시대가 될 것이다." 초우량기업의 조건의 저자이자 미래학자인 톰 피터스(Tom Peters)의 말이다.

21세기 리더가 되고자 한다면 대화를 잘 이끌어 가는 능력이 필요하다. 특히 경청능력이 중요하다. 쌍방 간 오가는 대화는 혼자 말하는 것과는 차원이 다르다. 하고 싶은 말이 많아도 중간에 참견하고 싶은 충동이 생겨도 상대방의 말이 끝날 때까지 기다려주는 인내가 필요하다. 이것이 상대방을 감동시키는 최상의 감동화법이요, 상대방의 기분을 좋게 하는 것이다. 상대방의 말에 귀를 기울이는 태도는 상대방을 배려하는 최선의 방법이다.

그렇다면 어떻게 하는 것이 상대방을 감동시키고 기분 좋게 하는 것일까? 상대방을 감동시키고 기분 좋게 하기 위해서는 경청의 123화법 화법을 실천해야 한다.

1 : 상대방과 대화를 할 때 1번만 말하고
2 : 상대방으로 하여금 2번 말하게 하고
3 : 대화 중간 중간에 3번 이상 맞장구치는 것.

이것이 경청의 123화법이다. 123화법은 대화의 중심이 내가 아니라 상대방이 중심이 되는 화법이다. 사람은 누구나 말하는 것을 좋아한다. 이러한 심리를 이용하여 상대방에게 대화의 초점을 맞출 때 상대방은 존중받고 있다는 느낌, 배려 받고 있다는 느낌을 받는다.

또한 123화법은 다른 방법으로 접근할 수 있다. 공감적 경청을 실천하는 방법이다.

1 : 1분 이내에 화두를 던지고
2 : 2분 이상 상대방 이야기를 들으며
3 : 3번 이상 맞장구를 치고 칭찬하는 것.

이것이 "고객감동 123화법"이다. 123화법을 계속 반복하면 상대방에 대한 존중과 관심을 보여주면서 기분 좋게 대화를 이끌어 갈 수 있다. 좋은 인간관계를 맺고 싶다면 상대방의 입장에 서서 상대방이 말을 많이 할 수 있도록 배려하는 자세가 필요하다. 말하는 사람이 이야기를 쉽게 풀어갈 수 있도록 적절한 시간에 맞장구를 치거나 의견을 집어넣어야 맛깔 나는 대화가 이루어진다. 말하는 사람의 기분에 공감할 수 있도록 말이다.

4. 효과적인 경청을 위한 FAMILY 법

세계적으로 유명한 "LARRY KING SHOW"의 진행자 LARRY KING은 래리킹 "대화의 핵심비법"으로 경청하는 자세를 이야기 한다. 그는 20여 년 동안 3만 5천여 명을 인터뷰한 결과, 유창한 화법은 해박한 지식에 있는 것이 아니라 상대방의 말에 경청하는 자세에 있다는 것을 발견한다. 더불어 미국 전역의 수백 개 회사를 조사한 결과, 매니저가 갖추어야 할 가장 중요한 기술이 경청인 것으로 나타났다.

현대인은 상대방이 하는 말에서 사실과 감정을 구분해서 들을 수 있는 능력이 필요하다. 그렇다면 어떻게 하는 것이 상대방의 말을 사실과 감정을 구분해서 잘 들을 수 있는 것일까? 상대방 말에 효과적으로 경청하기 위해서는 다음의 FAMILY 법칙을 따르는 것이 좋다.

F : "F"는 "Friendly"이다.

상대방에 대해 우호적이고 긍정적 감정을 갖는 것이다. 상대방의 말에 선입관이나 색안경을 끼고 바라보는 것이 아니라 긍정적인 시각으로 바라보는 것이 필요하다. 색안경을 끼면 상대방이 하는 말을 자신에게 유리한 쪽으로 왜곡 또는 확대해석 하는 경향이 있다. 그렇다면 어떻게 우호적 감정을 표현할 있을까? 미소만큼 좋은 것도 없다. 상대방이 이야기를 할 때 활짝 웃는 표정을 짓는 것은 상대방과 가장 잘 소통할 수 있는 방법이다. 밝은 내용을 이야기할 때 밝은 표정을 지으면 상대의 마음을 편안하게 하고 깊이 있는 대화를 이끌 수 있다. 반면 어두운 표정을 할 때는 상대방의 코드에 맞추어 어두운 표정을 동일하게 맞출 필요가 있다.

A : "A"는 "Attention"이다.

　　상대방의 이야기에 집중하는 것이다. 상대방의 말에 집중하고 있다는 태도를 보여주는 것이 중요하다. 우리가 집중할 때 나타나는 특징 중의 하나는 나도 모르게 상체가 앞으로 숙여진다는 것이다. 상체를 앞으로 숙여 상대방의 이야기에 관심이 있다는 것을 표현해 보자. 앞으로 숙이는 자세 하나로 상대방에게 힘을 실어 줄 수 있다.

M : "M"은 "Me, too"이다.

　　입과 머리를 사용하는 경청의 방법이다. 입으로는 "나도 그래."하면서 동의하고 있다는 표현을 하고,머리로는 끄덕이는 행동을 하면서 긍정적인 반응을 보이는 방법이다. 즉 맞장구쳐주는 것이다. 누군가 이야기 하고 있을 때 입과 머리를 사용하여 적극적으로 맞장구친다면 어떤 기분이 들까? 자신의 말에 동의하고 있다는 느낌을 주어 기분이 좋아지고 신바람을 일으킨다.

I : "I"는 "Interest"이다.

　　상대방 이야기에 관심과 흥미를 나타내는 경청의 방법이다. 상대방이 말한 내용 중에 중요한 단어를 반복해서 말하거나 대화 중간중간에 적절한 질문을 하는 것이다. 이렇게하면 상대방에게 자신이 공감하고 있다는 표현이 된다.

L : "L"은 "Look"이다.

　　상대방과 대화할 때 눈을 바라보며 하는 경청의 방법이다. 경청의 가장 중요한 요소로 상대를 바라볼 뿐 아니라 표정이나 제스처 등을 읽어 내는 것도 중요하다. 상대방과 대화할 때는 눈을 바라 보아야 한다. 하지만 눈을 바라보는 것이 그렇게 쉬운 일은 아니다. 눈을 바라보는 것이 어색하다면 미간을 바라보고 그것도 어색하다면 인중을 바라보는 것이 좋다. 이도저도 어색하면 얼굴 전체를 본다 생각하면 마음이 편안해진다. 상대방과 적극적인 눈맞춤 하는 것만으로도 상대방은 신뢰받고 있다는 느낌을 받을 수 있다.

Y : "Y"는 "You are centered"이다.

자신이 아니라 말하고 있는 화자(話者)가 중심이라는 느낌을 갖게 하는 것이다. 상대방을 중심에 두고 그의 입장에서 듣는다면 이미 완벽하게 상대방의 말을 경청하고 있는 것이다.

대화를 잘하는 사람은 말을 잘하는 사람이 아니라 잘 듣는 사람이다. 대화를 잘 하려면 먼저 잘 들어야 한다. 말의 힘은 귀에서 나오는 것이지 입에서 나오는 것이 아니다. 귀를 열면 사람의 마음을 얻지만 입을 열면 관계가 멀어 진다. 이제는 경청을 잘하는 사람이 진정한 리더이다.

리더들이여! 조직원들이 신바람이 나서 신명 나게 일하는 모습을 보고 싶은가? 그렇다면 조직원들의 말을 하나하나 귀담아 들어라. 듣는 것이 첫 번째이다.

신용은 명품인간관계의 기본조건이다

주변을 둘러보면 이런 평가를 듣는 사람들이 있다. 극과 극의 평가이다. 이 두 사람 중에 누가 성공적 인생을 살아갈 확률이 높을까? 아마도 후자일 것이다. 인간미도 좋고 신용도 좋다면 더 바랄 것이 없다. 하지만 굳이 두 사람 중에 더 중요한 하나를 선택하라면 바로 신용일 것이다.

인간관계에서 신용만큼 중요한 것도 없다. 이 점을 간과해서는 안 된다. 신용이란 일반적으로 사람을 신뢰 또는 신임한다는 뜻으로 인간관계를 원활하게 이어주는 핵심이다. 신용은 눈에 보이지 않는 엄청난 재산이다. 그러나 영향력은 대단하다. 실체가 없으면서도 사람과 사람을 이어주는 강력한 연결고리 역할을 하는 것이 신용이기 때문이다. 반면 신용을 잃으면 모든 것을 잃는다.

이솝 우화에 나오는 "양치기 소년"에 대해서는 이미 다 알고 있는 내용일 것이다. 이 내용의 주제는 "신용"이다. 신용의 중요성을 강조할 때 대부분 양치기 소년을 인용하곤 한다. 옛날 마을의 양을 지키는 양치기 소년이 있었다.

어느 날 심심해진 양치기 소년은 심심함을 달래기 위해 재미삼아 마을 사람들을 몇 번씩이나 속인다.

"늑대가 나타났다."
"늑대가 나타났어."

그러던 어느 날 진짜로 늑대가 나타난다.

"늑대가 나타났어요."
"진짜로 늑대가 나타났어요."
"도와주세요."

소년은 힘껏 소리를 지르며 하며 마을 사람들을 불렀다.

하지만 마을 사람들은 그의 말을 믿지 않았다.

"쳇, 저 놈. 또 거짓말 하고 있군."

결국 마을 사람들은 아무도 오지 않았고, 양들은 늑대에게 잡아먹히고 말았다.

요즘 신문이나 텔레비전을 통해 "신용불량자, 넷 중 한 명은 50세 이상." "대학생 신용불량자 빚 상환유예" 이런 뉴스들을 많이 접하곤 한다. 금융기관에서 돈을 빌린 후 갚지 못한 사람들에 대한 기사들이다. 문제는 이러한 정보가 모든 금융기관과 연결되기 때문에 신용불량자가 되면 많은 여러가지 불이익을 감수해야 한다는 것이다. 대출 받기도 어렵고, 카드발행도 어렵다. 취직과 경제활동에도 지장을 받을 수 있다. 이와 같은 극단적인 경우가 아니라도 평소 신용관리를 잘못하면 금융기관에서 대출을 받아야 할 때, 더 많은 이자를 내거나 빌릴 수 있는 한도가 낮아지기도 한다.

관계에서 신용도 이와 마찬가지이다.

"신용이 밥 먹여 주나?"

이렇게 말하는 사람들이 있다. 신용 그런 거 별로 중요하지 않다는 뉘앙스를 풍긴다. 결론부터 말하자면 신용이 밥 먹여 준다. 우리는 신용이 밥 먹여 주는 시대에 살고 있다. 신용이 없으면 딱 굶어죽기 좋은 세상이다.

신용은 인간관계에 있어서 가장 기본이면서도 중요한 핵심요소이기 때문에 사람들과의 관계에서 신용불량자가 되면 그 만남은 오래 유지되지 못한다. 사람들이 하나 둘 당신 곁에서 멀어져 가고, 금전적이 되었든 그 무엇이 되었든 간에 도움이 절실히 필요할 때 도움을 받을 수 없다. 더 큰 문제는 누구도 당신이 하는 말을 믿지 않는다는 것이다.

일본의 경영 귀재라고 불리는 마쓰시다 고노스케는 사람을 평가 할 때 주위 사람들로부터 얼마나 많은 신용을 얻고 있느냐에 기준을 두었다고 한다. 주위 사람들에게 신용을 얻고 있는 사람은 하는 일도 믿을 수가 있다는 생각을 가지고 있었던 것이다.

21세기는 신용이 없으면 살아가기 힘든 세상이다. 개인이든, 기업이든 신용을 잃으면, 큰 불이익을 당할 수 있다. 하지만 신용은 하루아침에 쌓이는 것이 아니다. 오랜 시간 걸려 얻어진 결과물이 신용이다. "나는 신용 있는 사람이야."라고 동네방네 떠벌리고 돌아다닌다고 해서 쌓이는 것은 아니다. 신용은 다른 사람들의 평가에 의해 형성되는 것이기 때문이다. 그러므로 평소 작은 것 하나라도 철저히 지키는 습관을 지녀야 한다. 큰 약속이든 사소한 약속이든 잘 지켜야 신용이 차곡차곡 쌓인다. 첫째도 신용, 둘째도 신용, 셋째도 신용이다. 어쩌면 인격, 능력, 성격보다 가장 먼저 우선시되어야 하는 것이 신용일 것이다.

<신용 관련 명언들>

여기 인생에 도움이 될 만한 <신용>에 관련된 경구를 소개하고자 한다. 살면서 가슴 깊이 새겨놓고 실천하는 사람이 되었으면 하는 바람이다.

'어떤 사업에서건 가장 중요한 자산은 바로 신용이다. 진부한 말이지만 자명한 이치와 같이 좀처럼 신중하게 받아들이지 않는다. 신용은 명쾌한 광고의 매력, 권고, 주장을 통해 얻어지는 것이 아니다. 신용에서 비롯된 이미지는 성과를 통해 서서히 성장한다.' -엘턴 존스-

'한 번 신용을 얻으면 앞길은 저절로 열린다.' -버크-(영국의 정치가)

'스스로 타인을 신용할 줄 아는 사람을 신용하라.' -리카아도-

'신용을 잃은 자는 그 이상 더 잃을 것이 없다.' -푸블릴리우스 시루스 격언집-

'서로 신용이 없으면 방침이 서로 같더라도 합동될 수 없고, 서로 신용이 없으면 공통한 목적과 방법을 세우기부터가 불가능 할 것이다.' -도산 안창호-

정직이 곧 진리이다

콜롬비아 경영대학원 콘/페리 연구기관(Korn/Ferry International)에서 공동으로 미국, 유럽, 남미, 아시아 1,500명의 CEO를 대상으로 〈21세기 최고경영자들이 갖추어야 할 최고의 자질〉은 무엇입니까?라는 설문조사를 했다. 그 결과 조사자의 88%가 첫 번째 항목으로 "정직성", 즉 "윤리성"을 꼽았다. 또한 전 세계 일반사원들을 대상으로 "당신의 상사에게서 기대하는 가장 최고의 리더십 덕목이 무엇이냐?"는 질문에 역시 첫 번째 덕목이 바로 "정직"이라고 대답했다.

"정직이란 자기가 자신에게 부여하는 가치다. 자기 자신과의 약속을 지키기 위해 헌신하는 능력이다."

세계적인 경영학자인 스티븐 코비(Stephen Covey)의 말이다. 21세기에 가장 중요한 성공의 핵심요소는 바로 정직이다. 정직하고 솔직하며 믿음을 주는 행위는 무한한 신뢰를 낳는 법이다. 먼저 자기 자신에게 정직해 하자. 그 정직함을 성공조직을 위해, 구성원들을 위해 사용해 보자. 그러면 사람들은 당신을 진정으로 원하고 진심으로 따른다.

사람들은 정직한 사람을 원한다. 그리고 정직한 사람을 믿고 따른다. 자신의 생각과 일치하지 않아도 상대가 믿을만한 사람이라는 판단이 들면 망설임 없이 그를 따른다. 이것이 정직성의 힘이다. 아무리 목표가 거창하고 비전이 분명해도 리더를 신뢰하지 않으면 자발적으로 참여하거나 행동하지 않는다. 하지만 한 번 믿으면 아무리 어렵고 힘든 일도 견디어 내고, 목숨까지 내 놓는다.

그렇다면 정직성은 어디에서 올까?

먼저, 원칙을 잘 지켜야 한다. 룰(rule)을 잘 지켜야 한다는 말이다. 원칙이란 어떤 행동이나 이론에서 일관되게 지켜야 하는 기본적인 규칙을 말한다. 원칙은 나와 상대방과 사회적 합의이자 약속이다. 그 약속을 깨는 순간 그간 쌓아온 신뢰는 한 순간에 무너진다. 따라서 누가 보던, 보지 않던 간에 한 점 부끄럼 없이 자연스럽게 지켜야 한다.

둘째, 공정함을 잃지 않아야 하고 사람들을 공정하게 대해야 한다. 어느한 쪽에 치우치지 않는 공정한 눈을 가져야 함은 물론이요, 공명정대한 판단을 하는 능력도 중요하다. 특히 사람에 대한 선입견, 편견을 가지는 자세는 치명타이다. 사람은 저마다 다 다르기 때문에 그들을 포용할 수 있는 자세 또한 필요하다.

셋째, 내가 먼저 마음의 문을 열어야 하고 투명성을 유지해야 한다. 한점 부끄럼 없이 진실된 자세로 상대방에게 자신에 대한 모든 정보를 공개하는 것도 좋은 방법이다. 이제는 숨긴다고 해서 숨겨지는 시대가 아니다. 또숨긴다고 영원히 숨겨지는 것도 더더욱 아니다. 뒤로 숨기고 왜곡됐던 진실들이 속속 밝혀지고 있는 것이 이를 증명하고 있다. 구린내가 나는 사람은 언젠가는 그 본성이 들어나는 법이다.

정직한 사람 주변에는 사람들이 많이 몰리는 법이다. 그들을 신뢰하고 존경한다. 믿고 따르며 평생 동반자 관계를 유지한다. 아무리 눈에 보이는 이미지가 그럴듯하게 보여도 입을 통해 전해오는 내용이 거짓투성이라면 상대방으로부터 신뢰를 얻을 수 없는 법이다. 정직하지 못한 사람은 명품인맥을 형성할 수 없고, 정직한 사람은 명품인맥을 쉽게 얻을 수 있다.

　"당신은 모든 사람들을 잠시 동안 속일 수 있다. 그리고 어떤 사람들을 항상 속일 수는 있다. 그러나 모든 사람들을 항상 속일 수는 없다." 에브라함 링컨(Abraham Lincoln)의 말이다. 가슴 깊이 곰곰이 생각해 볼 필요가 있다.

솔선수범하면 감동하고 마음을 움직인다

"모범을 보이는 것은 다른 사람에게 영향을 미치는 가장 좋은 방법이 아니다. 그것은 유일한 방법이다."

슈바이처(Albert Schweitzer) 박사의 말이다. 솔선수범의 중요성을 강조한 말이다.

가슴에 와 닿지 않는가?

"윗물이 맑아야 아랫물이 맑다."는 속담이 있다. 자신이 먼저 솔선하고 이를 통해 상대방에게 모범을 보일 것을 강조하고 있다.

솔선(率先)은 누가 시키지 않아도 스스로 알아서 하는 것이다. 수범(垂範)은 누가 시키지 않아도 스스로 솔선하는 행동을 통해 사람들에게 모범(模範)을 보이는 것을 말한다.

월남전이 한창 치열하게 벌어지고 있던 중, 정찰을 나갔던 미군병사 한 명이 지뢰를 밟아 한쪽 다리가 날아가 버렸다. 부상당한 병사는 고통스러운 얼굴로 피가 흐르는 다리를 움켜잡고 절규하듯이 외치며 애원했다.

"Help me(살려주세요)" "Help me(살려주세요)"

　　주변에 많은 병사들이 있었지만 누구 하나 나서지 않았다. 왜냐하면 사방이 온통 지뢰밭이었기 때문이다. 그 때 누군가 뒤에서 걸어 나왔다. 그 부대 최고책임자인 대대장이었다. 그는 1초의 망설임도 없이 천천히 뚜벅뚜벅 지뢰밭으로 들어갔다. 그리고 부상당한 병사를 등에 업고 안전하게 탈출했다. 병사들은 뒤에 숨어서 대대장의 모든 움직임을 주시하고 있었다. 이 사건 이후 그 대대장은 미국 육군의 전설이 되었다. 자신의 목숨을 아끼지 않고 지뢰밭에 들어가 부하를 구출하는 그의 솔선수범하는 모습을 보면서 그를 존경했고, 그에게 충성을 다했다.

　　그 대대장이 바로 훗날 걸프전쟁의 영웅이 된 노만 슈와츠코프(Norman Schwarzkopf)장군이다. 슈와츠코프(Schwarzkopf)장군은 20세기 최고의 군사전략가 중 한 사람이었지만 그가 수많은 전쟁에서 승리할 수 있었던 결정적인 요인은 부하들의 절대적인 신뢰와 충성심이었다.

　　솔선수범은 상대방으로부터 신뢰를 얻을 있는 가장 확실한 방법이다. 사람은 리더의 정책을 따르기 전에 먼저 그 사람을 따르는 경향이 있다. 리더를 신뢰하면 불구덩이라도 뛰어 들어 갈 수 있다. 그 신뢰는 솔선수범으로부터 출발한다.

　　만약 당신이 ○○공장의 공장장이라 가정해 보자. 당신 공장에서는 제품의 불량률이 매우 높고 안전사고가 많이 발생한다. 그 이유가 공장이 더럽고 조직원들이 불친절하기 때문이라고 생각한다. 결국 불량률과 안전사고를 줄이기 위해서는 먼저 공장을 깨끗이 하고 상호친절을 생활화해야 한다는 결론에 이른다. 그래서 "청소를 잘하자." "인사를 잘하자"라는 지시를 내린다. 과연 더러웠던 공장이 하루아침에 깨끗해지고 사람들이 친절해졌을까? 품질의 불량은 줄었을까? 아니다. 입으로만 떠들어 댈 것이 아니라 공장장이 먼저 공장 구석구석을 돌아다니며 쓰레기나 이물질 등이 있으면 누구보다 먼저 그

것을 줍고, 누구를 만나든 먼저 인사를 해야 한다. 시간이 지날수록 당신의 이러한 행동은 서서히 다른 직원들에게 전달될 것이고, 당신은 직접 행동하는 사람, 인사 잘하는 사람으로 불리게 될 것이다. 그 결과 공장은 불량이 줄어들고, 안전사고 없는 모범공장으로 변할 것이다. 이것이 솔선수범이다.

사람들은 말만 앞서는 사람을 별로 좋아하지 않는다. 말만 앞서고 행동하지 않는 사람은 더더욱 싫어한다. 이들은 겉과 속이 다른 사람들이다. 말보다는 손발을 움직여 솔선수범하는 행동을 보여주었을 때, 말과 행동을 일치시킬 때 그들을 따른다. 백마디 말보다 한 번의 실천이 더 강력한 영향력을 발휘할 수 있다.

끊임없이 관계를 점검하고 확인하라

관계는 쌍방향이다. 둘이서 주고받는 핑퐁게임과도 같다. 일방적으로 몰아붙이는 게임은 재미가 없고 서로 때리고 받는 랠리가 지속되어야 긴장감이 더해지고 흥미진진해 진다.

관계는 복식게임이다. 두 선 수간의 호흡이 맞아야 하고, 실력 또한 엇비슷해야 하기 때문에 한 명의 실력이 아무리 뛰어나도 혼자서는 이길 수 없는 것이 복식게임이다. 상대팀에게 승리하기 위해서는 팀워크가 잘 맞아야 하고, 어떤 전략을 세울 것인지, 상대팀의 장단점은 무엇인지, 어떻게 공략할 것인지 끊임없이 점검하고 확인해야 한다. 그래야만 승리할 수 있다.

사랑도 마찬가지 아닐까? 누군가를 사랑한다면 상대가 무엇을 원하고, 어떤 스타일에 마음이 끌리는지 점검하고 확인한 후 그 욕망을 채워줄 방안을 모색해야 한다. 아무리 사랑하는 사이라도 애정이 식거나 가끔은 서로 엇박자가 생길 수 있기 때문이다. 끊임없이 관계를 점검하고 확인하는 작업을 했을 때 진정한 사랑을 나누는 연인 사이로 발전할 수 있는 것이다.

작은 오해가 생겨 싸움으로 이어졌을 때도 마찬가지다. 자신의 마음은 "이게 아닌데." 왜 알아주지 않느냐고 하소연 하거나 질책하기보다는 말이나 태도에 문제가 없었는지 뒤돌아 보아야한다. 갈등을 일으킬 만한 요소는 없

있는지 점검하고 확인한 후 그 이유에 대해 고민하며 상대방의 입장에서 이해하려는 노력이 필요하다. 관계는 상호주고 받는 것이기 때문에 끊임없이 관계를 점검하고 확인하는 작업이 필요하다. 그렇지 않으면 문제에 봉착할 가능성이 높아진다.

몇 년 전, 필자는 제주도 ○○호텔에서 강의를 한 적이 있었다. 아침 10시 강의 일정이라 혹여 불상사가 생길 것을 염려하여 강의 전날 제주도에 도착했다. 제주도에 도착해서 지인과 식사를 했고, 아침 8시 30분까지 숙소에 오겠다는 말을 하고 숙소 앞에서 저녁 12시 30분경에 헤어졌다. 문제는 그 다음날 아침에 발생했다. 눈을 떠 보니 아침 9시 였다.

"아뿔싸! 이게 웬 날벼락이란 말인가?"
"강의 10시 시작인데."

부랴부랴 준비를 마치고, 출발하면서 지인에게 전화를 걸었다. 이미 ○○호텔에 도착한 상태였다. 8시 30분까지 온다고 해 놓고서는 왜 오지 않았는지 물었다. 숙소에 왔었다고 한다. 아무리 전화를 해도 받지 않자 ○○호텔로 먼저 출발한 것이다. 잘 생각해 보니 내가 몇 호에 묵고 있다는 말을 지인한테 이야기 하지 않았고, 지인도 몇 호인지 물어 보지 않았다. 서로 점검하고 확인하지 않은 것이다. 다행히 10시에 도착해서 강의를 마무리할 수 있었지만 가슴이 철렁 내려앉는 사건이었다. 만약 서로 점검하고 확인했다면 문제가 발생하지 않았을지 모른다.

이렇듯 상호관계가 잘 흘러 좋은 인맥을 넘어 명품인맥을 형성하기 위해서는 끊임없이 관계를 점검하고 확인하는 노력이 필요하다. 물 흐르듯 흘러가는 관계, 벽이 없는 관계를 만들어야 한다. 그래야 문제와 오해가 발생하지 않는다. 반면 서로 점검하고 관계를 확인하지 않으면 소통에 문제가 발생하고, 벽이 생기며, 교감할 수 없는 관계가 되고 만다. 이로 인해 크고 작은 문제와 오해가 발생하기도 한다. 이런 오해와 갈등이 결국 인간관계를 망친다. 이런 상황에서 발생하는 문제와 오해의 대부분은 서로 점검하고 확인하는 작업을 소홀히 한 결과이다. 명품인맥을 형성하고자 한다면 끊임없이 점검하고 관계를 확인하라. 이것이 명품인맥을 구축하는 비결이다.

9장.
조직 내 관계를 확장하라

현대사회에서 가장 중요한 성공요소 중 하나가 인맥이다. 특히 직장인들에게 인맥은 조직에서의 성공과 밀접한 연관성이 있고, 없어서는 안 되는 반드시 필요한 요소이다. 이를 부정할 사람은 아무도 없을 듯싶다. 상사, 동료, 부하직원, 고객들과의 관계가 좋으면 행복한 직장이 되지만, 관계가 좋지 못하면 불행한 직장이 되는 것이다. 조직에서의 성공과 좌절도 결국 관계 속에 있다. 조직원들이 회사를 떠나는 가장 큰 이유 중 하나가 직장상사와의 불화이고, 조직을 떠나지 않는 가장 큰 이유 또한 직장상사와의 관계이다. 자신을 이해하고 지지하고 칭찬해 주는 직장상사 때문에 조직을 떠나지 않은 것이다.

그러므로 직장인들에게 조직 밖의 인맥관리도 중요하지만 무엇보다도 절실한 인맥관리는 조직 내의 인맥관리이다. 같은 조직 내에서 많은 사람들과 어울려 공동체 생활을 해야 하고 그 속에서 상호협력 및 경쟁을 하며 내가 원하는 결과를 얻어야 하기 때문이다. 조직 안에서 내가 원하는 결과란 승진과 관련이 있으며 연봉과도 밀접한 연관성이 있다. 특히 상사들과 긴밀한 인간관계를 유지하는 것은 조직생활에서 생존적인 문제와 직결된다. 내가 누구를 얼마나 알고 있느냐가 사회생활에서는 튼튼한 동아줄이 되어 주기도 하니 나에게 필요한 사람은 누구이며, 얼마나 알고 있는지 수시로 확인하고 발전시켜 나가야 한다.

 인생의 블루오션(Blue Ocean) - 명품인맥 관리의 기술

조직 내 인맥 –
줄을 잘 서야 성공한다

취업의 풍속도가 바뀌고 있다. 대학 졸업생들에게는 안타까운 현실이지만 그룹이나 회사 차원의 정기적인 대규모공채가 감소하고 대신 필요인력이 결원이 날 때마다 수시로 채용하는 수시 특별채용방식으로 바뀌고 있는 것이다.

바로 이러한 이유 때문에 인맥의 중요성이 점점 더 증가하고 있다. 한국개발연구원(KDI)은 2011년 11월 14일 〈인적 네트워크의 노동시장 효과분석〉보고서를 통해 2003년부터 2007년까지 5년간 한국노동패널의 데이터를 분석한 결과, 전체 취업자 6,165명 중 "소개나 추천방식"으로 입사한 경우가 전체의 61.5%로 압도적인 수치를 보였다고 밝혔다. 공개채용을 통한 입사는 전체의 13.3%에 그친 것으로 조사됐다. 그 외에 직접 직장에 찾아와서 채용된 경우도 18.5%나 되었고, 스카우트가 4.3%를 차지했다.

취업자 10명중 6명은 인맥을 통해 입사한 것이다. 불확실한 공개채용 대신에 믿을 수 있는 사람의 추천을 받아 괜찮은 인재를 선발하는 추세를 고려한다면, 인맥이 없으면 취업도 힘들어지는 시대에 살고 있는 것이다. 앞으로 이러한 현상은 더욱 심화되었으면 되었지 약화되지는 않을 것으로 보인다. 그러므로 당신을 성공으로 인도해 줄 명품인맥을 만들어야 한다. 목숨을 걸고

서라도 말이다.

　개개인이 가진 실력이나 역량은 이제 기본 중에 기본이다. 개인의 실력을 대변하는 각종 스펙, 자격증, 기술, 전문지식을 갖추는 것도 중요하지만, 필자는 인맥을 활용할 수 있는 능력도 그 사람의 실력이라고 생각한다. 속담에 "소도 비빌 언덕이 있어야 한다."고 했다. 자신을 후원하고 지지해 주는 믿고 의지할 만한 사람, 적극 구원의 손길을 내밀어 줄 사람이 있어야 한다는 말이다. 인생을 이끌어 줄 멘토(Mentor)이자 참 스승과 함께하는 아름다운 인생을 설계하라. 그들이 당신의 생명줄이다. 그들이 밥줄이다.

　미국 카네기멜론대학에서는 성공한 사람 10,000명을 대상으로 "당신은 지금 엄청난 성공을 이루었는데, 현재 당신을 성공으로 이끈 결정적인 요인은 무엇이었습니까?"라는 연구결과를 발표했다. 그런데 놀라운 사실은 그들 중 무려 85%가 인간관계, 즉 사람들과 좋은 관계를 맺는 능력 때문이라고 대답했다. 단지 15%만이 그들이 가진 능력, 학벌, 지식 등에 의해 성공했다고 대답했다는 사실이다.

　이렇게 다른 사람과의 관계를 맺고 어울리며 활용할 줄 아는 능력이 그들을 성공으로 이끈 주요 요인이었다. 인간관계가 그 사람의 운명을 좌우할 수도 있다는 인맥의 중요함을 말해주는 조사결과이다. 영향력 있는 인맥을 활용하는 능력도 실력이다.

고속 승진하는 직장인들의 비결

인맥은 직장인들이 성공하고 승진하는데 있어 얼마나 중요한 것일까? 같은 날 같이 입사한 동기인데도 남들보다 빠르게 고속 승진하며 회사에서 인정받는 직원이 한 둘은 있기 마련이다.

과연 이들의 비결은 무엇일까?

취업포털 인크루트(www.incruit.com)가 직장인 272명에게 "고속 승진하는 주변 직장인의 공통점"에 관한 설문조사를 실시한 결과, 회사에서 인정받는 고속 승진하는 직장인의 비결 1위는 "주어진 업무를 끝까지 확실히 해낸다."가 27.5%로 나타났다.

2위는 "상사와 친분과 평판이 좋다."가 24.6%로 나타났고, 3위는 "학연·혈연·지연 등 사내에 서포트 해주는 사람이 있다."가 20.2%였다. 그 밖에 "중요한 프로젝트로 성과를 내거나 매출에 직접적인 도움을 준다."가 16.5%, "성격이 좋고, 사내 인간관계가 좋다."가 7.4%, "일찍 출근하고 늦게 퇴근하는 등 늘 성실한 모습을 보인다."가 2.9%, 기타 2.6% 순으로 조사됐다.

업무상 인맥관리가 승진 등에 도움이 된다고 생각하느냐는 질문에 매우 도움이 된다는 답변이 57.4%였고, 다소 도움이 된다는 답변이 34.2%로 전체 응답자 91.6%가 도움이 된다고 답했다.

"탁월한 업무능력"이 조직에서 승진하고 성공하기 위해서 가장 중요하다는 것을 보여준다. 하지만 자기 실력만 믿고 인맥의 중요성을 무시하다가는 큰 코 다친다.

"인맥, 그게 뭔데! 일만 잘하면 되지"

이렇게 말하는 사람들이 있다. 업무를 탁월하게 처리하는 것이 최우선이다. 업무도 제대로 처리하지 못하는 사람이 "조직에서는 줄을 잘 타야 돼." "뭐라 해도 인맥이 최고지."라고 인맥 운운하는 것은 어불성설이다. 아무리 줄을 잘 서도 능력이 없으면 말짱 꽝이다. 그러나 조직에서 승진하여 위로 올라가면 올라갈수록, 즉 리더의 자리로 올라갈수록 업무를 처리하는 능력보다는 소통능력, 즉 사람들과 교감할 수 있는 능력이 중요해진다. 사람들과 함께 조화롭게 어울릴 수 있는 능력, 그들을 활용할 수 있는 능력, 인맥을 형성하는 능력이 조직생활의 가장 큰 경쟁력이자 강력한 무기가 되는 것이다.

위 설문결과에서도 나타났듯이, 인간관계는 성공의 가장 큰 요소임을 알 수 있다. "상사와 친분과 평판이 좋다." 24.6%, "학연·혈연·지연 등 사내에 서포트 해주는 사람이 있다." 20.2%, "성격이 좋고, 사내 인간관계가 좋다." 7.4%. 이 모든 것이 사내 인간관계와 연관성이 있음을 알 수 있다. 이를 모두 합하면 무려 52.2%가 인간관계 능력이다.

인간관계를 소홀히 하는 사람은 결단코 조직에서 성장할 수 없다. 독불장군처럼 행동하는 사람 또한 좋은 리더가 될 수 없다. 불가능했던 일도 다른 사람의 전폭적인 도움과 지원을 받으면 얼마든지 해결 가능하다. 마음을 열고 진심으로 다가서라. 사람들의 마음을 열고 전폭적인 지지와 협력을 끌어내야 한다. 갈등을 효과적으로 해소해야 하고 인간적 매력과 영향력으로 추종자를 만들어내야 한다. 좀 더 효과적으로 대화하고 동기부여 해야 한다. 조직원의 사기를 북돋우고 나아갈 길을 지도하고 조언도 하며 그들과 성공적인 인간관계를 유지해야 한다. 그것이 조직에서 성공할 수 있는 길이다.

말하는 방법만 바꾸어도 인맥이 쑥쑥 자란다

인생의 5할 이상을 보내는 곳이 직장이다. 직장은 개인이 완수 할 수 없는 목표를 달성하기 위한 여러 사람들의 협동으로 이루어진 조직을 말한다. 조직은 이윤을 추구하는 집단으로 그 안에는 다양한 구성원들이 존재한다. 다양한 구성원들과 긴밀한 업무협조를 통해서 이루어지는데, 특히 상호 커뮤니케이션을 통해서 이루어진다. 하지만 문제는 직장인의 65%가 조직 내 소통이 안 되고 있다고 호소한다는 사실이다.

그렇다면 어떻게 하면 조직 내 소통이 잘 될까?

말하는 방법만 살짝 바꾸어도 소통할 수 있고 그들의 마음을 사로잡을 수 있다.

〈직장인들이 가장 듣고 싶어 하는 말 Vs 가장 듣기 싫어하는 말〉

직장인들이 회사생활을 하면서 가장 듣고 싶은 말이 무엇일까?

최근 직장인들을 대상으로 조사한 결과 직장인 들이 가장 듣고 싶어 하는 말은 다음과 같다.

"수고했어."
"정말 잘했어."
"역시 자네밖에 없어."
"자네가 하는 일은 틀림없어."
"요즘 많이 힘들지?"
"우리 함께 해결해 보세."

반면 가장 듣고 싶지 않은 말은 다음과 같은 말이었다.

"이것밖에 못하나?"
"자네 지금 뭐하고 있나?"
"이걸 일이라고 했나?"
"그런 것도 못해?"
"그럴 줄 알았어."

이처럼 직장인들이 가장 싫어하는 말은 비난하는 말이며, 가장 듣고 싶은 말은 솔직하고 진지한 칭찬인 것이다. 지금부터라도 진심어린 마음을 담아 솔직하고 진지한 칭찬을 해보자. 말하는 방법만 바꾸어도 인맥이 쑥쑥 자란다.

직장인이 갖추어야 할 예절

직장은 개인이 완수 할 수 없는 목표를 달성하기 위한 여러 사람들의 협동으로 이루어진 조직이다. 회사는 이윤 창출을 목적으로 하는 집단이다. 회사가 지속적으로 생존하기 위해서는 이윤창출이 필요하다. 따라서 회사가 성장하고 이윤을 창출하기 위해서는 조직원 상호간 원만한 유대관계를 맺어 시너지효과를 창출하도록 분위기를 조성하는 것이 무엇보다 중요하다. 이를 위해 필요한 것이 직장인이 갖추어야 할 예절을 지키는 것이다.

아무리 시대가 바뀌었다 해도 바뀌지 않는 것이 있다. 그것은 직장인으로서 기본적인 직장예절을 갖추어야 한다는 것이다. 직장인으로서 갖추어야 할 기본예절을 갖춘 사람은 핵심인재로 인정받는다. 결국 핵심인재로 인정받는 것이 조직 내 명품인맥을 형성할 수 있는 가장 좋은 방법임을 자각할 필요가 있다.

그렇다면 직장인이 갖추어야 할 기본예절에는 어떤 것들이 있을까?

첫째, 인사를 생활화하라. 인사는 자신의 사람됨을 알릴 수 있는 가장 좋은 방법이다. 인사의 기본은 밝고, 큰 목소리로 인사하는 것이다. 위아래, 앞뒤, 좌우 살피지 말고 내가 먼저 인사하라. 인사 하나로 좋은 이미지를 남길 수 있다.

둘째, 주인의식을 가져라. 시대가 바뀌면서 주인의식, 애사심, 소속감이 퇴보하고 있다. 조직에서 인정받기 위해서는 조직에 대한 애사심을 가져야 하고, 자신의 일을 즐기며, 동료를 사랑으로 대할 필요가 있다.

셋째, 항상 밝은 표정을 짓는 것이 좋다. 웃는 것만으로도 상대방에게 좋은 이미지를 심어준다.

넷째, 항상 긍정적으로 생각하고 긍정적으로 말하라. "안 된다"는 생각을 버리고 "된다."는 생각을 가지고 생활하는 자세가 필요하다. 아무리 업무적 스트레스 부담이 가중돼도 긍정적으로 말하는 것을 잊어서는 안 된다.

다섯째, 상사의 지시사항을 훌륭하게 처리해야 하고 보고는 정확한 날짜에 하는 것이 좋다. 더 좋은 방법은 업무를 처리하는 중간 중간에 "중간보고"를 한다면 상사는 업무처리 및 진행에 대한 걱정을 덜 수 있다.

여섯째, 자기가 할 일은 스스로 찾아서 하는 솔선수범의 자세를 갖추어야 하고 자신이 맡은 일은 끝까지 최선을 다하는 자세를 가져야 한다.

조직 내 관계는 주변사람들하고의 생활 속에서 이루어지는 일련의 활동이다. 조직 내 명품인맥을 형성하고자 한다면 직장인으로서 갖추어야 할 기본예절을 습득하고 이를 적극 실천해보자.

직장예절의 기본을 익혀라

직장예절의 기본은 무엇일까?

직장생활을 하면서 가장 많이 하는 것이 무엇일까? 조금만 더 생각해보면 해답은 의외로 간단해진다. 이것은 다름아닌 업무지시와 명령, 업무보고이다. 업무지시와 명령, 업무보고는 직장생활을 하면서 가장 많이 하면서도 가장 기본적인 직장예절이다.

회사는 평사원부터 최고경영자(CEO)까지 여러 사람이 모여 이루어진 조직으로 업무지시와 명령, 업무보고가 원활히 이루어져야만 업무가 순조롭게 이루어지는 곳이다. 하지만 업무지시와 명령, 업무보고에 문제가 발생하면 업무의 흐름이 끊어지고 회사의 기능은 마비되어 결국 회사 생존의 문제로 연결된다.

따라서 업무지시, 명령을 확실하게 받고, 업무지시 받은 사항은 어떠한 일이 잇어도 책임지고 완수하여야 하고 그 결과를 철저하게 보고하는 것이 매우 중요하다. 이것이 직장예절의 기본이고 핵심인재로 인정받는 비결이다.

〈업무지시를 받는 원칙〉

업무지시를 받을 때는 다음과 같은 원칙을 따르는 것이 좋다.

1. 업무지시를 받을 때에는 메모용지와 펜을 준비한다.
2. 육하원칙에 의해 기록한다.
3. 끝까지 들은 후 질문과 의견을 제시한다.
4. 업무지시 받은 후에는 지시받은 내용을 상사가 확인할 수 있도록 요약하고, 말하고, 확인한다.
5. 일을 진행하는 도중에 발생하는 문제에 대해서는 지시자와 상의한다.

〈업무보고할 때 원칙〉
업무보고를 할 때는 다음과 같은 원칙을 따르는 것이 좋다.

1. 단정한 자세와 정확한 내용으로 업무보고한다. 특히 업무보고 내용을 완벽하게 이해해야 한다.
2. 업무지시 받은 일을 마무리하면, 지시자에게 직접 보고한다.
3. 상황이 여의치 않거나 변화가 발생했을 때는 중간보고를 한다.
4. 간단하고 알기 쉽게 요점중심으로 보고한다.
5. 먼저 결론을, 그리고 결론에 이른 과정과 이유를 들어 설명한다.
6. 사실을 먼저, 자신의 생각이나 의견은 나중에 말한다.

회사는 상사로부터 업무지시 받은 일을 처리하고 업무를 보고하는 반복의 연속이다. 그 과정에서 발생하는 업무를 지시 받는 요령, 업무를 보고하는 요령을 터득하는 것도 직장예절의 중요한 요소이다. 업무지시와 업무보고는 회사의 가장 기본적인 규칙임과 동시에 직장예절의 기본이다. 따라서 업무지시와 업무보고를 잘하는 사람이 회사에서 핵심인재로 인정받는다. 지시받은 업무를 완벽하게 처리할 수 있는 탁월한 능력이 성공의 지름길이다.

<참고문헌>

굿바이 갈등-청년정신, 양광모
비즈니스 매너, 당당하고 유쾌하게! (77 Page)-후루야 하루코
자이베르트 시간관리-로더르 J. 자이베르트
첫인상의5초의 법칙 - 위즈덤하우스, 한경